U0066250

天降好孕

3

完

文創風 1147

松籬 著

風 文創 1147

目錄

第五十三章 005
第五十四章 015
第五十五章 025
第五十六章 035
第五十七章 045
第五十八章 057
第五十九章 069
第六十章 085
第六十一章 103
第六十二章 115
第六十三章 125
第六十四章 137
第六十五章 147
第六十六章 157
第六十七章 171
第六十八章 181
第六十九章 199
第七十章 207
番外一 譽王的秘密 221
番外二 尚書大人的追妻路（上） 243
番外三 尚書大人的追妻路（下） 265
番外四 安國公府二三事（上） 289
番外五 安國公府二三事（下） 305
番外六 終幕 325

第五十三章

喻景遲和趙如繡離開約一個時辰，坐立難安的碧蕪便一直在院外徘徊，直到快過亥時，才見一個高挺的身影闊步入院來。

她急切的上前，喚了聲「殿下」，可只見喻景遲一人回來，未見趙如繡，不由得疑惑地問道：「殿下，繡兒呢？」

喻景遲答道：「父皇派十一押運棉衣、藥材去西南，趙姑娘也和劉守備一塊兒跟去了，說是多一個大夫，總是能多一名幫手，此刻已經出發了。」

碧蕪幽幽點了點頭，唇間沒有絲毫笑意。心下既有些欣慰又有些擔憂，欣慰的是她家繡兒終於不再像從前那樣，整日傷心自責，而是重新直視人生，變成令她欽佩的勇敢姑娘。可雖說如此，繡兒一個弱女子，要去那麼危險的地方，她如何能不擔心？

可碧蕪明白，自己不可能阻止得了她。

碧蕪抽了抽鼻子，本想忍住淚意，可終究沒能忍住，任眼淚滾落眼眶，珍珠般大顆大顆的往下墜。

喻景遲見狀，一把將她攏進懷裡，碧蕪攀著喻景遲寬厚的背脊，放聲哭出來，心下只嘆自己無用。

她什麼都做不了，除了等還是等，她不知這一回，繡兒與她哥哥能不能平平安安回來，她哥哥又能否改變前世戰死的結局。

她怎也不會想到，原來導致哥哥戰死的並非敵軍，而是同為大昭人的骨肉同胞。所謂欲壑難填，為一己私欲，他們竟敢拿這些浴血廝殺的戰士們的性命冒險。

許是看西南常年溫暖如春，並不大需要厚厚的棉衣保暖，那些人便想到從棉衣下手，從中謀利，可誰知今冬的西南天氣一反常態，冰天雪地，格外嚴寒，將士們紛紛穿上棉衣，卻不想這些棉衣根本無法抵禦寒冷。

在溫暖之地生活久了，大部分將士都不抗凍，便接二連三出現頭疼鼻塞，甚至還有高熱昏迷之人。

碧蕪不知道上一世的蕭鴻澤知不知曉此事，可若是他知道，卻無法像如今這般將信送出來，只能領著剩下的二萬將士與敵軍拚殺，然後眼睜睜看著身邊的士卒一個個倒下卻無能為力，直至自己筋疲力竭之時，他該有多麼的不甘與絕望，碧蕪不敢想像。

而那些貪污軍餉卻仍逍遙法外之人，甚至還可能為蕭鴻澤之死感到慶幸。

誰說好人長命，這世上，有太多的不公！

喻景遲抬手在碧蕪腦袋上輕輕撫了撫，安慰道：「會好的，都會好的。」

碧蕪朱唇緊抿，沒有說話。

若真是如此，就好了。

喻景遲抱著她睡了一夜，碧蕪卻是一夜未眠，直到外頭的天吐了白，她才忍不住睏意沈沈睡了過去。

她自然不知道，正當她熟睡之時，京城已然陷入一片混亂之中。早朝過後，戶部尚書方屹錚及戶部幾位官員被以貪污軍餉之罪抓捕下獄，聽候發落。

消息一出，百姓們譁然，才知原來靖城先前戰敗並非因我軍防守不力，也並非因敵人來勢洶洶，竟是不防寒的棉衣致眾將士紛紛染疾病倒，難以出戰，亦無抵抗之力。

那些已無辜送命的將士家眷們知曉後，在府衙門前痛哭喊冤，只求嚴判處死所有涉案之人，以慰亡靈。

此事傳到宮中後，淑貴妃當即前往御書房求見喻珉堯，言方屹錚不過一時鬼迷心竅，求喻珉堯看在他往昔於朝中建樹頗豐的分上，放他一條生路。

喻珉堯未接見淑貴妃，反是皇后親自命人將淑貴妃帶回芙蓉殿去，道沒有允許，不得踏出殿外一步。

十一皇子，即如今的趙王喻景彥在六日後將軍需物資和幾位御醫送至靖城，解了靖城燃眉之急。

然意料不到的是，就在之後三日，凱撒軍忽而夜襲西南邊境。

蕭鴻澤率兵奮力抵抗，雖勉強守住城門，可凱撒大軍七萬人，城內可用之人至多不過四萬，兩方正面交鋒無異於以卵擊石，只怕凱撒軍很快便會攻破靖城。

西南邊防岌岌可危，正當此時，凱撒派出使臣送城和談，可名為和談，實際不過是趁火打劫。

他們以止戰為條件，要求大昭割讓兩座城池，再將一位皇家公主送往凱撒和親。

朝中一時爭議紛紛，主戰派道，大昭建國以來，從未有過割地求和一事，一旦將兩座城拱手奉上，便等於向凱撒示弱，從此被凱撒踩於腳下，大昭顏面蕩然無存。凱撒狼子野心，又怎會只滿足於兩座城池，只怕到時得寸進尺，貪要更多。

主和派卻不贊同，言為了萬千將士和百姓的性命，割兩座城，犧牲一位公主又有何妨，且此計亦不過是權宜之計，待養精蓄銳後，再將城池奪回來也不遲。

兩廂爭論不休之時，本被禁足的淑貴妃卻強拉著六公主喻澄寅至陛下的御書房前跪下。道為了大昭國泰民安，不讓更多無辜將士戰死，也為彌補方屹錚所做錯事，自請讓六公主遠嫁凱撒，平息戰事。

雖說是淑貴妃主動帶著六公主來請願，但按年歲，其實和親人選還真非六公主喻澄寅莫屬。她上頭的幾位公主都已過雙十的年紀，且均有婚配，而最年幼的七公主才不過八歲，怎麼算，都只能落到喻澄寅頭上。

然喻珉堯本就心煩意亂，淑貴妃還偏偏拉著六公主來這一齣，喻珉堯非但沒有感到一絲寬慰，反倒怒火中燒，毫不留情的讓李意將母女二人送了回去。

一炷香後，芙蓉殿內，淑貴妃看著自己向來疼愛的女兒此時癱坐在地，哭得梨花帶雨，不由得秀眉微蹙，忍不住低喝道：「哭哭哭，哭什麼哭！只不過讓妳去和親，又不是讓妳去送死，妳有什麼好不願意的！」

喻澄寅哭聲微滯，難以置信的抬眸，怎麼也不敢相信這樣冰冷的話竟會從素來將自己視為珍寶、不忍自己受半分委屈的母親口中說出來。

少頃，她哽咽道：「母妃，妳分明知道，那凱撒皇帝是個年過半百的老頭，為何還要這般狠心，把女兒往火坑裡推！」

淑貴妃聞言眸光閃爍了一下，她心虛的擰了擰帕子，垂首看了喻澄寅一眼。

自己十月懷胎生下來的女兒，她怎會真的不心疼，可事情到了這個地步，她也只能忍痛割捨。

見淑貴妃面色有所鬆動，喻澄寅乘機拉住淑貴妃的衣袂道：「母妃，寅兒求求您，別讓寅兒去和親，別讓寅兒去……」

淑貴妃被喻澄寅的哭聲惹得心煩，但還是捺著性子安慰道：「要妳去和親也不過權宜之計，待此事過去，妳哥哥榮登大統，便能順理成章將妳接回來，妳只需忍忍，至多也就幾年而已……」

喻澄寅仍是拚命搖頭。「不，我不去，我不要去……」

見她這般頑固，哭哭啼啼個不休，淑貴妃終於沒了耐性，咬了咬牙，怒目圓睜道：「別哭了，我養了妳十餘年，如今也是妳該報答我的時候了，妳二舅舅下了獄，妳哥哥定會因此受到牽連，可只消妳主動要求去和親，妳父皇定會對我、對妳哥哥心軟幾分，事情也還有轉圜的餘地！所以，妳願不願意都得給我去！」

說罷，淑貴妃猛一甩袖，沈聲吩咐。「看好公主，不許公主踏出側殿半步。」

旋即面色寒沈的提步踏出殿去。

她在這宮中待了二十餘年，雖也算是榮寵不斷，可卻始終有一個皇后壓在她的頭上，使她不得隨心所欲。無論如何，她的楓兒都必須登上皇位，只消她當上皇太后，這宮中就不會再有人敢忤逆看低她。

為了如此，就算犧牲女兒又有何妨！

宮中消息傳得快，淑貴妃帶著六公主求見陛下的事情很快就傳到了宮外。

譽王府雨霖苑裡，碧蕪親手做了梅花粥，遞給旭兒喝。

乍一聽聞此事，碧蕪不由得沈默了一瞬。因與喻澄寅交情不深，她都快忘了，上一世這位原在宮中受盡寵愛的公主，卻落得了個淒慘的下場。

前世，靖城城門幾欲失守之際，凱撒也和如今這般，遣使者前來談判，開出的條件裡，其中一項，便是送一位皇家公主去和親。

一開始，喻珉堯並未同意，為了大昭顏面始終堅持死守。後來蕭鴻澤戰死，西南邊防攻破，凱撒軍一連奪取三座城池，眼見他們一路北上，氣勢洶洶往京城方向而來，喻珉堯逼不得已，答應了凱撒的要求。

送去和親的人自然是六公主喻澄寅。

前世貪污軍餉之事並未事發，因六公主為家國百姓而犧牲自己，她的胞兄承王在朝中的支持也因此牢固許多。

喻珉堯派出十一皇子和十三皇子親自護送妹妹至邊境處和親，怎也不會想到，此後六年間，喻澄寅在凱撒受了怎樣非人的折磨，幾乎每一日都在地獄中度過。

那凱撒皇帝已過天命之年，可在房事時仍舊十分殘虐，喻澄寅出嫁時方才十五歲，她的新婚之夜，和日後每一個和丈夫相處的夜晚，不是被吊著鞭打，便是被逼著如狗一般在地上爬行。

毫無尊嚴！

然那凱撒皇帝要的便是如此，他透過折辱這位高貴的鄰國公主，來享受淩駕於大昭之上的尊榮與快感。

喻澄寅叫天不應，叫地不靈，無數次的求饒換來的是更變本加厲的折磨，終於在她和親的第三年，這個昔日受盡寵愛的小公主徹底瘋了！

而在這不久後，凱撒皇帝駕崩，三皇子繼位，表面雖封喻澄寅為太妃，實則卻覬覦她的美貌，時不時夜闖宮殿，欺辱這個早已神志不清的女子。

直到一年後，喻澄寅的貼身侍女再也看不下去，跪求出宮採買的宮女將信箋帶給來凱撒的大昭商人，商人帶著信回到大昭，一路輾轉送到登基不久的喻景遲手上。

他看著信沈默了一夜，翌日便令齊王妃長兄鄒肅行領兵十萬攻打凱撒，命他務必奪回公主。

大昭軍休養生息那麼多年，將士們皆念著當年破城之恨、割地之恥，個個戰志高昂，不過四個月，不但奪回丟失的城池，還攻破凱撒邊防，一路直搗凱撒王庭。

凱撒新帝嚇得魂飛魄散，忙命使臣獻上降書，交出了喻澄寅。

來接公主的依舊是當年的十一皇子和十三皇子，時隔六年，喻澄寅再次見到兩位哥哥，眸中難得顯出幾分清明，然她並未號啕大哭，只是靜靜的淌著眼淚，道了一句。「帶我回家。」

她坐上了回大昭的馬車，面上雖存著笑意，但身體卻一日弱過一日，軍中的大夫診斷過後，回稟說公主常年服毒，如今五臟俱損，已是回天乏術。

她早已不想活了。

喻景彥和喻景煒日夜輪流陪著曾經再活潑愛鬧不過，如今已被折磨得沒了人樣的妹妹，眼看著她逐漸衰弱，甚至連喝水的氣力都沒有了。

在進入靖城的那一日，她躺在喻景彥的懷裡，看著遠處山頭冉冉升起的旭日，含笑滿足的閉上了眼。

喻景彥和喻景煒在靖城停靈三日後，扶柩回京，將六公主葬於皇陵。

再兩月，大昭軍奉陛下之命攻破凱撒，屠盡凱撒皇室，徹底吞併凱撒土地。

自此，凱撒國滅。

碧蕪回憶著前世種種，忍不住長嘆了一口氣。

自古和親公主多半都沒有什麼好結局，若此生靖城仍和前世一樣被敵軍攻破，只怕這位單純的六公主亦難逃和前世一樣的厄運。

在骨肉親情和家國存亡之間，喻珉堯只能選擇後者。喻澄寅身為皇帝的女兒，雖錦衣玉食，人人豔羨，可不過囚於籠中的金絲鳥，隨時可能被轉贈他人，成為利益的犧牲品。

喻淮旭還以為碧蕪在想蕭鴻澤之事，不由得用小手扯了扯母親的衣袖，奶聲奶氣的安慰道：「母親，舅舅不會有事的，舅舅福大命大，定會平安回來。」

碧蕪聞言，抿唇笑了笑，抬手摸了摸旭兒的腦袋。「嗯，旭兒說得對，你舅舅是有福之人，定然會打勝仗，然後平平安安的回來。」

喻淮旭喝了一口梅花粥，看著母親憂心忡忡卻故作堅強的模樣，暗暗垂下了眼眸。

他方才的話倒不僅僅只為安慰他母親，前世他也讀過不少兵書，對用兵之道也多少瞭解一些。

面對兵力比自己多上一半的凱撒軍，他這位舅舅尚且能夠抵擋，守住城門不破。想來只消再熬過幾日，待更多將士病癒，大昭軍定會恢復往日雄風。

前世，他在父皇的御書房中讀到過關於這一年戰敗的案卷，才發現在戰敗兩年後，先帝無意間得知了當年的真相，可那時永昌侯府早已被抄家，承王也被貶至封地，永不得回京。為了掩蓋這樁醜事，喻珉堯最終選擇隱瞞，秘密處置了剩下的相關人等。

因若天下百姓知曉，靖城戰敗，城池失守並非全是因外敵侵略，而是禍起蕭牆之內，定然會對朝廷喪失信任，激起民怨。

這便是天家，高高在上，尊貴威儀不過表象，光鮮之下，是自私自利的污濁與骯髒。

思至此，喻淮旭抬首看了碧蕪一眼。前世，他母親一直道他父皇是個明君，卻不知他父皇實際也不過是再自私卑鄙不過的人，為了他母親，他父皇甚至不惜施計，欲一點點從根處徹底打垮蘇家。

但後來……

喻淮旭蹙了蹙眉，實在想不起之後的事，也不知他父皇究竟成功了沒有。

只一事，他一直很好奇。

他母親前世究竟是怎麼死的？

第五十四章

與此同時，觀止茶樓，廂房。

喻景遲輕啜了一口茶，問坐在對面之人。「方屹錚私吞的那一大筆軍餉，你可查到了去向？」

對面人清雋的面容上劍眉微蹙，正是唐柏晏。

他默了默，道：「臣多方暗查之下，只查到方屹錚用此錢財，在朱雀街南面買了一座四進宅院，養了一貌美的外室供他褻玩。可除卻這些，臣再未查到這筆錢的其他去處……」

喻景遲聞言雙眸眯了眯，他自是不信，幾十萬兩紋銀，方屹錚只花了這麼一些。這些錢財來路不明，定不可能藏於府中，若不是藏在他處，又是花作何用處，用在哪裡？

他眸色沈了幾分，淡聲道：「再去查查，方屹錚只消做了，定會留下痕跡。」

「是。」唐柏晏應聲。

喻景遲頓了頓，又緊接著問：「我交代你的另一件事，辦得如何了？」

雖未明指，但唐柏晏頓時明瞭喻景遲所問為何事，他正色道：「微臣按安國公先前給的線索一路去查，確實已尋到了人，若不出意外，兩月後，此事當就能成。」

「好。」

見喻景遲滿意地頷首，唐柏晏遲疑半晌道：「殿下，臣藉故出來也有一會兒了，臣的夫人還在三樓的廂房等著臣呢，臣得先行告退了。」

喻景遲看了他一會兒，旋即唇角微抿，起身道：「正好，本王也是時候該回府了。」

唐柏晏忙也跟著起身，見喻景遲行至門前，驀然止步，回首看向他。「柏晏，本王當年讓你娶蕭毓盈時，是問過你心意的。她是王妃的姊姊，如今不管你是否真心喜歡蕭毓盈，無論如何，今後你都不可負了她。」

聽得此言，唐柏晏怔了一瞬，旋即拱手，面色認真的道了聲「是」。

他目送喻景遲下了樓，轉身正欲上樓去，卻差點與迎面而來的蕭毓盈撞了個滿懷。

蕭毓盈看著他眸中一閃而過的慌亂，再看那廂正步下階去的熟悉背影，問道：「夫君，那是譽王殿下吧？你和譽王殿下……」

見蕭毓盈雙眸瞇起，狐疑地看著他，唐柏晏頓時緊張的吞了吞口水，正欲解釋，卻聽蕭毓盈低身湊近道：「你方才騙我去出恭，那麼久不回來，是不是私下想幫譽王殿下查靖城貪污軍餉一事？」

唐柏晏聞言懵了懵，忙點頭，露出無奈的神情。「果然，什麼都瞞不過夫人的眼睛。」

「那是自然，我們成婚都快兩年了，我還不曉得你麼，表面冷冷清清的，實則也對我大哥哥的事關心得緊。」蕭毓盈微微揚起下頷，現出幾分得意，隨即牽起唐柏晏的手道：「夫君，我餓了，難得你今日空閒，我們去珍饈閣吃午飯好不好？」

唐柏晏看著蕭毓盈面上明媚如春的笑意，心下若有一道暖流淌過，他薄唇微抿，重重點了點頭。

方才見蕭毓盈發現他和喻景遲在一塊兒時，他著實嚇得不輕，雖知她不可能曉得他當初娶她，是喻景遲擔憂承王和太子搶先一步，利用她拉攏蕭鴻澤，這才讓他故意接近當時有替蕭毓盈擇婿之心的蕭鴻澤，繼而與安國公府結親。

只是沒過多久，蕭毓甯就回了安國公府，所有人的目光，都從蕭毓盈轉到了如今的譽王妃身上。

結親一事再沒什麼必要，唐柏晏本想借著在觀止茶樓相看的機會，讓蕭毓盈主動拒了自己，不承想她非但沒拒絕，甚至也讓他生了猶豫。

他原可以尋藉口果斷的推拒這門婚事，可再三接觸這個明媚的姑娘後，拒絕的話不知怎的，便怎麼也說不出口了，最後就糊裡糊塗的真將她娶回了家。

唐柏晏小心翼翼地扶蕭毓盈下了樓，上了馬車，看著她趴在車窗上，望著窗外的景色笑容燦爛，也忍不住勾起唇角。

那些都已經是不值一提的往事了，她不必知道，也不能知曉，她只要清楚他餘生都會好好待她，就夠了。

西南戰事到底還未步入絕路，一切和碧蕪上一世一樣，喻珉堯思考幾日，到底不願以這般屈辱的方式向凱撒求和，拒絕凱撒提出的要求。

蕭鴻澤和一眾將士自也寧可戰死疆場，也不甘心就此受降。見大昭逐回使臣，不肯屈服於那份和書，五日後，凱撒七萬大軍再度進攻，本計劃一舉拿下西南邊境，卻不想原已無多少反抗之力的大昭軍卻以破竹之勢，在二萬的兵力差距下，將凱撒軍隊一路打退至幾十餘里外。

捷報快馬加鞭傳回京城，聽當時在御書房伺候的內侍說，喻珉堯在得知此訊後，坐在那張楠木案桌前，先是開懷大笑，而後笑聲漸斂，雙肩顫抖著，以手掩面，靜靜坐了許久。

喜極而泣的不只有喻珉堯，還有碧蕪及蕭家眾人。消息傳來時，碧蕪正帶著旭兒在安國公府陪老太太說話，小廝匆匆來稟後，蕭老夫人愣怔了許久，連說了幾句「好，太好了」，旋即用帕子不住的擦眼淚，碧蕪同屋內所有的丫頭婆子們，見狀都忍不住低低抽泣起來。

這場大捷如穿透烏雲的日光，將西南邊境幾欲失守帶來的陰霾與恐懼驅散了大半，京城的街巷上多了笑容與喧囂，一切復又慢慢恢復常態。

半月後，凱撒賊心不死再度夜襲靖城。

然此時天氣回暖，患疾的大昭將士已悉數恢復康健，加之蕭鴻澤早有準備，貿然進攻的凱撒敵軍奸計並未得逞，反而傷亡慘重，被打得落荒而逃，蕭鴻澤便率兵乘勝追擊。

又過一月，節節敗退的凱撒軍見大昭軍幾欲攻破邊境，又派使臣前來和談，只這回，他們奉上的是降書。

喻珉堯龍顏大悅，即命蕭鴻澤率大軍班師回朝，以受封賞。

一切塵埃落定，及至三月，三年一回的春闈如期舉行。

喻珉堯在金殿傳臚唱名，欽點狀元、榜眼、探花及諸進士後，一甲三人插花披紅，由狀元在首，鼓樂儀仗簇擁著一路出了正陽門，跨馬遊街，好不熱鬧。

京城萬人空巷，皆來圍看三年一度的盛景，那騎著高頭大馬，行在最前頭意氣風發的狀元郎，正是鴻臚寺左少卿的愛子。

可誰也沒想到，恰當這歡騰之時，忽有一衣衫襤褸的書生趁兩側守衛不備，驟然衝到道中攔馬，舉著血書，口口聲聲喊著冤屈。

狀元郎所乘馬匹受驚，疾衝上前，一時阻攔不住，將那告屈之人生生踩踏而亡。

此事鬧得人盡皆知，喻珉堯亦是為之所震，命人呈上血書。

其上所言，真句句泣血，那書生狀告京城官員私收賄賂，調換考卷，科舉舞弊。喻珉堯大怒，責令刑部立刻嚴查此案。

打一聽到這事，碧蕪面上卻未流露出太大的驚訝，因為一切不過按前世的軌跡再度重演罷了。

她亦曉得，這並不是一樁簡簡單單的科舉舞弊案，前世，這才是承王敗落的真正緣由。

只她無心去關切這些，因得不久後，蕭鴻澤便率兵回到京城。

大軍進城後，蕭鴻澤先是進宮面見陛下後，才回了安國公府。

蕭老夫人一大清早便由周氏扶著在門口等了，遠遠見一匹駿馬馳來，激動得手都在顫。

蕭鴻澤在離府門還有段距離的地方下了馬，然後疾步至蕭老夫人跟前，跪地重重磕了兩個頭。

「祖母，孫兒回來了。」

「好，好孩子，快起來，快起來。」蕭老夫人哭得泣不成聲，顫抖著扶起蕭鴻澤，將他上上下下看了個遍。「黑了，也瘦了，但回來便好，回來便好。」

雖這般說著，蕭老夫人還是抱住蕭鴻澤，狠狠的哭了一遭，將這幾個月來的擔憂、害怕及團圓的歡喜統統都發洩出來。

蕭鴻澤在府中更換好衣衫，整理了一番儀容，陪蕭老夫人說了半個時辰的話後，才隨宮裡的內侍一塊兒乘車入宮赴宴。

碧蕪自也是要帶著旭兒隨喻景遲一塊兒入宮赴宴，只不過他們比蕭鴻澤快一步抵達。

誰知才踏入朝華殿，便有一批朝臣驟然湧來，對她和喻景遲賀喜，表面賀的是蕭鴻澤得勝，可實則說著說著，卻繞過蕭鴻澤，對喻景遲說起恭維的話來。

喻景遲表面笑意溫潤，眼底卻透出幾分不易察覺的冰涼與嘲諷。

朝中眾臣最擅長的便是見風使舵，他們懷揣著什麼心思，他自然看得一清二楚。

不僅他看得清楚，碧蕪亦是。

蕭鴻澤在那般逆境中轉危為安，乃至帶領將士們將凱撒逼至絕路，甚得喻珉堯的心，在朝中風頭一時無兩。而他作為譽王的妻兄，也在無形中使譽王的處境發生了變化。

軍餉貪污一案，承王因著自己的母舅受了牽連，也使得那些原先堅定支持承王的朝臣們變得猶疑不定，更有甚者默默往喻景遲這廂倒戈。

果然，在承王帶著承王妃與小世子一道入了殿後，從前那些最喜上前奉承討好的官員，卻默默退到角落，頗有避嫌之意。

承王見此，面色鐵青，有怒卻不得發，淑貴妃的臉色亦是不大好看。

同樣與殿中洋溢的喜悅氛圍格格不入的，還有六公主喻澄寅。

大軍得勝，她自是不必再去和親，可即便如此，她仍是低垂著頭，安靜的坐在那廂，神色鬱鬱，沒有絲毫笑意。

碧蕪從未見過這樣的喻澄寅，打第一次見到這位六公主，碧蕪便覺得她單純得有些傻。常被蘇嬋利用卻不自知，總是滿面笑意，同幾位哥哥、同太后毫無顧忌的撒嬌，而如今，分明還是同一張臉，碧蕪卻在她眸中看不到一絲光亮。

縱然不用再去和親，逃脫了前世的厄運，可喻澄寅到底看透了自己的母親，看清楚了自己就算再受寵、被疼愛，也不過是一個隨時可丟棄的玩意兒罷了。母女倆就此離了心，她與淑貴妃之間的裂痕好比那碎瓷的裂縫，徹徹底底無法修復了。

碧蕪不禁唏噓。

片刻後，便聽殿外一聲尖細的通傳，殿中人忙退至兩側躬身施禮，少頃，喻珉堯闊步而入，身後跟著的正是蕭鴻澤。

作為這場戰役最大的功臣，喻珉堯將他的座位安排在最靠近自己的地方，也可見其對蕭鴻澤的重視與喜愛。

此番大敗凱撤軍，讓大昭揚眉吐氣，喻珉堯大喜過望，落坐後連敬了蕭鴻澤幾杯，在一一封賞了幾位將士後，詢問蕭鴻澤想要什麼賞賜。

蕭鴻澤自是無所求，卻聽一旁的太后笑道：「陛下封賞這個、封賞那個，依哀家看，安國公如今最需要的並非這些。」

「哦？」喻珉堯聞言挑眉道：「那母后覺得，朕該賞賜安國公些什麼？」

太后意味深長的看了蕭鴻澤一眼，旋即含笑看向喻珉堯。「安國公這些年，多數時候都在外保家衛國，倒是忽略了自己的終身大事。尋常男子到了安國公這個歲數，孩子都有三、四個了，安國公卻還未娶妻，陛下怎麼著，也得為安國公挑選一個合適的女子不是。」

喻珉堯聞言恍然大悟，朗笑一聲道：「果真是朕疏忽了，改日，朕便讓京中適齡的貴女們都聚在一塊兒，讓安國公好生挑挑，若有看中的，朕當即為你們賜婚。」

蕭鴻澤起身恭敬的一施禮。「臣多謝陛下。」

蕭鴻澤雖未主動求什麼，但喻珉堯也不可能真的什麼都不賞賜給他，便封他為一品昭武將軍，還賜了不少金銀和珠玉錦緞。

碧蕪在席下遠遠的看著，只露出了些許欣悅的笑。這一世，她哥哥的結局變了，那整個蕭家的命運便也能跟著改變。

她也不是非要她哥哥娶妻，只希望她哥哥能尋著一位真正心怡之人，幸福安穩的度過此生。

她勾了勾唇，卻倏然秀眉一蹙，忍不住抬手捂住胸口，也不知怎的，只覺一股噁心感一陣陣往上冒，她忙拿起桌上的一個酸李子咬了兩口，這才稍稍好了些。

然筵席至中途，宮人上了一道燉羊肉，那股濃重的羶味撲面而來，碧蕪頓覺胃裡翻江倒海的一陣，到底沒有忍住，不由得捂住嘴，發出一聲低嘔。

這嘔吐聲音雖不大，但還是引得不少人往這廂看來。

喻景遲劍眉微蹙，忙將手邊的杯盞遞給她，輕撫著她的背問：「怎麼了？」

「沒什麼，只是胃有些不……」

她話音未落，便聽坐在上座的太后瞥見這一幕，驚喜道：「譽王妃莫不是又有了？」

此言一出，眾人皆往這廂看來。碧蕪卻是懵了懵，因她也不確定，自己是否真的有了，只難以置信的看向喻景遲。見喻景遲劍眉蹙起，亦露出疑惑的神情，就知大抵不是喻景遲故意停了藥。

那廂，太后也不待她回答，自顧自道：「若是真有了，可真是喜上加喜了，如今妳哥哥回來，妳又有了身孕，妳祖母當會十分高興。」

喻珉堯也順勢道：「譽王和譽王妃確實該再要一個孩子了，不然府中只有八皇孫一個孩子，確實是孤獨了些。」

碧蕪垂首故作羞赧沒有言語，只聽身側的喻景遲回了幾句，但因她腦中亂得厲害，實在沒聽清喻景遲究竟說了什麼。

第五十五章

直至筵席結束，出宮門上了馬車，碧蕪都有些恍恍惚惚的，喻景遲一眼就瞧出她在想什麼，抿唇道：「今日太晚了，明日一早本王讓孟太醫來一趟，給妳把把脈。」

「嗯。」碧蕪輕輕點了點頭。

算一算，她的癸水也確實超過十餘日沒有來，而且上回她去杏林館，張大夫也說了，這避子湯縱然是喝了，也不一定全然有效，有時也會出些意外。

可若是真的有了，該怎麼辦？

見她緩緩將手覆在小腹上，一副憂心忡忡的模樣，喻景遲眸色沈了幾分。須臾，試探著道：「王妃很不想要？」

碧蕪聞言怔了一瞬，她抬眸撞進那雙漆黑深邃的眼眸裡，一時有些慌亂道：「臣妾……臣妾也不知曉……」

她是真的不知，她根本沒有準備好再要一個孩子，打從重生那日起，她只有一個念頭，便是將旭兒好生養大，改變他將來的命運。可如今又突然冒出來一個孩子，她實在不知該如何對待。說來有點自私，她有些害怕，生旭兒受過的兩回苦楚令她至今仍記憶猶新。

見她身子微微顫抖著，喻景遲將她小心翼翼地攏入懷裡，讓她靠在自己的胸口，沈吟半晌，徐徐道：「莫怕，若王妃願意生，不論是男孩女孩，本王都定然會像從前那般待旭兒好，若……王妃真不想要，屆時問問孟太醫，可有什麼法子……」

打重新碰她那日起，他就始終很小心，不讓她有孕，不承想千防萬防，還是出了差錯。

他自然不是不想再與她有孩子，也大可以故意停了藥讓她有孕，以此將她牢牢困在他身邊，只是想起她生旭兒時命懸一線之事，終究是作了罷。

相比於用這種卑鄙的手段困住她，他更怕她徹底消失在這世上。

故而，就算她不肯要這個孩子，他也願意接受。

碧蕪死死咬著唇，想著喻景遲方才的話，卻沒有應聲，若她確實有孕，真的能狠心不要這個孩子嗎？

她沈默許久，聲若蚊蚋道：「臣妾沒有不想要他……」

閉眼躺在軟墊上的喻淮旭，聽著父母親的對話，忍不住在心底低嘆了一聲。

抵達譽王府後，喻景遲抱下「熟睡」的旭兒交給錢嬤嬤，才同碧蕪一道入內。

可及至雨霖苑前，喻景遲卻倏然止住步子，淺笑道：「本王驀然想起，還有些公事要處置，今日就睡在雁林居了。王妃也記得早些歇下。」

「是。」碧蕪福了福身，目送喻景遲遠去後，魂不守舍的踏入了垂花門。

然才進了屋，幾個丫頭就頓時激動地圍住她，雀兒似的嘰嘰喳喳個不停。

銀鈴笑得合不攏嘴，碎碎道：「真是太好了，若王妃您再誕下個公子或郡主，我們小公子便能有個伴了。」

「是呀。」小漣也附和。「這孩子的衣物和備產的東西，是不是都該準備起來了？」

碧蕪看著她們這般，不由得無奈地笑起來。「算算日子，頂多也不過一月，現在準備著實太早了些。」

「哪裡算早，想想王妃您當年懷小公子時，那些個衣裳不也陸陸續續做了許久嗎？如今提前準備，想是能多做些出來。」銀鉤道。

被她們這麼說著，好似她已經確定有孕了一般，連碧蕪自己都有些恍惚了，便順著她們的話道：「旭兒當初那些個小衣裳我記得也不過穿了一、兩回，還新著呢，妳們都翻出來，應當還能穿，莫要浪費了。」

「誒。」三個丫頭應聲完，還真跑去西面角落，打開樟木箱子翻找起來。

旭兒的衣裳都收攏在此處，銀鈴與銀鉤翻出那些小衣裳，想像著旭兒當初穿它的模樣，止不住笑起來，還時不時拿出一件給碧蕪瞧。

坐在小榻上的碧蕪，看著這一幕，忍不住將手覆在平坦的小腹上，朱唇微揚，心下的不安也跟著她們的陣陣笑意漸漸消散了。

翻了半盞茶的工夫，小漣忽然從最底下拿出一件繡了雲紋的小衣裳來，笑道：「這件衣裳，上頭的刺繡花紋好似還是夏侍妾繡的呢。」

銀鈴湊近一瞧，蹙了蹙眉，嫌棄道：「確實是她繡的沒錯，她那時可不要臉，就為見到殿下，天天跑來王妃這廂，實在令人討厭……」

銀鉤本也想說什麼，可思忖半晌，驀然疑惑地看向小漣，問：「小漣，我記得妳來時，夏侍妾已然不在了，她幫王妃繡衣裳的事，妳怎麼知曉的？」

碧蕪聽得此言，抬首看去，同樣意味深長地看了小漣一眼。

銀鉤說得沒錯，縱然小漣是喻景遲的人，可她記得，小漣明明是在夏侍妾逝世幾個月後才入府的。

那她究竟是如何知曉那件小衣裳上的雲紋是夏侍妾所繡？

見眾人一頭霧水，小漣眨了眨眼，亦是滿目疑惑，看向銀鈴。「上回，不是銀鈴姊姊妳同我說起這事的嗎？我見這箱子裡只翻出一件繡著雲紋的小衣裳，便以為是這件了，難不成不是這件嗎？」

這話著實將銀鈴給問懵了，她回憶半晌，卻如何也想不起來，迷茫道：「有嗎？」

「自是有的，恐是銀鈴姊姊不記得了，那日，就在這屋中，姊姊偷偷與我說的。」小漣篤定道。

看小漣這神情也不像是騙人的模樣，銀鈴思忖半晌，喃喃自語。「許真是我說過便忘了吧……」

「這麼說，倒也可能。」銀鉤也道：「妳記性向來不好的，從前還沒伺候王妃的時候，我讓妳趁著空閒，將屋外晾曬的衾被收進去，妳轉頭便忘了，後頭下了雨，害得我們好幾個晚上都沒有被子蓋。」

銀鈴面露窘意，扁了扁嘴。「這麼久以前的事，妳怎還同我翻舊帳。」

幾個丫頭說說笑笑的，很快便將方才談起的夏侍妾那事拋諸腦後。

碧蕪遠遠望著小漣，少頃，垂下眼眸。

但願是她多心了吧。

因著腹中這個孩子，碧蕪輾轉反側了一夜未能睡熟，天未亮便起了身。與旭兒一道在屋內用早膳時，有婢子來稟，說孟太醫來了。

碧蕪讓將人請到花廳去，又匆匆用了兩口早膳，也起身去了。

她的情況想必喻景遲派去的人也講了一些，孟昭明沒多問，讓她將手臂擱在脈枕上，隔著塊絲帕便搭起了脈。

碧蕪心如擂鼓，時不時抬眼觀察孟昭明的神色，可從他面上瞧不出絲毫結果。

片刻後，見他收回手，銀鈴迫不及待地問道：「孟太醫，王妃腹中的孩子如何了？」

孟昭明看向碧蕪，眼神古怪，遲疑半晌道：「依臣的脈象來看，王妃並未有孕，先前嘔吐許是胃中不適，至於癸水推遲，臣猜測或是這段日子憂思過重所致。」

銀鈴聞言失落的垂了垂眼眸，隨即小心翼翼地看向碧蕪，唯恐她傷心難過。

碧蕪面色倒還算平常，只忍不住抬手落在平坦的小腹上，她原以為聽到這個消息自己會鬆一口氣，可她並沒有如釋重負，反是空落落之感更多些，好似這個孩子真的存在過，又從這世上消失了一般。

把完脈的孟昭明亦不知作何心情，聽昨日來傳消息的小廝說起譽王妃或有孕之事，他著實唬得不輕，還以為是自己給譽王開的湯藥出了差錯。

如今發現一切不過是場烏龍，他似乎也慶幸不起來，他是不懂譽王和譽王妃這對夫妻究竟是如何想的。

兩個人都喝著「避子湯」，顯然是不想再要孩子的，可看譽王妃這廂的神情，似乎在聽到這個結果後又有些難過。

這對夫妻，真是難以捉摸。

孟昭明思忖半晌，勸慰道：「王妃倒也不必著急，您近日癸水有些混亂，待好生調養過來，再要孩子也不遲。」

碧蕪朱唇微抿，只淡淡一笑。「多謝孟太醫了。」

既是沒有她也不強求，這兩世以來，她也算看得清楚，皇家的孩子，不論是男孩還是女孩，生下來也不一定是來享榮華富貴的，指不定承擔的責任與遭受的磨難，遠比尋常人更多些。

若是如此，還是莫投胎到這家了。

銀鈴前腳方將孟太醫送走，後腳便又領了個人進了雨霖苑。

碧蕪才坐在案桌前，教旭兒讀書，抬眸乍一看見來人，不由得喜道：「繡兒！」

「姊姊。」

這回，蕭鴻澤率大軍回來，趙如繡也是跟著一道回來的，只抵達京城後為了避嫌，一直住在客棧中未露面。

碧蕪忙起身牽著旭兒至趙如繡面前。「旭兒，快，喊姨姨。」

旭兒昂著腦袋乖巧地喚了一聲，趙如繡低下身，揉了揉旭兒的頭，感慨道：「上回來得匆忙，也未見上旭兒一面，今日一見，才發現旭兒原已這麼大了，日子過得可真快。」

碧蕪挽住趙如繡的手臂，至外間圓桌前坐下，問：「這次回來，可是要住一陣子？此番能大敗凱撒，繡兒妳亦是功不可沒。」

「哪有什麼功不功，只求自己心安罷了。」趙如繡低嘆一聲，緩緩道：「不瞞姊姊，其實昨夜，陛下偷偷召我進宮，亦說起此事來，問我想要什麼賞賜，我什麼都沒要，只說想見見皇外祖母。」

「妳昨夜還去見皇祖母了？」

「嗯。」趙如繡微微頷首，想起太后，眼眸頓時濕潤了些。「母親的事，皇外祖母也知曉，可既是皇外祖母親手帶大的孩子，終歸是有感情在。昨夜，皇外祖母見著我，抱著我好生哭了一場，想來對我母親，大抵是又愛憐、又心疼、又痛恨吧。」

趙如繡沈吟半晌，看向碧蕪。「姊姊，我今日是來向妳辭行的，我打算明日一早便啟程回琓州去。」

「這麼快！」碧蕪詫異道：「好不容易回來了，怎不多待上幾日？」

趙如繡搖了搖頭，面露苦澀。「不了，京城這地方已然不適合我了，多待也無益，何況這兒再沒有我的家，我爹還在琓州等我。兩個月前他便發現了我偷偷跑到靖城之事，派了好些人想將我帶回去，我都不肯，現在也該回去，好好奉養在父親膝下。」

她絞了絞手中的絲帕，眼神堅定地看向碧蕪，一字一句道：「姊姊，我已然想好了，往後想繼續學醫。我生在京城，長在京城，在母親出事前，一直都循規蹈矩，按部就班的依著母親為我安排好的一切去做。可打在西南看了那麼多生生死死後，我驀然覺得，這輩子也該為自己而活。待回到琓州好生侍奉父親一陣後，我想出外走走，大昭這般大，若是這輩子不曾去看過那些大好河山，豈非遺憾。」

碧蕪靜靜看著眼前的趙如繡，那雙曾經若死水般的眼眸中重新透出璀璨而溫柔的光，整個人都變得平和而寧靜。

她的繡兒不一樣了。

她不再深深執念於那些過往，開始懂得為自己而活。京城是繡兒的傷心地，亦是曾經差點困囚她的牢籠，可繡兒不是金絲鳥，更像是大雁，喜自由展翅而翔。

天高任鳥飛，終有一日，繡兒定也能尋到適合她的歸處。

趙如繡是在翌日城門初啟的時候離開的，沒有告訴任何人，也沒讓任何人相送，正如一年多前她離開的那回一樣。

她不喜哭哭啼啼的惜別，走也想走得自在些。不過，離開前，還是派人給碧蕪帶了信，只這回不再是「有緣再見」，而是說待有空便來看她。

碧蕪捧著趙如繡的信，勾唇笑了笑。她哥哥在知曉趙如繡要回琓州的事後，特地安排了人護送趙如繡回去，聽聞那人就是先前同趙如繡一塊兒來京城送信的劉守備。

有人護著，趙如繡這一路當是不會有什麼問題。

既改變了前世的結局，重活這一輩子，自是該活出應有的滋味。

第五十六章

四月初，喻珉堯兌現先前在慶功宴上的承諾，借著賞花宴之名，召集京中一眾適齡貴女集聚安國公府。

蕭鴻澤的生母清平郡主走得早，能安排主持這場宴會的也只有蕭老夫人和周氏了。蕭老夫人年歲已大，佈置宴會的事力不從心，一概交代給周氏，又派人讓蕭毓盈和碧蕪在賞花宴當日回安國公府去，幫著相看相看。

想著旭兒在王府內總待著也悶，是日，碧蕪便也將他一道帶了過去。

這場宴會的主角雖是蕭鴻澤，然蕭鴻澤公事繁忙，只言要晚些時候才能來。

碧蕪帶著旭兒抵達時，便見百花齊放的安國公府後花園中，眾家貴女輕羅綺衫，爭奇鬥豔，圍聚在一塊兒言笑晏晏。

見她行來，眾貴女忙起身同她施禮，碧蕪微微一頷首，提步至亭中蕭老夫人身側坐下。

「喲，旭兒也來了。」蕭老夫人笑顏逐開，將旭兒抱到膝上，拈了一塊桂花糕給他，隨即對著碧蕪抱怨道：「妳哥哥也真是，也不想想今日這宴會是為誰而辦，這個時辰了，還不回來。」

碧蕪用絲帕小心翼翼地拭去旭兒嘴邊的糕點碎，莞爾一笑。「哥哥公務忙，也是沒有辦法，我們先幫忙看看，也是一樣。」

「這哪會一樣。」蕭老夫人很不贊同這話，也不知想起了什麼，嘆息一聲。「昨日，我還特意讓劉嬷嬷將妳哥哥叫來，問他究竟中意怎樣的姑娘，妳哥哥想了半天，只說要脾性好的，能孝敬我，幫忙我打理府裡中饋的……」

蕭老夫人無奈道：「妳說說，這是給他挑媳婦，也不是給我娶妻，怎還盡想著我了。」

碧蕪聞言忍俊不禁，這倒是蕭鴻澤的性子了，她哥哥若是清楚知曉自己喜歡什麼樣的姑娘，還會這麼多年不成親嗎。

祖孫倆說話間，便見一婢子疾步入了亭，稟說府外有一老婦人欲求見蕭老夫人，道是昔日故交，此番恰好進京，便來拜訪一番。

蕭老夫人一頭霧水，一時忖不起究竟是何人，可既說是相熟的，好歹也得過去瞧瞧。她側首看了碧蕪一眼，碧蕪登時會意道：「祖母放心，您且去招待來客，這裡有孫女呢。」

蕭老夫人含笑點點頭，這才同那婢子一塊兒往花廳的方向去了。

她才走不久，蕭毓盈便來了，她穿著一件雀藍暗紋春衫，同霜白花鳥百迭裙，容顏明媚昳麗。

眼瞧著蕭毓盈入亭來，碧蕪玩笑道：「大姊姊是越發美了，若非識得大姊姊，我都快以為是哪家未出閣的姑娘了。」

蕭毓盈扁扁嘴，瞪她一眼。「就妳油嘴滑舌，還拿我尋開心，怎就妳一人，祖母呢？」

「家中來了客，祖母見客去了。」碧蕪答道。

蕭毓盈在碧蕪身側坐下，掃了一圈園中的貴女們，不由得嘀咕道：「可真是什麼拐瓜裂棗都來了。」

碧蕪聞言驚了驚，忙阻攔。「大姊姊，這話可不行說。」

蕭毓盈卻是渾不在意，翻了個白眼。「倒也不是我故意嫌棄看低她們，實在是其中有些人不像話。」

碧蕪瞭解她這位大姊姊，她雖性子烈，容易衝動，但確實不是喜歡在背後亂嚼人舌根的那種長舌婦，今日這般態度，大抵是真對其中一些人厭嫌了。

碧蕪多待在王府和宮裡，對這些世家貴女還真不大清楚，看她們個個衣著鮮亮，舉止端莊，但俗話說人不可貌相，這個道理碧蕪再懂不過。

她忍不住傾了傾身子，問：「大姊姊既知道許多，不如與妹妹說說？」

蕭毓盈輕咳了一聲，挺了挺背脊，旋即壓低聲音道：「妳瞧那個立在桂花樹下的，鵝黃衫子的姑娘，那是工部侍郎家的嫡次女，別看她表面和善溫婉，待下人卻極刻薄……」

碧蕪聽蕭毓盈一一說著，不由得瞠目結舌，想不到這些個貴女淑雅美貌的外表下，竟是這般不堪，她驚嘆道：「大姊姊，妳也太厲害了吧，竟知曉這麼多！」

「那是。」蕭毓盈得意地揚了揚下頜。「妳大姊姊我在京城十餘年，未出閣前大小宴會不知參加了多少，這雙眼睛什麼妖魔鬼怪不曾見過。方才我說的那些人可是萬萬不能讓大哥哥選的，這樣的嫂嫂進門，家裡豈非鬧翻天了。不過，其中也不乏好姑娘，妳瞧那邊……」

蕭毓盈如數家珍的繼續給碧蕪指點，姊妹頭挨著頭，時不時傳來低低的笑聲。

喻淮旭聽著母親和姨母在那裡「道人閒話」，百無聊賴的吃了小半盤桂花糕，忍不住打了個飽嗝。

他在園中眾貴女間掃過，餘光驀然瞧見一個高挺的身影自花園一側的小徑闊步行來。

園中忽響起一陣吸氣聲，碧蕪下意識以為是蕭鴻澤來了，還未仔細去瞧，便聽奶聲奶氣的一句「父王」，這才知是喻景遲來了。

旭兒先前一直喊爹娘，雖說這稱呼更為親切，可到底不成規矩，錢嬤嬤便私底下教他，人後叫什麼都可，但在人前要記得喚「父王」和「母妃」。

旭兒聰明，很快就記下了。

喻景遲本就是容貌俊朗清雅的男子，乍一出現在園中，頓時便將眾貴女的目光都吸引過去，眾人忙上前，朝喻景遲低身施禮。

蕭毓盈見狀，忍不住對碧蕪附耳道：「瞧瞧有些個人，行禮時矯揉造作，眼睛都快黏到譽王身上去了，哪還有個大家閨秀的樣子。」

碧蕪聽罷抬首看去，發現她這大姊姊說的話，確實沒有半分誇張。

這些人既會來此，定然是知曉這賞花宴是做什麼的，可現下看某些人的眼神，落在喻景遲身上，黏黏糊糊，怎好像是給喻景遲選妃來了。

碧蕪暗暗扁了扁嘴，心下也不知怎的，覺得有些不大舒服。她抿了抿唇，餘光瞥見小徑旁種的大朵的芍藥花，看向喻景遲道：「殿下，您瞧這芍藥花可好看？」

驀然被問的喻景遲懵了一瞬，旋即笑答。「自是好看。」

「臣妾也覺得。」碧蕪說至一半，卻將話鋒一轉，眼神有意無意往那些貴女中瞥。「就是這花招蜂引蝶，在眼前飛來飛去的，真是有點煩。」

聽得此言，喻景遲深深看了她一眼，沒有言語，片刻後，唇角微勾，眼底流露出顯而易見的欣悅。

他握著碧蕪的手緊了緊，附和道：「是挺討厭的，本王也討厭……」

說話間，就見一婢子疾步過來，對他們福了福，說午膳備好了，請殿下、王妃入席。

眾人聞言便隨著婢子去了正廳，還未入內，遠遠就聽蕭老夫人的笑聲傳來，進屋才見蕭老夫人與一衣著樸素的陌生老婦人坐在一塊兒說話，那老婦人身後還站著一位姑娘，約莫十八、九歲的年紀。

見他們前來，蕭老夫人忙起身朝喻景遲施禮，被喻景遲扶住了。

禮罷，她見碧蕪好奇的看著那一老一少，便介紹道：「這是李家奶奶，妳李猛叔叔的母親，這是秋瀾，妳李猛叔叔的獨女，李家與我們是故交，他們離開京城時，妳才出生不久，想來應是不記得。」

碧蕪確實不記得，可聽祖母這麼說，還是低身恭敬的福了福，李老夫人見狀忙惶恐的阻止。「使不得，使不得，哪能讓譽王妃同我見禮的。」

聞得此言，碧蕪卻是無所謂地笑了笑。「小五縱然嫁了人，但也是您的晚輩，這個禮您自是受得。」

家中突然來了客，今日又辦了宴會，蕭老夫人難得見故友，欣喜不已，便將祖孫倆留下來，一道用宴。

宴至半晌，蕭鴻澤才姍姍來遲，他一身官服未褪，身姿挺拔，或是因才從戰場上下來不久，渾身尚且透著幾分凜冽，滿是男子氣概。

這次賞花宴不乏真心為蕭鴻澤來的貴女，一見到他，都忍不住以帕掩唇，遮住面上的紅暈。

蕭鴻澤見過喻景遲後，又同蕭老夫人施禮，這才落坐用席。

席罷，在廳中坐著用過茶水點心，待日頭下去一些，蕭老夫人又帶著眾貴女重新去了花園。

李老夫人和李姑娘也受邀跟著一道去了。

蕭鴻澤雖叱吒沙場，但被兩個妹妹拉到眾貴女間，聽盡逢迎誇讚之語，才不過一炷香的工夫便有些熬不住，匆匆找了個藉口，同喻景遲一道去別處尋清靜了。

蕭毓盈和碧蕪為給蕭鴻澤挑個適合的姑娘，坐在園中與那些貴女言談，觀其修養脾性，好一會兒，也覺得累了，姊妹倆便坐在一塊兒閒扯說話。

蕭毓盈啜了口清茶，驀然看向不遠處的涼亭，道：「小五，妳瞧那位李姑娘。」

碧蕪順勢看去，便見那位李家姑娘坐在自己祖母身側，淺笑著安安靜靜不大言語，除非蕭老夫人問，她才恭敬的答上兩句。

雖她渾身穿戴未及那些貴女們光鮮奢華，但即便是素衣亦是昳麗動人，皎若明月，掩不住周身通透的氣質。

碧蕪疑惑道：「怎的，這位姑娘，大姊姊也識得？」

「那還真不識得。」蕭毓盈神神秘秘地湊近碧蕪道：「不過告訴妳個秘密，方才我母親偷偷與我說，真算起來，這位姑娘還曾與大哥哥指腹為婚呢。」

指腹為婚！

碧蕪驚了驚。「真的？」

「應當是真的吧……」蕭毓盈也不大確定。「我母親說，當年伯父與那李姑娘的父親交好，伯母生了大哥哥後，曾言若是李家誕下女兒，便嫁予大哥哥為妻，做蕭家的媳婦。只是後來或是李姑娘的父親病逝，他們離開了京城，此事便不了了之……」

蕭毓盈說至此，驀然壓低聲音道：「小五，妳說，這位李姑娘早不出現晚不出現，偏偏在大哥哥要擇妻時冒出來，莫非是想拿當年之事要脅……」

倒不是蕭毓盈疑心重，而是平生見到的心懷叵測之徒太多了，尤其是在京城這個地方，才不得不以最大的惡意來揣度他人。

碧蕪搖了搖頭，道了句。「誰知道呢……」

過了申時，在安國公府用過晚膳，碧蕪才帶著旭兒，同喻景遲一道坐馬車回王府去。途中，旭兒睡眼惺忪，昏昏欲睡，碧蕪乾脆就將他抱在懷裡，微微搖晃著哄睡了。待下了馬車，碧蕪將旭兒交給來府門口迎的錢嬤嬤，側首便見喻景遲同她並肩而行，看樣子，今夜是打算在雨霖苑過了。

這人也不知怎的，打今日她當著眾人的面借那芍藥花損了他和那些貴女一番後，這人就樂了一天，怕不是傻了。

入了雨霖苑，碧蕪也不管他，讓銀鈴、銀鉤備水沐浴，待換上寢衣，自側屋出來，便見喻景遲正靠在引枕上，拿著一卷書冊看。

她才在小榻邊坐下，便覺一雙遒勁有力的手臂纏上她的腰肢，一股子熱意噴在耳邊，令她面頰發燙。

碧蕪掙扎了一下。「殿下，您還未沐浴呢……」

耳畔響起男人的一聲低笑。「不洗了，怕洗乾淨了，再招蜂引蝶，可怎麼是好。」

聞得此言，碧蕪稍愣了一下，沒想到他拿自己說的話來打趣她，窘迫的別過眼道：「殿下這話可是冤枉臣妾了，臣妾只是不想有些人壞了這好好的賞花宴，提醒提醒罷了。不論是蜂還是蝶，只消殿下喜歡，臣妾都不在意。」

看著她這一副口是心非的模樣，喻景遲眸中又添了些許愉悅，他等了那麼久，總算是等來她對他的幾分醋意。

碧蕪見他不說話，正欲轉頭，卻覺肩頸處一陣灼熱，一陣麻意自尾椎竄上，惹得她一陣戰慄，側眸看去，便見自己後頸的衣衫被扯低，男人正俯首落下。

她抬手便要去阻他，男人攥住她的柔荑，反而一把將她抱到腿上，低啞的聲音帶著幾分笑意。

「可本王只愛這隻蝶……」

碧蕪輕軟的寢衣滑落，背脊凝脂般的玉肌上儼然有一蝶形的紅色胎印。她將臉埋在喻景遲懷裡，嗅著他身上熟悉的青松香，臉紅得幾欲滴血，驀然想起前世他也極愛吻她這處。

要不是他這個習慣，當初去安國公府認親時，她也想不起自己身上這個誰也冒充不了的證據。

懷中的女子本就羞澀不已，然喻景遲還是不放過她，伏在她耳畔道：「這花既教王妃占了，王妃不若留個印記，告訴旁人這是妳的了。」

碧蕪本不想理他，可耐不住好奇，還是稍稍轉過臉，眨了眨眼，囁嚅半晌才道：「如何留？」

她話音未落，便覺天旋地轉的一陣，人已然落在小榻上，雙臂被大掌擒住按在頭頂。只見男人俯身，埋首在她的脖頸間。

許久，他才抬首，眸中灼熱似可燎原，薄唇微啟，聲音隱忍低啞。

「這樣留……」

碧蕪雖看不見，但自是知道此時她頸間定是多了個曖昧的紅痕。

見他眸光灼灼的看著自己，碧蕪不由得將目光落在他脖頸處，卻只瞥了一眼，便飛快收回視線。

問他那話根本是她自討苦吃了。

喻景遲看著身下面色緋紅的女子，一雙瀲灩的眸子濕漉漉的，不畫而丹的朱唇輕咬著，飽滿似成熟多汁的蜜桃，散發著亂人心神的清香，誘人採擷。

他喉結微滾，粗糙的指腹碾在柔軟的朱唇上，眸色貪婪幽沈，似一隻沈睡的猛獸逐漸甦醒，欲破籠而出，精準的咬住獵物的脖頸，欲將她一口一口吞吃入腹。

「王妃若是不會，本王不介意多示範幾遍，次數多了，王妃自也就會了。」

低沈醇厚的聲音方落，碧蕪只覺身子一輕，已然被男人攔腰抱起，往床榻的方向而去。

室內燭火昏黃，卻是旖旎難掩，很快，伴隨著床榻難以承受的吱呀聲響，在芙蓉帳內投下兩道交纏扭動的影子。

第五十七章

蕭老夫人與蕭鴻澤商量完將李秋瀾同李老夫人接進府的事後，便以時間不早，命婢女將人送走了。

蕭鴻澤走後，劉嬤嬤遲疑半晌，俯下身對蕭老夫人道：「老夫人，李姑娘同國公爺那事……您緣何不提啊？」

蕭老夫人自然曉得劉嬤嬤說的是何事，不就是兩家父母曾定下的那樁婚事麼。

這樁婚事，說來也有些奇妙。

當年蕭鴻澤出生後，李家夫人也很快懷有身孕，才有了那指腹為婚的約定，只可惜這個孩子並未出生，沒過多久，李家夫人就因意外而小產，直到蕭鴻澤九歲時才再度有孕。

可誰也沒想到，孩子尚且只有四個月，李猛便忽患惡疾病逝，李家夫人傷心過度，本想跟著一道去了，在清平郡主的勸說下，才放棄這個念頭，同婆母一道扶柩回鄉。可在生下李秋瀾後幾年，李夫人卻因生產後身子有虧，加上傷懷過度，很快便也跟著李猛走了，只留下李秋瀾與祖母相依為命。

安國公府原先對李家也是諸多幫助救濟，然後來蕭毓甯走丟，清平郡主和安國公相繼離世，才逐漸與李家斷了聯繫，這樁陳年往事便再沒幾個人記得了。

畢竟兩個孩子差了九歲，李家怕是也沒想到，蕭鴻澤居然至今還未婚，而且她們此趟來安國公府，似乎也沒有攀附的意思，不過是李秋瀾帶李老夫人來京城看病，順道造訪。

李老夫人倒是私底下與蕭老夫人說了幾句話，說自己這把年歲，時日只怕無多，到時自己不在了，還望蕭老夫人能幫著照拂照拂李秋瀾，她一人孤苦伶仃，就怕被人欺負了去。

「這事，還是先別讓澤兒知曉的好。」蕭老夫人沈默半晌道。

劉嬤嬤疑惑不解，少頃，試探道：「難不成是老夫人覺得，李姑娘如今的身分……」

「莫要胡說！」蕭老夫人一豎眉，不高興的掃了劉嬤嬤一眼。「妳跟了我這麼些年，難道覺得我是那種嫌貧愛富、捧高踩低的。今日我原也想同澤兒道出這事，可看他對自己的婚事這般不上心，若知曉此事，指不定因為上一輩的承諾，還真娶了秋瀾，這對秋瀾來說可不是什麼好事。」

她活到這個歲數，這輩子閱人無數，應是不會看走眼。秋瀾生得漂亮，脾性好又孝順，談吐流利大方，看樣子也是讀過不少書的，輕易許給她那略微木訥的孫子，倒是有些可惜。不如在自己身邊留些日子，若他們二人有緣自是好事，可若實在沒有緣分，也不必強求。

秋瀾快二十了，因不忍心離開祖母，生生拖到了這個歲數還未嫁人，著實不小了。到時就在京城為秋瀾尋一樁好婚事，她若不喜京城，要回慶德，也可。

大不了，就認個乾親，當再多一個孫女，有安國公府在背後做倚仗，想來就算嫁給慶德的人家也不會受虧待。

蕭老夫人已然將一切都在心底盤算好了，她安心的站起身，更衣洗漱，上榻歇息去了。

今歲的夏日似乎比往年更長些，彷彿無窮盡的酷熱讓不少百姓都快熬不住，可這一季更熬不住當是那些被大理寺、刑部和都察院輪番拷問過來的涉案者。

及至六月末，七月初。

線索時斷時續，原一直沒甚太大頭緒的刑部官員收到一封密信，嚴查之下，科舉舞弊案終於有了極大的進展。

原是負責科舉的禮部官員自考生處收受賄賂，並秘密買通考官，趁整理考卷之際調換考卷，以獲取想要的名次。

而那位在跨馬遊街之時，手持血書以求公道的書生，正是被調換了考卷的考生之一。此事他原不得知，以為又是曝腮龍門，然垂首喪氣之際，卻有一不學無術卻榜上有名的紈袴跑到他面前耀武揚威，毫不顧忌的大談舞弊之事，諷刺書生貧賤出生，只配被人一輩子踩在腳下，別妄想作什麼一步登天的白日夢。

書生大受震驚，憤恨難忍，他散盡家財層層上告，卻因沒有證據，再加官官相護，始終申冤無果，還常被以誣告之罪下獄或遭棍棒猛打。不過三年，一身傷痕累累，落下無數病痛的書生想起自己寒窗苦讀多年竟落得這麼個下場，終對官府徹底寒了心，才在跨馬遊街那日直直衝出去，最後放手一搏。

他了無生趣，本就沒想過活著回去，能做的僅是以此將死之身，掙個魚死網破，為天下的文人清流，為那些尚存氣節和大志，欲以功名報效家國而慘被落榜的考生們討一個公道！與古今萬千蒙冤之人相比，幸運的是，他做到了。

刑部覺得區區一禮部小官應不至於有那麼大的膽子，便一路順藤摸瓜，很快就查到了一人頭上。

那人正是當今陛下的寵妃，淑貴妃的長兄，永昌侯方屹欽。

自方屹錚私吞軍餉一事後，方家再出這樁亂事，牽扯重大，喻珉堯收到上稟文書後，大發雷霆，憤怒過度險些暈厥。

冷靜之後，喻珉堯不免懷疑方家兄弟與兩案牽扯甚廣，索性兩案併查，將此事統統交予喻景遲調查處置。

聖旨一下，喻景遲更是忙得腳不沾地，連著好一段時日都沒能回府，幸得還有趙王幫忙，倒還算好些。

過了立秋，隨著案件進展，兩樁案件所牽涉之人越來越廣，喻珉堯身體本就不佳，一時氣急攻心，猛吐了幾口血，自此臥於病榻。

自永昌侯開始被牽扯入案後，喻珉堯便將淑貴妃和承王禁閉，以防二人暗中插手此事。

一切都在按部就班展開調查，才不過三個月，刑部大牢裡就關押了幾十個大大小小的官員，整個大昭朝廷都因此受了震盪，不知有多少心虛之人終日惶惶不安，心驚膽顫，生怕下一個就是自己。

銀鈴消息靈通，每日都在碧蕪耳畔喋喋不休，感慨萬千，碧蕪都只是應付的道上兩句，因這一切於她而言，不過都是前世舊事重演罷了。

要說有什麼不同，那便是永昌侯府出事後不久，蘇嬋的兄長，鎮北侯世子蘇麒恐擔憂妹妹因此受到連累，向陛下上書，以永昌侯世子虐妻之名請求和離。

在兩樁案件查得如火如荼之際，驀然冒出這事，頓時成了京城百姓茶餘飯後津津樂道的話題。

永昌侯府敗落已然成為定局，蘇嬋這時候提和離，頗有大難臨頭各自飛的意味。

雖她提出的和離原由也算是合情合理，或為了證明自己所言非虛，蘇嬋還特意出門去了醫館。她前腳剛走，醫館夥計就憑著那張嘴，將她身上可怖的傷痕傳得街頭巷尾人人皆知。

依那夥計所言，雖他只瞥見永昌侯世子夫人露出的一小截手臂，但依舊令人心驚，上頭新新陳陳的傷痕，鞭傷、擦傷及青紫的瘀傷交錯堆疊。

一個弱女子被凌虐至此，京城百姓皆為其不平，指責永昌侯世子殘忍無度，他昔年眠花宿柳，調戲良女的荒唐舊帳又被翻了出來。

然才過了一宿，因坊間的另一傳言，使這樁和離紛爭變得錯綜複雜。據永昌侯世子親口所言，蘇嬋絕非表面這般柔柔弱弱，反是心機深沈的毒婦。

當年為了不嫁入永昌侯府，她向未婚夫婿下毒，才有了後頭永昌侯世子癲狂跳河，昏迷不醒一事。

永昌侯世子之所以將此事公諸於眾，無非是看不慣蘇嬋的虛偽面孔，如今她既與他徹底撕破臉，他自也不必留任何餘地。

京城百姓對談論此事樂此不疲，到後來也看清楚了，這對夫婦委實是狗咬狗，全然拋去大家貴族的臉面，這劇情著實比觀止茶樓最賣座的話本還要精彩。

鎮北侯世子蘇麒在得知妹妹下毒一事後，雖也震驚萬分，但因是一母同胞的妹妹，仍是硬著頭皮，進宮向陛下求情。

喻珉堯本就為那兩樁貪墨案件頭疼不已，絲毫沒心思理會這件事，故而蘇麒幾乎每回去皆是無功而返。

近日樁樁件件發生得太多，碧蕪擔憂太后，便帶著旭兒入了宮。

到了慈安宮，便見太后躺在床榻之上。

才不過一月不見，太后鬢間霜雪又添了幾分，雖活到這個年歲，在這個爾虞我詐的深宮中見過太多骨肉相殘、兄弟鬩牆。可眼看著在自己膝下長大的孩子們慢慢變了性子，一個個走上歧途，她到底還是難掩失望難過。

今日見到旭兒，太后的精神好了些，與旭兒玩鬧了一會兒，又拉著碧蕪說了些體己話，面上復又顯出幾分倦色。碧蕪見狀以旭兒還要去墨淵閣看書為由，起身告辭了。

然方才步出慈安宮正殿，碧蕪迎面便與從側殿出來的喻澄寅撞了個正著。

淑貴妃被禁足在芙蓉殿後，太后擔憂喻澄寅，在與皇后商量過後，將她接到身邊住下。

不管淑貴妃做了什麼，喻澄寅到底是無辜的，今日見著這位昔日最受寵愛、最活潑鬧騰的六公主，碧蕪不免有些驚詫。與上一回在慶功宴時相比，喻澄寅又瘦了許多，身形單薄，甚至如弱柳般不堪風吹，原還有些肉嘟嘟的小臉如今下頜尖細，輪廓分明，雖是襯得人更為高䠷，可通身的稚嫩之氣亦消失了。

這位六公主徹徹底底長成了大姑娘。

兩人也不算相熟，碧蕪朝她微微一頷首，客氣的喚了聲「公主殿下」，旭兒也隨著她有禮的喊了聲「六姑姑」。

見喻澄寅緊抿著唇沒有說話，碧蕪正欲牽著旭兒離開，只聽一句急切的「六嫂」。碧蕪抬眸看去，便見喻澄寅沈吟半晌，小心翼翼道：「能不能……陪我說會兒話？」

碧蕪怔了一瞬，含笑道了聲「好」，她讓銀鈴和小漣領著旭兒在外頭玩，自己則隨喻澄寅入了側殿。

喻澄寅命宮人奉了茶，咬著下唇，半晌才低聲道：「我原本以為，六嫂定也不會搭理我的。」

聞得此言，碧蕪端杯盞的手微微一頓。「公主殿下為何會這麼說？」

喻澄寅長吸了一口氣，面上流露出絲絲苦澀。「自我兩個舅舅、母妃和七哥相繼出事，宮裡的人便同從前不一樣了，見著我也不再笑著討好，而是避之不及，恍若我是瘟神一般，躲得遠遠的，就連阿嬋姊姊也……」

她聲音驟然一哽，緊接著，珍珠般的眼淚滴滴答答的落進杯盞中，好一會兒，她才緩過勁來，啞聲道：「我原以為阿嬋姊姊定不會疏遠我，可那日在宮中見到她，我喊了她好多聲，她卻一眼都未轉過來看我。我知曉她聽到了，卻沒想到如今竟連她也毫不遲疑與我割席。」

蘇嬋是怎樣的人，碧蕪再清楚不過，從一開始，她討好這位六公主，就只因著公主的身分地位。

那麼多人都瞧出來了，偏這位天真的六公主看不出來。或許她並非絲毫沒有察覺，只是發覺了卻不願承認，自欺欺人吧。

「我在宮中出生長大，自小便被所有人疼愛著。我總以為她們都是真心待我好的，可為什麼現在他們都徹底變了呢。母妃也好、阿嬋姊姊也好，甚至於父皇和七哥，都不再似從前那般待我了……」喻澄寅淚眼朦朧的看向碧蕪。「六嫂，真的是我錯了嗎？是不是我哪裡做得不夠好？」

喻澄寅眸中的迷茫與卑微，讓碧蕪頓生出幾分心疼，眼前的人還是那個曾不可一世的六公主嗎？

碧蕪將她抱進懷裡，輕輕撫摸著她的背脊，任她從低低抽泣到放聲大哭。「妳沒錯，妳有什麼錯呢……錯的不過是他們罷了……」

人活在世上，沒有誰是一開始就可以活明白的，總是吃過一遍又一遍的苦頭，才會生出警覺，分辨善偽，懂得如何在這個混濁的世間保護自己。

六公主也是，她也是。

這世活得還算順遂，不過是堪堪避開前世遭過的難罷了。

可無人知曉，離喻景遲登基的日子越近，碧蕪心中的不安就增添一分。

因一切似乎變了，卻又循著該有的軌跡，若東流之水滔滔向前，無法回頭。

又一月，因永昌侯曾用賄賂款替承王置辦幾座宅院和美人，原與兩樁案件關聯不大的承王亦被牽扯其中。所謂王子犯法與庶民同罪，喻珉堯為平民憤，下旨將承王貶為郡王，趕回封地，終身不得回京。淑貴妃被貶為貴人，驅至冷宮。

方家被抄家，永昌侯和戶部尚書斬首示眾，方家家眷不論男女被悉數流放。至於涉案的官員則根據罪行輕重處斬，流放，被貶……

因未能與永昌侯世子和離，流放之列亦有蘇嬋，為了救女兒，鎮北侯快馬加鞭自西北進京，懇請陛下放過愛女。

喻珉堯念在鎮北侯鎮守西北多年，勞苦功勞，最終同意他將蘇嬋帶回西北，只和承王一樣，此生此世永不得踏入京城一步。

是夜，雨下得極大，屋簷上噼啪作響，水流匯聚至廊下，形成一道密密的雨簾。

碧蕪站在屋門口，遠遠的望著，卻始終不見雁林居那廂有任何動靜。

按理說，那兩樁案件已了，喻景遲當是沒有先前那般忙碌，可為何快過亥時還未回來。

碧蕪正欲讓銀鈴去隔壁打探打探，卻見雨幕中一個身影打著傘匆匆奔來，正是康福。

「王妃，王妃。」康福氣喘吁吁的跑到廊下。「殿……殿下回來了……」

回來了？

碧蕪忙問道：「那殿下人呢？」

「一回府便去了梅園，這會兒在雨中淋著呢，任憑奴才怎麼勸，都不肯進屋去。」康福急道：「王妃，您快去看看吧。」

他話音未落，手上的傘被奪了去，身側飄過一陣風，那抹倩影已然跑入雨中。

碧蕪也未管下裙被雨和濺起的水花打得濕透，徑直往梅園的方向跑去，入了院門，果如康福所說，喻景遲淋著雨站在院中，一動也不動，望著那一片梅林。

「殿下！」她快步至他跟前，忙踮腳為他撐傘。

「王妃怎麼來了。」

喻景遲看著她因為他打傘而濕透的半邊身子，劍眉蹙起，本欲伸手將她攬近些，可想起自己這雙手方才殺了人，復又緩緩垂落。

然垂落的一瞬間，那雙冰冷的柔荑卻握住他，用勁將他往屋內拽。

碧蕪不知究竟發生了什麼事，可見喻景遲這般反常，又來到梅園，總覺得應是與沈貴人有關。

將喻景遲拉坐在小榻上，碧蕪正欲去點燈，再尋來乾淨的帕子給他擦拭，卻一個不防，倏然被扯進男人懷中。

他粗糲的大掌擒住她的下頜，迫不及待地攫取她的呼吸。

一片漆黑中，濕透的衣裳被一件件丟落在地，碧蕪原本因淋了雨而冰涼的身子也在與男人的緊貼中恢復了熱意，隨即一點點被大掌點燃而逐漸滾燙。

窗外飄風急雨，屋內亦是驚濤駭浪。

碧蕪雙眼迷濛，緊緊攀住男人的背脊，任他予取予求，昏昏沈沈間，卻聽耳畔響起熟悉又低啞的聲音，一遍一遍，似在逼迫她承諾什麼。

「妳不會離開我的，對嗎？絕不會離開我……」

她朱唇緊咬，緩緩閉上眼，不知該如何回答。

從前她分明知道走不了，可還總想帶著旭兒逃跑。可如今她清楚，她更是逃不掉了。

即便很久以前，她就已心有所覺，卻倔強著始終不肯承認此事，可時日越長，她發現她越發騙不了自己。

怎麼辦！

她好像真的喜歡上他了……

第五十八章

這世上最能騙過自己的人總是自己，可自欺欺人從來都是最不堪一擊的。

嫁入譽王府近四年間，碧蕪不是不曉得喻景遲對自己的好，可他越是對她好，她便越只能做視而不見，甚至每回內心隱隱的悸動冒出頭，就會被她毫不留情的阻撓扼殺，從不敢去細想。

可今夜或是處在這一片黑暗之中，無法看清他的神情，聽著他一遍遍的問話，碧蕪內心的聲音竟也開始變得清晰起來。

都說情不知所起，她也不知自己究竟是從何時開始隱隱對這個男人動了心，或是前世他手把手教她習字學棋時，抑或是他抱著她在攬月樓賞月時。可前世的她因著身分地位，也因著臉上可怖的傷疤，向來敏感自卑，不願輕易承認此事，亦不願將自己的真心捧給他看。好似那是她最後的傲骨，一旦折了，那她便徹徹底底的一敗塗地，淪為他手中可輕易嘲辱丟棄的玩物。

然重來一世，她不再是那個卑躬屈膝的奴婢，而是他明媒正娶、堂堂正正的妻。

從踏入譽王府的一刻，她已然做好了準備，以前世蘇嬋的位置，讓他和夏侍妾此生能歡歡喜喜，終成眷屬。

可夏侍妾依舊死了，他卻不復前世那般用餘生去懷戀這個美豔的女子，反而在不久後告訴她，他心裡有了她。

事情朝著碧蕪難以預料的情況變得一發不可收拾，她分明一次次想疏遠他，可最後還是貪戀他的溫柔與保護，甚至看著他與旭兒如前世一樣溫馨的父子相處，越發沈醉於這份單純的幸福中無法自拔。

可前世賜死陪葬的那盞毒酒，就像梗在她喉間的一根刺，吐不出來，嚥不下去。她一直介懷的並非全是自己的死，而是他對自己的冷酷，是十幾來年同床共枕，卻沒有換來他一絲留情。

這四年來，看著他對自己的好，碧蕪總是會想，或許前世她的死非他本意，可她終究死過一回，她無法毫不介懷的去接受他。

與其如此，不若將這顆心收起來，不教自己也不教他看見，總好過整日庸人自擾，自尋煩惱。

見身下人久久沒有回應，男人劍眉微蹙，眸色沈了幾分，碧蕪死咬著唇，嚶嚀聲音才自喉間逸出，便被男人的薄唇吞了下去，頓時化作無力的嗚咽。

疾風驟雨打在窗扇上，久久不息，恰如屋內滾燙的熱意，直逾半宿才終歇了勁。

碧蕪筋疲力竭，幾乎是一沾了榻便昏死過去，翌日醒來時，喻景遲已不在了。她身上換了乾淨的寢衣，她依稀記得，昨夜事畢，似是喻景遲用溫熱的水細細替她擦了身。

她擁著衾被，在床榻上呆坐了一會兒，才聽門扇開闔的聲響，見小漣端著銅盆自外頭進來。

「王妃醒了。」小漣擱下銅盆，拿起一旁備好的衣裙。「奴婢伺候王妃更衣。」

碧蕪微微頷首，忍著周身痠疼，由小漣幫著換好了衣裙，接過濕帕子，淨面之時，驀然想起昨夜喻景遲的反常，問道：「今日……可有聽聞朝中或宮裡發生什麼事？」

小漣愣了一瞬，抿了抿唇，答道：「真說起來，確實是有，聽說昨夜淑貴妃自觀星臺上墜落，沒了……」

碧蕪動作倏然一滯，確認道：「自哪裡墜落？」

「觀星臺。」小漣定定道：「宮裡都傳是因方家生了變故，承王被逐回封地，淑貴妃承受不住，一時想不開，才會偷偷跑出冷宮，自觀星臺上墜樓自盡。」

碧蕪反覆琢磨著這番說辭，雙眸瞇了瞇，不免覺得有些蹊蹺。

雖說，淑貴妃兩世的結局都差不多，但碧蕪總覺得，像淑貴妃那般高傲的人，應不至於如此脆弱，受不了打擊自盡才對。

而且，真這麼巧嗎？

沈貴人當年正是從觀星臺墜亡，而淑貴妃也剛巧選在觀星臺自盡，再聯想到喻景遲昨夜的異常，碧蕪總覺得此事沒有那麼簡單。

淑貴妃的死極有可能與喻景遲有關，而喻景遲之所以對淑貴妃下手，興許是因為他的生母沈貴人。

前世喻景遲登基後，並未追封沈貴人為太后，而是做了一件驚世駭俗之事。他不顧群臣反對，尋來方士，在沈貴人故鄉挑了一塊風水寶地，擇個黃道吉日，大張旗鼓將沈貴人的棺槨遷出皇陵，在其故鄉安葬。

碧蕪不知，沈貴人當年究竟發生了什麼，可喻景遲既不願將此事公之於眾，那段過往，大抵是他最脆弱痛苦的回憶，不堪為旁人知曉。

她緊緊捏著濕帕子，想起昨夜打著傘跑進梅園時，喻景遲望著那片梅林，眸中難忍的悲痛，只覺心口也跟著疼了一下。

他既然不願說出口，那便就此埋在心底，等它漸漸淡忘去，也不失為一件好法子。

與當年太子一事不同，再歷承王之事後，喻珉堯徹底病倒，太醫院御醫們費盡心思，然無數湯藥入口，卻始終不見好轉。

依太醫院醫正所言，陛下此病不在身而在於心，長年累月，憂思過重，鬱鬱難解，乃至失眠心慌，胸悶喘急。

也怪不得喻珉堯會變成這般，才不過短短三年，太子、承王接連出事，又在同一年經歷了西南之亂與兩樁大案。

喻珉堯受案牘勞形，還要抽神處理紛繁複雜的家事與國事，年深日久，心力交瘁，積勞成疾。

在他臥病期間，幾位親王與皇子輪番前往宮中侍疾，喻景遲自也不例外，甚至侍疾的時日比他人還更長些。

自梅園那夜後，碧蕪好一陣子都未見著他，整日待在王府中到底無趣，她便帶著旭兒去了安國公府。

打李家祖孫倆搬來後，蕭老夫人有了說話作伴的人，氣色也比往日好上許多。

李秋瀾親手做了一大桌的菜，幾人說說笑笑，甚是熱鬧。

回到譽王府時，已然過了申時，碧蕪牽著旭兒回了雨霖苑，方才踏入垂花門，便見一個高俊挺拔的身影站在屋門口，含笑遠遠看著他們。

「父王！」好幾日未見，旭兒撒開碧蕪的手，興奮的一路小跑過去。

碧蕪看著那人，抬手摸了摸鼻子，卻不急不緩，行至喻景遲跟前。「殿下何時回來的？怎的也不派人去通知臣妾一聲。」

「午膳前自宮裡回來，聽錢嬤嬤說王妃帶著旭兒回安國公府，便想著王妃難得去一趟，不打擾王妃了，沐浴更衣後，睡了兩個時辰，方才起身。」

碧蕪聽罷細細看去，果見喻景遲眼底青黑，面露疲憊，想來是這一陣子在宮中侍疾，並未歇息好。

她心疼的蹙起眉頭，稍稍抬眼，卻正撞進喻景遲那漆黑深邃的眼瞳裡。

他眸光溫柔，反讓碧蕪有些慌亂的別過頭，不敢正眼看他。承認對他的心意後，她反而有些恐慌，怕自己不自覺流露出的情意讓他察覺。

「外頭涼，殿下還是莫在外頭站久了。」碧蕪低咳一聲，掩飾般拉著旭兒，急匆匆進了屋。

喻景遲杵在原地，思及碧蕪方才奇怪的反應，擰起了眉，甚至在無人注意之際，悄悄往面上摸了一把，確定上頭沒什麼異樣。

可及至用完晚膳，將昏昏欲睡的旭兒送去東廂歇息後，他那位王妃都像是在躲著他，一眼都未瞧他。

趁著碧蕪去側間沐浴之際，喻景遲站在那枚海棠雕花銅鏡前，對著澄黃的鏡面看了好半晌，都沒看出個所以然來。

碧蕪沐浴回來，恰好撞見了這一幕，步子一滯，不由得咋舌。

男人照鏡子雖也是無可非議，畢竟人都會在意自己的儀容，可此時喻景遲微微弓著身，蹙眉對著鏡面左瞧右瞧的樣子，實在罕見又奇異得緊。

碧蕪掩唇忍了半晌，到底沒忍住「噗哧」一下笑出聲音。

聞得此言，喻景遲一個激靈，猛然挺直背脊，尷尬的低咳了一聲，旋即好似什麼都未發生一般，折身神色如常。「王妃洗完了？」

「嗯。」碧蕪微微頷首，瞥了一眼銅鏡。「殿下這是在瞧什麼呢？」

「王妃想知道？」喻景遲挑眉。「不如過來親自看看。」

碧蕪遲疑了一下，但到底沒忍住好奇，一步步往妝檯的方向而去，可在靠近男人的一瞬間，卻被驟然攬住腰身，壓在妝檯之上。

喻景遲一雙手臂撐在兩側，徹底困住她的去路，旋即低笑一聲問：「王妃覺得，本王今日如何？」

如何？

碧蕪眨了眨眼，真要說，她總覺得今日這人奇奇怪怪，她瞥了一眼他的臉，雖面上仍有倦色，但一如往昔般俊朗，她心下一動，訥訥道：「殿下，很好呀……」

見她說罷又要挪開眼睛，喻景遲不悅的抬起大掌擒住她的下頷，逼她不得不直視著他。「那為何王妃的眼神總不落在本王身上。」他薄唇緊抿，語氣中竟透出幾分埋怨與委屈。「難不成是本王今日生得不好看了嗎？」

碧蕪愣怔在那兒，一時竟不知說什麼好。

只覺自己傻得慌，越躲避分明越會教他看出端倪，倒不如坦坦蕩蕩些。

歷經兩世，還是頭一回見他這副委屈的樣子，碧蕪也不免生了幾分逗弄他的心思。

「殿下好看，殿下日日都好看，尤其今日生得格外好看，迷了臣妾的眼，這才令臣妾不敢直視呢。」

她這一番話果真讓喻景遲呆住了，倒不是沒從她口中聽過恭維的話，可今日這話聽著既彆扭又有些舒心，看著她眸中躍動的光芒，喻景遲薄唇微抿，面色亦漸漸溫柔下來。

一瞬間覺得二人內心的距離離得格外近，近到觸手可及。

他薄唇微張，正欲說什麼，卻聽屋門驀然被叩響，旋即傳來康福氣喘吁吁的聲音。

「殿下，宮裡來報，請殿下速速進宮去。陛下……似是不大好……」

早先侍疾罷才自宮裡出來，不過幾個時辰，接到旨意的喻景遲又快馬加鞭進了宮。

至喻珉堯寢殿，恰逢幾位太醫自殿內出來，孟昭明孟太醫頭一眼瞧見喻景遲，便似無意般走近，躬身施了一禮。

「陛下如何了？」喻景遲問道。

「殿下不必擔憂，陛下方才服了藥，已然好多了。」孟昭明深深看了喻景遲一眼，旋即壓低聲音道：「依微臣看，應是沒甚大事。」

喻景遲聞言垂了垂眼眸，便見殿門幽幽而開，喻珉堯身邊的太監總管李意拿著拂塵，畢恭畢敬至喻景遲跟前。

「譽王殿下，陛下召殿下進去呢。」

見喻景遲往四下掃了一眼，劍眉微蹙，李意登時會意道：「其他幾位殿下還在趕來的路上，譽王殿下且先進去吧。」

聽得此言，喻景遲微微頷首，提步入了殿內。

殿內燈光幽暗，只床榻邊立著幾盞小宮燈，昏黃的燈光透過輕薄的床幔照在榻上消瘦的身形上。只見喻珉堯面色蒼白，雙目微陷，略顯乾癟的胸膛隨著他緩慢的呼吸上下起伏。儼然一副病重之相。

喻景遲在離床榻幾步外停了下來，恭敬的喚了聲「父皇」。

「來了……」回答他的聲音略有些虛弱低啞。「坐到朕身側來。」

喻景遲遲疑了一瞬，才聽命上前，掀開床帳，在榻邊坐下。「父皇感覺可還好？」

「好。」喻珉堯乾咳了幾聲，唇間露出些許自嘲的笑。「至少還未死呢。」

「父皇不必憂心，不過小病，想必很快便會痊癒。」

見喻景遲語氣平緩的說著這番勸慰的話，喻珉堯又是扯唇一笑，只這笑，略有些意味深長，他盯著帳頂看了許久，驀然問道：「淑貴人的事，是你所為吧？」

喻景遲聞言眼皮微微一掀，絲毫沒有慌亂，反鎮定自若的承認道：「正是兒臣。」

見他這般淡然，喻珉堯似也不驚詫。「你是故意留下痕跡的。」

淑貴妃雖的確是從觀星臺墜落而亡，可她手腕上的勒傷，卻不得不令人認為她並非跳樓自盡。設計殺了她的人不可能沒注意到這些勒痕，除非是故意讓人循線去查。

至於查什麼，自然是沈貴人死亡的真相。

當年，淑貴妃害死沈貴人的事，喻珉堯確實不得而知，他甚至未去求證，就同宮中眾人一般，認為沈貴人就是因失寵發瘋，才會崩潰跳下觀星臺。

可他忘了，沈貴人根本不是顧念恩寵的女子，當年在江南遇到她時，他分明是用身分權勢壓迫，才逼得這個骨子裡高傲的女子，不得不隨他回了京城。

「朕確實對不起你母妃，她當年孕期被人下毒，乃至於生產後再不能跳舞，朕也未曾為她討一個公道。」

喻珉堯眸中閃過一絲愧意，可何止是沈貴人，這滿宮的嬪妃，他又有幾個對得起的，就連如今的皇后，也不過是他為坐穩皇位而利用的工具罷了……

他的所有真心，早已隨那個與他年少結髮的女子葬在冰冷的皇陵中。

古往今來，不知有多少人為了這個至高無上的位置趨之若鶩，卻不明白為何坐在此位之人總稱自己為孤家寡人。

因看似擁有了千里江山，受萬民朝拜，實則戴著那頂沈重的冠冕，一路行來不過是孑然一身，腳下踩的是壘壘白骨，身後則空無一人。

喻珉堯長長嘆了口氣，若在感慨他登基二十幾年的坎坷多舛。少頃，他低聲道：「朕累了，想歇息歇息，你先下去吧。」

喻景遲起身，拱手施了一禮。「兒臣告退。」

他方才走了幾步，便聽喻珉堯的聲音再次響起。「老七的事，你以為朕真的一點也不知情嗎？」

喻景遲步子微頓，身後一聲摻雜著無奈的低嘆在空曠的殿室內飄散。

「遲兒，相煎何太急……」

喻景遲站在原地，聞聲卻並未回頭，只在心中反覆回味著這話，許久，唇間露出些許嘲諷冰冷的笑。

那廂的床榻上，看著那個遠去的背影，喻珉堯亦扯唇笑了笑，他當年如何坐上這個位置的，他最是清楚，如今又有何資格再去說教自己的孩子。

這孩子既然想要這個位置，拿去便是。只日後坐在那把至高無上的龍椅上，無論遇到什麼，都需一人承受。

不過看來，他定是會比自己做的更好些。

而他，在那把冰冷的龍椅上坐了二十幾年，早已累了、倦了，什麼都不想再管了……

思至此，喻珉堯長長吐出一口氣，彷彿卸下一份千斤重擔，他看向榻外，喚了一聲，很快便見李意匆忙推門入內來，扶坐起掙扎著要起身的喻珉堯。

喻珉堯靠在引枕上，輕咳了幾聲。「李意，擬旨……」

第五十九章

不消半個時辰，天子身體有異一事很快傳遍整個京城，幾位王爺和皇子在喻景遲之後相繼收到消息進宮，但連喻珉堯的面都未見到，便被以莫擾陛下安歇為由，統統趕了回去。

就在群臣以為陛下無恙，立嫡繼位一事為時尚早時，翌日一道聖旨卻打了眾人一個措手不及。

李意在早朝之上宣讀旨意，傳喻珉堯言，道近年來龍體欠佳，恐難再持國之重事，今譽王皇六子，人品貴重，深肖朕躬，既朕登基，即皇帝位。

而喻珉堯則退居太上皇，搬至京郊行宮休養生息，頤養天年。

事出突然，聖旨一下，舉國譁然，畢竟大昭建國以來，從未有皇帝退位太上皇一舉，然念及喻景遲近年功績，平災亂，查兩案，定民冤，確為登基的不二人選。

雖朝中亦有微詞，但很快也在喻景遲正式接手朝政後漸漸平息。

登基大典定在半月之後，喻景遲這段日子一直住在宮中，代替喻珉堯處理各種政事。

自聖旨下來那日起，碧蕪便再未見過喻景遲。不過，她亦有頭疼之事，這段日子，攀附拜訪之人絡繹不絕，若不是讓小廝僕役攔著，譽王府的門檻幾乎快被踏破。

碧蕪不堪其擾，便在錢嬤嬤的建議下，與旭兒悄悄回了安國公府。

雖安國公府那廂也好不到哪兒去，畢竟喻景遲登基，蕭鴻澤往後便是國舅，自也有不少人想趁早與安國公府交好，以便將來謀利。

縱然覺得煩，可府上有蕭老夫人在，同祖母待在一塊兒，碧蕪到底覺得自在熱鬧許多。再加上那位秋瀾姑娘每日變著花樣的端上新鮮菜色，碧蕪和旭兒在安國公府待著倒也舒服得緊。

如此過了兩三日，京城下了一場大雪，堵路難行，府門口終於清靜下來。反是尚衣局來了人，要為碧蕪量體裁衣，說是奉喻景遲的意思，來為她做封后大典的禮服。

蕭毓盈剛巧也在府裡，見此一幕，還調侃碧蕪，說要當皇后了，問她高不高興。

碧蕪敷衍的笑了笑，沒答話。

她也說不出高不高興，只覺恍恍惚惚似有些不真實。分明前世她只是個卑微的小奴婢，如今搖身一變，竟要成為世上最尊貴的女子。

就如作了一場夢一般。

相對於高興，她其實有些心神不寧，一股不知源自於何處的不安，在胸口竄動，一度悶得她難以喘息。

好似有什麼不好的事情要發生。

這感覺也全非空穴來風，蕭鴻澤作為武將，近日卻常進出皇宮，每日回來，面色凝重，略顯憂心忡忡。

碧蕪雖心有疑惑，但到底不好問，只看得出來，蕭鴻澤似乎也同她一樣不安。她的感覺倒是沒有錯。

離登基大典還不到三日，這日，蕭鴻澤與喻景遲商議罷，自宮中回來，已過了午時。穿過安國公府花園時，恰好看見李秋瀾牽著旭兒行來，旭兒看到他，提聲喚了句舅舅，李秋瀾止了步子，恭敬的同他施了個禮。

「李姑娘要帶旭兒上哪兒去？」蕭鴻澤問道。

還不待李秋瀾開口，旭兒已激動道：「母妃在曾外祖母那兒坐著呢，旭兒餓了，李姨姨便說要帶我去吃好吃的。」

「哦？」蕭鴻澤輕笑了一下，看向李秋瀾。「這是要去吃什麼？」

李秋瀾朱唇微啟，正欲回答，又是旭兒快了一步，他攥住蕭鴻澤的衣角，昂著腦袋問：「我們要去吃湯肉丸子，舅舅也要一起去嗎？」

他話音方落，李秋瀾忙阻。「小公子，國公爺公事繁忙，想是……」

「好啊。」蕭鴻澤卻是爽快的應下。「我那院子離這裡近，不若去我那兒吃吧，剛巧我也未用午膳。」

李秋瀾絞了絞手上的絲帕，顯得有些無措，但還是微微頷首應下了。

她將旭兒交給蕭鴻澤，自己去了灶房，做了幾碗湯肉丸子，三碗端去蕭鴻澤的院子，另幾碗讓人送去蕭老夫人那廂。

湯肉丸子蕭鴻澤倒也不是沒吃過，可或許沒用午膳，看著這碗漂著蔥花的湯肉丸子，著實感受到腹中飢餓。

旭兒已迫不及待用湯勺舀起丸子，吹涼一些，便往嘴裡送，鮮美的滋味在口中蔓開，他不吝誇獎，看著李秋瀾道：「李姨姨做的肉丸子真好吃。」

「小公子喜歡便好。」

李秋瀾替旭兒擦了唇間沾染的湯汁，轉而便聽旭兒問：「舅舅覺得好吃嗎？」

聽得此言，李秋瀾朝蕭鴻澤看去，見他蹙眉細細咀嚼著，不由得心一提。「可是不合國公爺的胃口？」

蕭鴻澤抬眸，眉目舒展了些，只淺淡一笑。「很美味，只這味道有些熟悉，一時竟令我想起母親了。不瞞李姑娘，我母親從前最會做這道湯肉丸子。」

與其說是最會，不若說是只會這一道。

清平郡主自小在宮中長大，不曾沾染過廚房葷腥，嫁入安國公府，才開始學習廚藝，不過她在這方面似乎真的沒甚天賦，學來學去，最後學會的唯有這道湯肉丸子。

這肉丸與旁的肉丸不同之處，在於和餡時加了香蕈碎，在雞湯中燉煮後，吃起來更為鮮香美味。蕭鴻澤又嘗了一個，驀然想起來。「我記得，當初教母親做這道湯肉丸子的，似乎正是李夫人。」

李秋瀾聞言有些驚詫，旋即垂眸面露感慨。「我同我母親一樣，也愛下廚，這道菜便是她從一個伺候多年的老嬤嬤那兒學來的。後來，我長大了，又從嬤嬤那兒學了做這道湯肉丸子。」

說罷，她看向蕭鴻澤，忍不住笑起來。「倒真是巧了。」

看她這般坦坦蕩蕩的朝他笑，蕭鴻澤不禁微愣了一瞬。

打這位李姑娘入府，蕭鴻澤便一直覺得她在刻意避開自己，雖說也可能是未嫁的姑娘家避嫌。可她和李老夫人到底是客，時日一久，總讓蕭鴻澤覺得或許是他這主家有哪裡做得不好了。

他想了想，問道：「李姑娘和李老夫人在府裡住了這麼久，我也不曾關切過，不知底下人伺候可還盡心，若有什麼不周到的地方，妳們儘管說便是，不必太過拘束。」

李秋瀾忙道：「國公爺客氣了。國公爺和老夫人事無鉅細，皆安排得面面俱到，哪有什麼不周之處。只是在府上叨擾了那麼久，著實是麻煩國公爺和老夫人了。」

「哪有什麼麻不麻煩，李姑娘和李老夫人在，倒是更熱鬧些，只要你們不嫌棄，安心住下便是。」

蕭鴻澤說的確實是心裡話，他兩個妹妹接連出嫁，笙兒又忙於學業沒時間陪伴祖母，蕭老夫人雖說還有周氏陪伴，可說不上什麼話，還是寂寞了些。

李秋瀾抿了抿唇，輕輕一點頭，道了聲謝。

外頭天寒地凍，屋內的暖爐裡燃著金絲炭，將一室暖意都融在裡頭。三人安安靜靜的吃著，一時唯有湯匙碰著碗壁的叮噹聲響，好一會兒，李秋瀾才聽蕭鴻澤開口。

「聽祖母說，李姑娘還在慶德開過一家小酒樓，依李姑娘這般手藝，生意應當不錯吧。說來，我曾帶領軍隊經過慶德一次，若是那時便認識李姑娘，定然會前去光顧妳的酒樓。」

李秋瀾聞言，拿著湯匙的手微微一滯，旋即深深看了一眼蕭鴻澤，不知想起什麼，朱唇抿起。

他自然不知道，她曾見過他的。

慶德位置絕佳，處於南北之間，有不少南來北往的旅人商客途經於此，也會在她的玉味館小坐吃飯。

正是從商旅口中，她第一次聽說了眼前這個男人。

那年，她還不過十二歲，在大堂幫忙收帳時，聽見自南邊來的客人談起那個驍勇善戰的年輕將軍，說他如何以一敵百，橫掃千軍，彼時她還不大信。

後來，她十四歲時，他率領的昌平軍大勝凱撒，北上回京之時，途經慶德，她便被婢子拉著去看，在那些披堅執銳的將士中，她一眼就瞧見了那個騎在高頭大馬之上的俊朗男子。

說來讓人笑話，他還曾是她春心萌動時短暫的少女心事。

不過如今帶著祖母來京城求醫，知曉了自己和他的淵源，她也早已沒了那些繾綣心思，更多的是自知之明。

他們之間的關聯，只不過是以父輩的情誼勉強維繫，他是安國公，是未來皇后的兄長，而她只不過是個家族敗落、失去雙親的孤女罷了，自不該有不能有的奢望。

因著那份戲言般的婚約，開始時在他面前她還覺得不自在，後頭才發現，他似乎並不知曉此事。他不曉得也好，不然倒教她更不知如何與他相處。

她都想好了，待再過一陣子祖母病好了，她便帶著祖母回慶德去，繼續安安穩穩的過他們的日子。

至於京城，便只當是一場夢了。

許是她的眼神過於灼熱，坐在對面之人疑惑看來，李秋瀾面頰發燙，慌忙收回視線，假意去看身側的旭兒。

見旭兒的肉丸子已吃了個乾淨，甚至連口湯都沒剩下，便仔細的用帕子替他擦了擦嘴。

待蕭鴻澤亦吃得差不多了，僕婢撤下碗筷，又小坐了一會兒，李秋瀾才道：「帶著小公子在這廂坐了這麼久，想來譽王妃也該找了，秋瀾便先帶著小公子回老夫人那兒去了。」

見蕭鴻澤點頭應下，李秋瀾蹲下身為旭兒戴好氈帽，掩好領口，才帶著他出屋去。

蕭鴻澤將兩人送出門，看著那個著茜粉梅花暗紋短襖的倩影，牽著被冬衣裹得圓圓滾滾的孩子，在時不時的琅琅笑聲中，深一腳淺一腳的在雪地裡走遠。

他負手看著這一幕，不自覺薄唇抿起，或是溫暖的湯食入了腹，此時他整個人覺得熨帖了許多，連多日積壓的不安燥意都消散了些。

然心底這份寧靜並未維持多久，緊接著，他倏然想到什麼，劍眉蹙起，眸光復又逐漸銳利幽沈起來。

碧蕪是在喻景遲登基前夜回王府的，是錢嬤嬤特意派人叫她回去，說是該送進宮的東西都送去了，剩下的教她親自來瞧瞧，可還有什麼重要的物件遺漏的。

封后大典安排在登基大典後兩日，她本該和旭兒提前入宮，可喻景遲派人來傳消息，說等明日登基大典過後，再接他們進宮。他如此安排定有他的道理，碧蕪也未多說什麼。

是日，在蕭老夫人屋裡用了晚膳，她才帶著旭兒坐馬車回府去。及至雨霖苑，陪著旭兒讀了幾頁書，將他哄睡後，碧蕪才有些疲憊的回了正屋。

她抬手揉了揉痠澀的脖頸，正欲吩咐銀鈴打些熱水來洗漱，卻聽身後驀然傳來隔扇門閉闔的聲響。

碧蕪疑惑的折身，恰恰撞進男人堅實的胸膛裡，被一雙修長有力的臂膀順勢摟緊。

嗅著縈繞在鼻尖的熟悉的青松香，碧蕪不免有些驚詫，抬首看去，果真是她期望的那張面容。

或是近來處理政事疲憊，他眼底青黑，臉上帶著顯而易見的倦色，想是夜裡未歇息好。

「殿下，您怎麼回來了？」她的語氣中帶著自己都未察覺的驚喜。

喻景遲眸色溫柔，垂首看著她。「本王想王妃了，便偷偷從宮裡跑出來，見見王妃。」

說著，他抬手用粗糙的指腹在碧蕪眉眼間細細撫過，像是在勾勒她的輪廓。「這麼多日不見，不知王妃想不想本王？」

看著他眸中的期冀，碧蕪朱唇輕咬，卻沒有答話，若說不想，就是自欺欺人了，可她到底羞於將真心話訴諸於口，只默了默，用一雙柔荑攥緊了男人的衣襟，當作回答。

她這答案雖含蓄，可面前的男人卻看懂了，碧蕪眼見一絲喜色自他眸底劃過，下一瞬，盈盈一握的腰肢被大掌扣住，整個人被一把抱到圓桌之上。

下頷被抬起，男人滾燙的氣息撲面而來。

碧蕪也不知被吻了多久，只覺雙唇熱辣得厲害，幾乎難以呼吸，原纏在他脖頸上的藕臂到最後也變成了無力的推拒。

喻景遲意猶未盡的放開她，望著那雙若藏著清泉般濕漉漉的杏眸，喉結微滾，看著她狼狽的樣子，卻沒歇了逗她的心思，劍眉一蹙道：「本王看著王妃應是不想的，都說相思使人消瘦，可本王怎麼瞧著，王妃這臉反倒圓潤許多。」

聽得這話，碧蕪怔住了，不由得心虛地撇開了眼。

這也不能怪她，誰教這陣子待在安國公府裡，日日吃著李秋瀾做的飯菜，嘴上沒忍住，想瘦也瘦不成啊。

她正欲反駁，然抬眼撞見他眸中的戲謔，登時反應過來，自己差點就著了這人的道，扁了扁嘴，嗔怪地瞪他一眼。

時隔這麼久見到他，碧蕪自然希望他多留一會兒，她囁嚅半晌，問：「殿下今夜……」

然話還未說完，就聽門扇被敲響，外頭傳來康福略帶遲疑的聲音。「殿下，明兒還有大典，您今夜怕是不能久留……」

聽得這話，碧蕪失落的垂了垂眼眸。

倒也是了，登基大典非同小可，天未亮，新帝便要起身更衣準備，前往奉天殿祭告天地宗廟。大典儀式之繁瑣複雜，碧蕪雖未親眼見過，可光是聽著，便覺疲累辛苦。

「看來，本王得走了。」雖嘴上這般說著，喻景遲攬著碧蕪腰肢的力道卻重了幾分，他俯身在她耳畔道：「等明日大典結束，本王便接王妃和旭兒進宮。」

碧蕪正欲應聲，卻聽他頓了頓，忽而又道：「明日，不論發生什麼，王妃都不必驚慌，只需隨本王的人去做，就好了。」

此話若重錘一般砸下，令碧蕪的心猛然一跳，先前的那股不安感又似潮水般漫了上來。她的預感沒錯，果真有事要發生。

「殿下，明日……」

她很想問，可發現完全不知該從何問起，只能任由喻景遲緊緊摟著她，用低沈醇厚的聲音安慰。「別怕，本王自會安排好一切……」

喻景遲離開後，碧蕪始終未眠，輾轉反側，思忖著喻景遲說的話，以前世而言，若還有誰是喻景遲登基的威脅，當是只有承王了。

雖說這一世，兩案了結之後，承王的下場和前世一樣，被降為郡王，貶至封地。可碧蕪知曉，這並非承王前世真正的結局。

前世，承王在喻景遲登基第三年，在旭兒前往溫泉行宮養病的途中，意圖綁架身為太子的旭兒，借此要脅。

喻景遲命人捉拿承王，在被囚三日後，承王飲毒酒而亡。

雖說離前世的承王之亂還有好幾年，可既然這世喻景遲登基已提前兩年，那承王之事定也有變故的可能。

私吞軍餉案再加科舉舞弊案，方家吞占受賄的銀兩多不勝數，當不可能只簡簡單單用來建宅院、養美人。

就連身為儲君的太子都私下養兵，更遑論承王。淑貴妃愚蠢至極，總覺得憑藉陛下對自己的寵愛，或許將來承王也有繼承大統的希望。可承王此人雖是好色，卻不至於同他母親一樣，蠢到認不清陛下的心。

在太子出事之前，喻珉堯心中繼位的人選從來只有太子一個，根本不可能改變。

那消失的一大筆銀錢，當是被承王聯同兩位舅舅用來秘密屯兵養兵，鍛造武器。

只承王或許沒想到，他當初準備用來對付太子的兵馬，如今卻轉而用在喻景遲身上。

碧蕪越想越覺得自己猜測得不錯，沒了絲毫睡意，一直在床榻上躺到破曉。聽見錢嬤嬤來敲門，說旭兒醒了，嚷著要來尋她。

聽得這話，碧蕪起身開了門，便見旭兒一下撲進她懷裡，摟住了她的脖頸，奶聲奶氣的喊了聲「娘」。

碧蕪也將旭兒摟緊了幾分，看著外頭欲亮未亮的天，秀眉蹙緊，拍了拍旭兒的肩，喃喃道：「娘在，娘在。」

喻淮旭並非故意要撒嬌，只他和碧蕪一樣，經歷兩世，也隱隱感覺到了什麼異樣，可他如今不過是個還不到三歲的孩子，除了來看看母親，心下尋求安慰，什麼也做不了。

銀鈴、銀鉤自灶房端來了早膳，碧蕪吃了幾口，沒怎麼嚥得下，只想起前世承王之亂的結局，忍不住頻頻看向身側伺候的小漣。

正是在那場混亂中，小漣讓她和旭兒藏起來，替他們引開追兵，自己卻落了個被亂箭射死的下場。

可今世一切都不同了，她既能救下繡兒，也救下了哥哥，那是不是小漣亦可以有這樣的幸運。

或許察覺今日碧蕪一直在看她，小漣背手往臉上摸了摸，納罕道：「王妃，可是奴婢臉上有什麼，您怎一直看著奴婢呀？」

碧蕪只笑了笑。「不過是覺得今日這身衣裳格外襯妳，實在好看，才忍不住多看了兩眼罷了。」

小漣或是鮮被人誇，垂首有些赧赧的抿了抿唇角。

早膳後，碧蕪雖還是心神不寧，但仍陪著旭兒讀了幾頁書，練了會兒字。

旭兒的字寫得是越發好了，從一開始筆都拿得不大穩，到如今一筆一畫頗有些樣子，也才過了不到三個月。

但碧蕪自是不知，並非喻淮旭練得好，而是這雙不大有力的小手開始重新適應起手中的筆而已。

快至巳時，只聽外頭驀然喧囂起來，碧蕪心一慌，手也跟著抖了抖，筆尖的墨在紙上暈開一片。

「王妃，王妃……」小漣驚慌失措，急匆匆跑進來。「不好了，聽聞承王帶兵包圍了皇宮，逼停大典，如今京城都是承王的人，怕是很快便會來王府，御林軍的人已在外頭等了，您和小公子快些準備準備，隨他們逃吧。」

銀鈴和銀鉤聞言皆是面色大變，忙回屋去收拾東西，然沒一會兒，便見出去打聽的小漣又跑回來，氣喘吁吁道：「不行，往外跑只怕已來不及了，奴婢聽聞府中有可躲藏之處，要不便先在府裡躲一躲。」

人命關天的事，銀鈴、銀鉤同錢嬤嬤幾人聽得此話，哪兒還有空閒問太多，忙讓小漣領路。

碧蕪雖心有疑竇，但想起昨夜喻景遲說的話，還是隨著小漣去了。她抱著旭兒，一路疾走，眼見進入一個熟悉又陌生的院子，不由得愣怔了一下。

因這裡不是他處，正是前世毀於一場大火，今世卻完好無損的、夏侍妾曾居住過的菡萏院。

只見小漣熟門熟路的進去，在屋內環視一圈，旋即徑直跑向西面角落博古架上的青花瓷瓶，微微一扭，一側的床榻後發出些許聲響，竟赫然出現一個黑洞洞的密室。

看著這個密室，碧蕪懵了懵，不禁想起先前在梅園誤碰而發現的密室，兩者之間難不成有什麼關聯嗎？

「小漣，妳……妳如何知曉這地方？」銀鈴張大嘴，驚詫的問。

正當眾人疑惑之際，小漣已推著她們往密室裡頭去，邊走嘴上邊碎碎的解釋，言自己早前出府辦事時，認識了一個曾經伺候過夏侍妾的奴婢，那人說她在打掃時曾無意間發現這個密室。

縱然這話漏洞百出，聽著並不大可信，但如今這般境況，也並未有人再追問。

眼見幾人都進去了，小漣隨口道了句「我出去看看」，作勢要往外走，手臂卻倏然被拽住，回過頭便見碧蕪看著她，眸色堅定。

「不許去！」

小漣掙扎了一下，想要縮回手，卻沒能成功，不由得強笑著安慰道：「王妃莫要擔憂，奴婢只出去看看，就怕有人偷偷跟了來，若是無人，奴婢很快便回來。」

這言辭碧蕪著實熟悉得緊，因前世小漣對她說的最後的話，也與之相似，她說要他們藏好，她去看看，很快便回來。

之後，便再也回不來了。

雖無法確認，但碧蕪能想像到，小漣究竟要去做什麼！

以喻景遲的性子，不可能真的安心讓她藏在府裡，定然做了周密的安排，讓她即便藏在此處也不會被發覺。

如果，「譽王妃」已經帶著孩子離開了，誰還會想到再去府中搜人呢。

小漣恐不是和前世一樣，想再一次代她去死。

「我說了，不許去！」碧蕪仍定定的看著小漣，她不可能再一次，放任這個姑娘為自己送命。

見她這般執著，小漣面上的笑意斂起，逐漸化作一絲決絕與傷感，或許是猜出碧蕪可能知曉了真相，她抿唇哽咽著道了一句。「王妃，奴婢能認識您一場，是奴婢的福氣，奴婢冒犯了……」

碧蕪還未反應過來，就見小漣自懷中掏出一塊帕子，在她鼻尖一掃，下一瞬，碧蕪便覺眼前發暗，在周遭人的驚呼聲中，身子驟然軟了下去。

她被銀鉤和錢嬤嬤接在懷裡，在逐漸模糊的視線中，碧蕪眼瞧著小漣關上密室的門，頭也不回的往前去。

看著那個纖細卻挺拔堅毅的背影，電光石火間，竟與碧蕪記憶裡的另一人逐漸重合。

她雙眸微瞠，這段日子想不通的種種似乎得到了解釋，可隨之而來的卻是更大的疑惑與荒唐。

怎麼會！怎麼可能呢！

若小漣真是……

那前世十幾年，他豈非一直都在騙她！

第六十章

碧蕪作了一個很長的夢。

前世十幾年與那個男人相處的點點滴滴，如紛紛揚揚的紙片般在她眼前閃過。她竟不知，兩人的前世回憶會有這麼多，零零碎碎，埋藏在記憶深處，從來不被她在意或察覺。

可他對她的那些溫柔、保護與佔有，最後化作的不過是他冷漠決絕的背影和一杯腸穿肚爛的毒酒。

幽幽睜開眼，雀藍的暗紋羅帳微微飄蕩著，碧蕪側眸瞥見一片繡著龍紋的黑色衣角，順勢抬眼看去，一瞬間竟有些恍惚。

男人倚著床欄而靠，雙眸緊閉，面容沈肅淡漠，一身繁複端重的墨染常服，斂了他平素的溫潤之氣，反透出帝王的威儀不可犯。

她目不轉睛的看著他，一時竟認不清是現實，還是仍深陷在前世夢中。

須臾，男人鴉羽般的眼睫微顫，緩緩睜眼，露出那雙深邃幽沈的眸子，他靜靜看著她，柔聲道：「醒了？」

聞得這聲，碧蕪頓時清醒了些，她閉了閉眼，掩去眸中悵惘，支撐著坐起身，抬眸環顧了一圈。

雖是對此地不大熟悉，但前世碧蕪到底來過幾次，略有些印象。這偌大的殿宇，富麗堂皇的陳設，當就是皇后寢殿。

裕甯宮。

「怎麼了，可是身子不適？」

見她愣怔在那廂，久久沒有答話，男人劍眉微蹙，抬手去摸她的臉，然還未碰到分毫，便見她側了側腦袋，竟躲開來。

男人的眸色微沈了幾分，他垂眸思量半晌，以為是她因那婢子之事同他置氣，解釋道：「為了保護妳和旭兒的安全，的確是朕讓她代替妳上了馬車。雖是兇險，但幸好她不過受了些小傷，過後朕會好生賞賜她。」

碧蕪聞言深深看了他一眼，他自是不知，她介懷的，不止這些。

而他對小漣的態度越不在意，梗在她心口的那根刺，就越發被扯得生疼。

少頃，她薄唇微張。「殿……」

才出聲，她便驟然閉了嘴，她忘了，眼前這人已經不是譽王了，而是新帝喻景遲。

他終是成了他心心念念、高高在上的皇帝。

「陛下……」她再次開口，胸口濃重的滯悶溢到喉間，連聲音都帶著幾分無力。「臣妾累了，想再歇一會兒。」

喻景遲劍眉微蹙，不可能看不出這不過是她趕他走的託詞，雖不清楚究竟是何緣由，但他總覺得這個分明近在咫尺的人，下一瞬便會徹底消失一般。

他沈默半晌，低聲道：「好。」

碧蕪靜靜等著他離開，卻見他久不起身，少頃，身子便從後被攬住。

「待皇后休息好了，朕再來看妳。」

「陛下，臣妾還不是皇后。」碧蕪喃喃道。

「或早或晚，妳都是朕的皇后，又有何關係。只不過妳如今受了驚嚇，身子不適，封后大典恐怕要推遲幾日，但妳永遠是朕唯一的妻子。」

男人低沈醇厚的聲音伴隨著溫熱的呼吸落在她的耳畔，他抱著她的手力道很大，似要將她揉進懷裡，碧蕪掙扎不開，嗅著他身上熟悉的氣息，驀然覺得眼眶發澀發酸。

她強忍著淚意，藕臂攀上他寬闊的背脊，心下百感交集。

她是真的希望，只是自己猜錯了。若是一場誤會，便好了……

喻景遲離開後，銀鈴、銀鉤方才躡手躡腳地進屋來，碧蕪躺在榻上並未睡去，索性出聲將兩人喊過來，同她們問起小漣的事。

銀鈴與銀鉤對望一眼，答道：「小漣那時迷暈了娘娘以後，便再未回來。直過了好幾個時辰，才有陛下的人將我們給放出來，護送我們入了宮。」

銀鉤也道：「奴婢們到處沒見到小漣，因著擔心她，同人打聽，才知小漣那日穿了娘娘的衣裳，上了馬車，替您引開了追兵……聽聞她受傷了，但幸好，只受了些小傷，應當很快便能好起來。」

碧蕪聞言頷首，哽咽著喃喃道：「沒事便好……」

銀鈴、銀鉤伺候碧蕪起了身，取了自御膳房送來的飯食伺候她吃下，再同她徐徐道了這兩日發生的事。

原來是登基大典那日，承王與留在京城的心腹裡應外合，將六千精兵放進京城，包圍了皇宮。

大典被迫中斷，承王威脅喻景遲主動讓位，言會留他一命。參加大典的群臣皆嚇得大驚失色，其中不乏貪生怕死，倒戈向承王求饒之人。

就在眾人以為承王奪取皇位在望時，卻不想一聲慘叫後，承王帶來的六千精兵竟突然開始自相殘殺，頓時一片混亂。

不多時，蕭鴻澤帶兵攻進皇宮，將承王殘兵團團包圍，承王被打了個措手不及，逃跑無路，當場被蕭鴻澤生擒。

看著新帝華貴冠冕加身，站在祭臺上，從頭到尾波瀾不驚，風清雲淡的模樣，群臣這才知曉，這場承王之亂原就在他們這位新帝的計劃之中。換句話說，從一開始，他就欲以承王叛亂，好名正言順地將其定罪，同時，也讓諸多不忠之臣原形畢露。

那些當時遲疑著未向承王屈服的朝臣在恍然大悟之際，不免心有餘悸。

眾人原皆以為新帝寬厚良善，卻不想其心計手段隱藏之深，著實令人意想不到。

這場登基大典可謂一石二鳥。既擒下了承王，又震懾了群臣。

凡是在登基大典上見過此幕的大臣，就算顧著自己的性命，往後也萬不敢在新帝面前隨意造次。

雖承王被捕下獄後，尚未被定罪，可謀反篡位之事非同小可，定不可能像先前那般被貶至封地如此簡單。更何況事發後，在行宮休養的太上皇便以臥病為由避不見人，似乎鐵了心不參與此事，京城都在傳，承王這回只怕是凶多吉少。

登基大典後的第四日，碧蕪的裕甯宮便來了客。

乍一聽守殿的宮人通傳說雲平長公主要見她時，碧蕪便料到她要說些什麼。

喻澄寅接連在太上皇和太皇太后那廂碰了壁，如今尋到了她處，定也是無可奈何。

碧蕪沈默半晌，到底沒忍心將她拒之門外，還是命銀鈴將人請了進來。

喻澄寅方才踏進殿內，便屈膝跪在碧蕪面前，任憑她怎麼拉都不肯起來。

曾經那麼高傲的小公主，如今卻卑躬屈膝，無助的跪在地上，拉著碧蕪的衣角，用懇求的眼神看著她。「皇嫂，求求您，救救我七哥吧。」

碧蕪就知她為此而來，她低嘆了口氣，終究沒有辦法應她。「寅兒，這是朝中政事，我無力插手，亦無法左右陛下的決定。」

「不，寅兒知道皇嫂可以，皇兄愛極了皇嫂，這世上除了皇嫂，沒人能勸得動皇兄。」

喻澄寅止不住崩潰的哭起來。「皇嫂便當可憐可憐我，母妃沒了，寅兒就只有這麼一個親哥哥了……」

此話固然沒錯，喻澄寅也確實無辜可憐得緊，但碧蕪頭腦到底沒有發昏，就因得如此，便去喻景遲面前替承王求情。

喻澄寅無辜，可那些為滿足承王野心而喪命的將士和百姓們同樣無辜。

承王這般貪戀權位，乃至於不擇手段的人，不配為皇帝，更不配為人。

他貪污軍餉，陷家國安危於不顧，亦不管朝政紊亂，以科舉之利斂財屯兵，就只為了那個古今無數人趨之若鶩的皇位。

既然做了，他便需得為自己所做之事，付出代價。

碧蕪咬了咬唇，手上一用力，猛然將喻澄寅拉拽了起來，定定地看著她道：「寅兒，妳已然長大了，定也清楚承王這些年究竟做了什麼傷天害理的事，陛下想要他的命，或許有私心在，可承王本身真的無罪嗎？就算陛下看在我的面子上，放過了他，可那些被他害得家破人亡的百姓們，又要去哪裡討一個公道！」

聽得此言，喻澄寅的哭聲一時哽在那兒，她低眸反覆回味著這話，許久，終似放棄般鬆開了碧蕪的衣角，雙臂無力的垂下。

她是紅腫著一雙眼睛離開的，但走時卻並未哭，只神色決絕，出了裕甯宮後，徑直往御書房的方向而去。

翌日一早，碧蕪便聽聞了承王在牢裡自盡的消息。雖不知這一世是不是喻景遲賜下的毒酒，但碧蕪聽說，就在前一夜，喻澄寅曾親自拎著食盒去獄中看望承王。她或是帶著喻景遲的意思，或也有她自己的意願，以還算體面的方式，給自己的親哥哥留了具全屍。

承王死後，喻景遲網開一面，並未對承王家眷趕盡殺絕，只將他們悉數貶為庶民，流放至北部苦寒之地。

而喻澄寅從承王去世後，即變得沈默寡言，開始真真正正隨太皇太后一塊兒抄寫經文，虔心禮佛。不論如何，經歷了這許多，她已再變不回當初那個天真爛漫的小公主了。

入宮十餘日後，碧蕪問過銀鈴小漣的傷勢，命人將在宮外休養的小漣接了進來，親自去看她。

喻景遲口中所謂的小傷，差一點便讓小漣送了命。一支羽箭直直插入她的胸口，但凡再偏一指，今日她便不可能再見到小漣了。

傷勢雖已好了許多，可小漣躺在榻上，起身仍舊有些艱難，見碧蕪親自來看她，她掙扎著欲坐起來，又被碧蕪擋了回去。

「妳傷得不輕，好生歇息著，不必多禮了。」碧蕪看著她略顯蒼白的面色，不免有些心疼，畢竟小漣是為救她而傷。「這些日子，妳就安心在宮中休養，有孟太醫親自給妳瞧病，想來定是能好得快些。」

小漣躺在榻上，輕咳了兩聲。「多謝娘娘。」

碧蕪微微頷首，旋即垂下了眼眸。若說她這一趟來單純是為了看小漣，那定是假的，她亦存有自己的意圖。她伸手替小漣掖了掖被角，狀似無意般問道：「妳是何時開始跟著陛下做事的？」

小漣聞言稍愣了一下，很快反應過來，想是碧蕪已經知道她是喻景遲的人了，思忖片刻道：「有好些年了，奴婢是孤女，承蒙陛下賞識，才能在這艱難的世道中活下來，後來為了報恩，便聽陛下的命令，負責保護娘娘。」

「是嗎……」碧蕪也不知這話是真是假，想起這一世在王府初遇小漣時的場景，確實是巧合又刻意。

她默了默，接著道：「這次多虧了妳，若沒有妳，只怕我和旭兒，都會遇到危險。」

碧蕪說著，自髮髻上取下一枚潔白無瑕的桃花玉簪，笑了笑。「我也不知如何謝妳，其他的賞賜自然有的，不過這枚玉簪，我向來很喜歡，一併贈予妳。」

小漣見狀，惶恐道：「娘娘，奴婢並非……」

「我知道，妳救我不為得我報答，可我也不能不報。」碧蕪佯作自然地將玉簪隨手插在她的髮髻上。「扭過頭，教我瞧瞧，戴著好不好看。」

小漣聽話的稍稍偏過腦袋，碧蕪將她鬢邊的碎髮別到耳後，趁此機會，不動聲色朝她左耳後看了一眼。

雖心下已做好了準備，然一眼瞥見藏在耳後的那顆紅痣時，她仍忍不住雙眸微瞠，心中猛然一個震顫。

前世她與夏侍妾相處的時間雖並不長，但卻在一次無意間，發現夏侍妾左耳後有一顆紅痣。

鮮豔如火，卻不易瞧見，若非那時旭兒調皮，伸手扯了夏侍妾的頭髮，她也斷不會在手忙腳亂替夏侍妾整理髮髻時發現此事。

碧蕪怎也不會想到，前世那個男人懷戀了一輩子的女子根本沒在譽王府溺水死去，而是以另外的身分，與她共同伺候了旭兒六年，最後還為他們喪了性命。

那是不是意味著，夏侍妾對喻景遲而言，根本不重要，只是他用來支使的工具罷了。

可若夏侍妾從一開始便是喻景遲放在王府掩人耳目的存在，那她重生後謀劃的一切，豈不是從一開始，便不可能成真。

碧蕪腦中亂得厲害，她從前所知的一切、所相信的一切，在一瞬間，盡數崩塌了。

他在騙她，他真的在騙她！

她努力沈了沈呼吸，驀然覺得有些喘不過氣，一個可怕的想法亦在她腦中冉冉升起。

該不會從一開始，他便什麼都知道。

從梅園那晚的人，到旭兒便是他的親生骨肉！

光是想著，碧蕪掩在袖中的手就止不住的顫抖，小漣或許是看出她的異樣，問道：「娘娘，您怎麼了？」

碧蕪佯作冷靜，扯唇笑了笑。

不論如何，此事到底與小漣無關，不論她做了什麼，都不過是奉主子的命行事罷了。

「沒事，只是覺得幸好妳沒事。」碧蕪拍了拍她的手。「妳好生休息，早些將傷養好才是，我便不擾妳了。」

見碧蕪站起身，小漣忙要起來，卻被碧蕪阻了回去，她便只能躺在榻上低首，恭敬道：「奴婢恭送娘娘。」

離開小漣的住處，碧蕪回裕甯宮的步子越來越快，銀鈴、銀鉤跟在後頭，發覺主子今日有些奇怪，不由得疑惑地對視一眼。

方才踏入裕甯宮，守殿的宮人便上前稟，說陛下來了。

碧蕪動作稍稍一滯，朱唇輕咬，面上露出些許決絕，她提步入了正殿，見喻景遲正坐在臨窗的小榻前，賞她親自剪下插在瓶中的紅梅。

或是聽見聲響，他抬眸望來，視線觸及她的一刻，薄唇微抿，神色溫柔。

屋內的炭籠裡燃著金絲炭，角落的紫金香爐中檀香嫋嫋，殿內暖融馨香，本該是沁人心脾，令人心神安寧，然打從看見那個男人的一刻起，碧蕪的心便是冰冷的。

她絲毫露不出笑意，只側首吩咐道：「都先出去吧！」

銀鈴、銀鉤雖不知究竟發生了何事，可看到自家主子這般表情，總有些不好的預感，遲疑了一瞬，但到底不敢多問，同殿內其餘宮人打了個眼色，魚貫退出去，還不忘帶上門。

碧蕪的異樣，喻景遲自也看出來了，他雙眸眯了眯，旋即卻似無事般起身，緩步至碧蕪跟前。

「這麼冷的天，皇后去哪兒了？」他牽起她的手，用大掌捂在掌心裡頭，關切道：「手怎這般涼。」

碧蕪一時沒答話，靜靜看了他半晌，才開口道：「臣妾方才去看小漣了……」

聽得「小漣」二字，喻景遲沒甚反應，只想了一會兒，淡淡道：「哦，是那個救了皇后的丫頭吧，聽聞昨日，皇后將那丫頭接進宮。倒也好，此番皇后能平安無事，她功勞不小，待她傷養好了，朕便好生賞賜她一番。」

他表現得越是平靜，碧蕪的心便越涼，她閉眼沈了沈呼吸，再看向他時，眸色複雜。她朱唇微啟，一字一句道：「陛下，小漣便是夏侍妾，對嗎？」

聞得此言，喻景遲面上閃過一絲驚色，緊接著，他薄唇緊抿，笑意漸斂，少頃，低低道了一句。「是。」

碧蕪原還覺得他或許會繼續同她撒謊，不想他卻承認得如此爽快。

荒唐，實在太荒唐了！

她甩開他的手，往後踉蹌了幾步，鼻頭發酸，眼前漸漸模糊起來。片刻後，看著眼前的男人，卻忍不住笑出了聲。

「所以，你騙我！你騙我！大婚前你說是為了她才與我成親的，你從一開始就在騙我，是不是？」

看著碧蕪幾欲崩潰的模樣，喻景遲定定地看著她，仍是鎮定的解釋道：「皇后介意的若是此事，只怕是皇后誤會了，朕並未說過這話。大婚前，在觀止茶樓，朕只說朕想要一個安安分分的王妃，卻從未說過朕是為了夏侍妾。她從始至終，都不過是朕的一個屬下罷了。」

他這番話半真半假，他確實未曾明確說過，他是為了保護夏侍妾才娶她為妻，可當初為了讓她心甘情願嫁進王府，他言語間並非沒有暗示過。可如今她發現了此事，他若承認，便是認下當初用手段騙她與他交易，就為了讓她入王府為妃。

碧蕪聞言如遭雷擊般愣怔在那廂，尤其是聽見他那句「從始至終，不過是個屬下」時，腦中轟的一下。

難不成她真的猜對了？

她朱唇微顫，試探道：「陛下同臣妾說實話，夏侍妾在王府那麼多年，您可曾……寵幸過她？」

她這話，讓喻景遲的眸光亦顫了顫，看著她震驚又恐懼的神色，他頓時了然。

看來，也不必再瞞，她當是什麼都猜到了，他沈默半晌，只反問道：「皇后覺得呢？」

雖他未正面答她，可聽到這話的一瞬間，碧蕪腦中一片空白，周身的血似乎都在倒流。

沒錯，真是她蠢，居然相信他真的深愛夏侍妾，且深信不疑，生生被他騙了兩世。

菡萏院和梅園的密室，他行房時的生澀，還有對夏侍妾過快的忘懷……分明有那麼多蹊蹺的地方，她卻並未放在心上。

可若他和夏侍妾真的沒有什麼，那她呢？

豈非梅園那夜，他從一開始便知道與他糾纏的人是誰！

碧蕪一顆心亂得厲害，連帶著步子都亂了，她只覺有些頭暈目眩，身子搖搖欲墜，正欲伸手去扶什麼，已然被打橫抱起來，放在小榻上。

待她緩過來一些，男人在她跟前徐徐蹲下身。

他很清楚與其等她質問，不若他主動交代，或還能減緩她幾分怨怒。

他思量半晌，娓娓道：「朕本不想騙皇后，只想名正言順將皇后娶回府，可一開始不是皇后先騙了朕嗎？」

她腹中的孩子分明是他的，卻偏要說孩子的父親已經死了！

碧蕪雙眸微瞠，正欲說什麼，喻景遲卻看出她的心思，快一步道：「那夜梅園雖是沒有點燈，可朕常年習武，聽視優於常人，不可能看不清朕碰的究竟是何人！還有皇后回安國公府不久後的那場踏青，與應州一行，皇后真的覺得，那些所謂的巧合，真的只是巧合嗎？」

他只是故意一次次出現在她身邊，因他一直在等，等她主動告訴他，或是他尋著機會，再提梅園那夜兩人的意外，以負責為名，將她娶進門。

可不想等到最後，等來的卻是她對他的唯恐避之不及，和一句「孩子的父親死了」。

若非如此，他也不至於陪她演這場戲，一演便是近四年。

「朕無意欺瞞皇后，可朕總覺得，若朕道出了真相，皇后定會逃得更遠。」他凝視著碧蕪，眸中深情，似要將這顆心剖給她看。「朕從許久以前，便心怡皇后，朕心裡，也始終只有皇后一人。」

看著那個被萬民奉為天子的男人，蹲在她跟前，與她述說令人面紅耳赤的情話。碧蕪卻覺腦中亂哄哄的，生不出絲毫感動，只思及前世種種，越發覺得這些話虛偽可笑。

從許久以前便心怡她的人，卻傷她最深。他心怡她，卻還命人奪走她的孩子，不告訴她真相，讓她從始至終都以為他喜歡的是另一個人。

他能有什麼苦衷，以至於瞞她這麼深，是喜歡她卻嫌棄她前世卑賤的出身，還是怕她影響了旭兒的前程，才會只讓她做旭兒的乳娘？

縱然這一世他對她千般萬般好，可看著這張臉，想起那杯毒酒，她根本釋懷不了。

碧蕪只覺心口似教人攥住，一陣陣絞痛，她強忍下淚意，看著喻景遲道：「陛下，若臣妾當初並未認親，始終只是譽王府一個卑賤的婢子，陛下還會如現在這般待臣妾好嗎？」

喻景遲稍愣了一下，旋即定定道：「會！」

碧蕪諷刺的勾了勾唇角，只在心中重重的吐出兩個字：騙子。

喻景遲說的自然是真心話，可眼前的女子顯然絲毫不相信他，她看著他的眼神陌生而又悲傷，好似在透過他看另一個人。

他心下一咯噔，生出從未有過的慌亂。如今一切明朗，她莫不是因他當初為了強留她做的卑鄙之事而寒心失望了。

那種患得患失感再度溢上心頭，他先前的感覺並沒有錯，這個近在咫尺的人，心卻離他越來越遠。

喻景遲眸色深了幾分，攥著碧蕪手的力道亦重了重，如強調一般道：「朕並未說謊！」

凝視著他眸中的真摯，碧蕪沈默許久，終究緩緩避開了眼。碧蕪沈默許久，終究緩緩避開了眼。「陛下登基不久，想是御書房政事繁多，臣妾便不留陛下了。」

見她冷漠的下了逐客令，喻景遲的心越沈了幾分，他知自已再多言也無益，許久，低低道了句「好」，緩緩起身出了正殿。

銀鈴、銀鉤始終守在殿門外聽著，雖聽不清具體說了什麼，卻知道她們主子似乎和陛下起了爭執。

此時見喻景遲面沈如水的推門出來，一時皆站直了身子，垂著腦袋，一聲也不敢吭。

須臾，便聽喻景遲低沈的聲音響起。「這幾日外頭天寒地凍的，還是莫讓娘娘出去了，好生在裕甯宮待著，若是染了風寒便不好了。」

銀鈴、銀鉤愣怔了一瞬，才明白這話中之意，兩人驚詫的對望一眼，遲疑著正欲應下，只聽一聲奶聲奶氣的「父皇」。

抬眸看去，便見小皇子由姜乳娘和錢嬤嬤跟著，小跑過來。

見到旭兒，喻景遲沈冷的面色稍稍緩了幾分，他一把將他抱起來，問：「旭兒是來看母后的？」

「嗯。」旭兒點了點頭。「母后在裡面嗎？」

「你母后她，有些不舒服，旭兒今日還是莫要去擾她了，不若同父皇一塊兒去御書房坐坐？」喻景遲道。

見旭兒聞言乖巧的點了點頭，喻景遲索性抱著他，一路往御書房的方向而去。

走出一段，喻淮旭折首看向裕甯宮的方向，不由得皺了皺眉頭。

喻景遲方才對銀鈴、銀鉤說的話，他盡數聽見了。他到底不是真的三歲稚童，很清楚那話名為關切，實則是他父皇要囚禁母后。

他其實很早便來了，只聽說他父皇與母后正在裡頭說話，就極有眼色的沒進去，但去院子裡玩之前，聽到了殿內傳出來的爭執聲。

他彷彿聽見他母后說了「一直在騙我」這幾個字。

這一世和上一世他父皇騙了他母后什麼，喻淮旭很清楚，倒也不怪他母后如此生氣。

他沈吟半晌，驀然眨著那雙黑溜溜的大眼睛道：「旭兒方才聽見，母后和父皇似乎是在吵架，父皇是欺負母后了嗎？」

喻景遲步子微滯，側首看向懷中的孩子，一時竟答不了這話。

因他確實是欺負她了。

明知她一直想逃，卻仗著她無力反抗，一次次用卑鄙的手段阻止她逃跑，若非那時他命人假傳蕭老夫人病重的消息，她也不會急匆匆回返京城，後因太后賜婚，被迫嫁給他。

或許真就在應州偷偷生下孩子，一輩子都不讓人知道。

如今她知曉了真相，他卻還在欺負她，即便看出她對他已然心灰意冷，仍想強硬的留她在身邊。

但她又能跑到哪裡去，他是天子，即便她跑到天涯海角他亦能將她抓回來，更何況，她根本走不了。

她捨不得，因他們之間還有一個孩子。

沒錯，他們還有一個孩子！

喻淮旭見喻景遲深深看了他一眼，一瞬間驀然有種脊背發寒之感，下一刻，便見他父皇薄唇微抿，問道：「旭兒，朕立你為太子可好？」

第六十一章

雖向來知曉他這父皇是個瘋的，但喻淮旭萬萬沒想到，他居然會為了自己的母后想到利用他。

喻淮旭清楚他母后為何會阻止父皇立他為太子，她是為了救他的命，想避開他前世中毒而死的結局。

他佯作茫然的看向喻景遲。「父皇，什麼是太子？」

喻景遲淺笑了一下。「太子便是儲君，是未來的天子，成為太子，便也意味著旭兒將來會繼承父皇的位置。」

「那會很辛苦嗎？」喻淮旭眨了眨眼道：「旭兒記得母后曾經說過，她不想讓旭兒當太子，若是因為當太子很辛苦，旭兒不想當太子……」

他頓了頓，似是提醒道：「父皇，您若立旭兒為太子，母后會生氣嗎？」

喻景遲聞言怔了一瞬，他只想著如何留住她，倒是忘了，雖不知是何緣由，但她最不願意的便是讓他立旭兒為太子。

他苦笑了一下道：「旭兒說得對，朕這般做，怕是要惹你母后生氣了。」

旭兒才不過三歲，立太子一事的確不必著急，將來有的是機會。

「旭兒既不想當太子，父皇便為你尋一個老師吧。」喻景遲看著旭兒道。「尋常皇子到了這個歲數，也該去尚書房讀書了，旭兒想要一個怎樣的老師？」

喻淮旭想起前世的太子太傅，思忖半晌道：「旭兒想要個聰明年輕的老師，不想要迂腐古板的。」

「好。」喻景遲爽快的答應下，旋即道：「父皇既是答應了旭兒的要求，旭兒自也要幫父皇的忙。你母后生父皇的氣，不願理父皇了，旭兒能不能在母后面前替父皇求求情。」

喻淮旭知道，他母后生父皇的氣，根本不是無理取鬧，說來應也是他父皇自作自受。他雖至今想不起前世種種，但看他母后的態度，應當是前世至死也不知，他父皇其實一直都知道，她就是他的生母。如今這事暴露了，他母后才會這麼生氣。

她氣的或許不是自己沒得到該有的名分，而僅僅只是被父皇欺瞞。

喻淮旭打心底覺得，他母后確實是該生氣的，但見他父皇殷切看著他的目光，還是點了點頭，「嗯」了一聲。

不過答應歸答應，喻淮旭心底實則並無這個打算，他到底是更向著他母后的，前世仇今世報，且讓他父皇再煎熬一段日子吧。

自那日與喻景遲爭吵了一回，或許難過得厲害了些，碧蕪一直覺得心口隱隱作痛。

雖喻景遲明裡暗裡吩咐了宮人不許讓她隨意出裕甯宮，碧蕪也確實沒這個興致。銀鈴、銀鉤見她神色怏怏，便想請太醫來給她瞧瞧，被碧蕪給阻止，只道沒什麼大礙，就在床榻上躺了兩日，勉強恢復了些。

這日她方才打起精神靠在小榻上，便見銀鈴疾步進來，說小漣來了。

碧蕪放下書卷，忙讓她進來。

「奴婢參見娘娘……」

少頃，小漣緩步入了殿內，同碧蕪徐徐施了禮，看她略有些蒼白的面色和艱難的動作，傷勢顯然還未好全。

「怎的這麼快就起身了。」碧蕪讓宮人端了把椅子來，示意小漣坐下，擔憂道：「傷得這般重，還到處亂跑，也不怕傷口裂開。」

小漣卻站在原地未動，她垂眸囁嚅半晌道：「娘娘，奴婢今日來，有話想與娘娘說。」

她想要說什麼，碧蕪多少能猜到一些，她默了默，朝銀鈴打了個眼色，銀鈴登時會意，帶宮人們暫且退下去了。

待殿內沒了旁人，碧蕪伸手將小漣拉坐下來，淡聲道：「妳說吧……」

小漣薄唇輕咬，垂著眼眸，露出幾分愧意。「娘娘，都是奴婢的錯，當初是奴婢多此一舉，才讓娘娘與陛下生出諸多誤會。」

碧蕪秀眉微蹙。「妳這話是何意思？」

「奴婢當年之所以入譽王府，是陛下為了解決那些淑貴妃強送進來的侍妾和安插在府中的細作。」小漣看了碧蕪一眼，娓娓地道：「奴婢出身樂籍，是唱戲的戲子，算是學得些表演的本事，便貼了陛下尋來的那張絕色皮囊，扮作府上囂張跋扈的侍妾，替陛下解決麻煩。」

原是張皮囊……

碧蕪頓時恍然大悟，怪不得打頭一眼看見夏侍妾開始，她便覺得這個女子美得不真實，因這張臉根本就是假的。

「梅園那夜，陛下自宮中參宴回來，不意中了淑貴妃下的媚毒，陛下本想就那般熬過去的，不料那晚，娘娘意外闖進了梅園。」說至此，小漣面上的愧意更深了些。「奴婢還以為，娘娘是淑貴妃派過來的人，想借此法子留在陛下身邊監視，於是便自作主張，故意派張嬤嬤去梅園送東西，堵了娘娘，威脅娘娘不可說出此事。」

碧蕪驀然一驚。「所以，這不是他的意思？」

這個他指的是誰，小漣很清楚。

「自然不是，陛下醒後得知了此事，很是生氣，可他還有差事要辦，耽誤不得，便囑咐奴婢好生看緊娘娘，待他回來，再做處置。奴婢想來，陛下當時應是琢磨著回來後給您名分的。可沒想到，底下人一時沒看住，教娘娘給出了王府，再後來……」

再後來，她便回了安國公府認親，成了安國公府的嫡姑娘，所以這一世，他才會提前回來，出現在郊外馬場。

所有的事都清晰的連在了一塊兒，可對碧蕪而言，僅僅只是這一世罷了。

那上一世呢？若真如小漣所說，他打算回來後便給她一個名分，為何後來，卻還是讓夏侍妾奪走她的孩子，僅讓她當一個乳娘，是因為皇家圍獵過後，被賜婚給他的蘇嬋嗎？

碧蕪百思不得其解，也得不到解答，索性便不再思忖此事，轉而問道：「那長公主府那回，也是他命妳假死的嗎？」

小漣低低應了一聲。「安亭長公主和前太子的事，陛下其實早便知道了，那日，奴婢是故意尋著機會去撞破此事，讓他們對奴婢下手的。奴婢會屏氣之法，又用了探不出脈搏的藥，便讓他們覺得奴婢是真的死了。陛下過後大肆調查此事，也是為了讓安亭長公主和前太子亂了方寸，自己露出馬腳。不過，陛下之所以讓夏侍妾『死』，也是為了娘娘……」

「為了我？」碧蕪雙眉蹙起，旋即諷刺的一笑。「難不成是擔心時日久了，被我瞧出端倪嗎？」

「倒也是其中一個緣由吧……」小漣抿了抿唇道：「其實，陛下那時好幾回都拿奴婢來激娘娘，可娘娘始終無動於衷，反倒一味將陛下往奴婢這兒推。陛下沒有辦法，便只好讓夏侍妾消失了……」

她雖是個奴婢，扮演「夏侍妾」也只是奉主子的命令在做而已，可她看得出來，陛下對娘娘是真心的。

隨戲班南奔北走的那幾年，她見過太多人間百態，總是癡情女子負心郎，如陛下這般挖

少之又少。空心思對娘娘好，為怕娘娘再吃生育之苦而自己喝避子湯，甚至從未打算再添置後院的男人

何況，這個男人還是本該後宮佳麗三千，子嗣繁盛的帝王。

她這話也並不算勸，只是看得出來，她家娘娘心裡也有陛下，既是兩情相悅，又有什麼過不去的。

小漣的意思碧蕪明白，可她心下的苦楚，又有誰人能懂？

雖說前世只是前世，她大可勸自己放下後重新開始，可若前世之事能那麼容易便能遺忘，就好了。

碧蕪只扯唇笑了笑，沒再多問什麼，念及小漣的傷勢，命宮人將她給送了回去。

這幾日喻景遲雖未親自來過，但命康福送了不少小玩意兒來，其中便有一隻芙蓉鳥。

這鳥通身羽毛金黃，啼聲清脆悅耳，好看得緊，打一送來，整個裕甯宮的宮人都忍不住圍過來看。

然碧蕪望著這囚在籠中的鳥兒，卻是絲毫生不出笑意，她實在不知，他是拿來逗她開心的，還是提醒她，她就是囚在他掌心的鳥兒，注定插翅難逃。

銀鈴、銀鉤見她自入了宮便鮮有笑意，總是想著法子逗她開心。

旭兒也常常來，纏著她教他寫字。碧蕪總會隨他們的意佯裝開心些，卻並無人知曉，她的失眠之症越發嚴重了，常是輾轉反側大半夜都睡不熟。

這日過了戌時，碧蕪仍未有絲毫睡意，正躺在榻上，看著帳頂隱隱約約的蓮紋發愣時，便聽外殿倏然響起了開門聲。

她忙閉上眼，本以為是銀鈴、銀鉤，可來人的步子很輕，輕到幾乎聽不見，碧蕪心下有了數，在嗅見那股淡淡的青松香後，徹底確定下來。

可他似乎並未上榻，少頃，碧蕪只聽一陣窸窸窣窣的聲響，忍不住睜眼看去，透過銀紅床帳，便見男人正面對著那盞緙絲山水掛屏更衣。

他從未有背對著她脫衣的時候，想起他一直不願讓她瞧的後背，碧蕪不由得盯著他的動作，看著他緩緩褪下一層層衣衫，最後連那件最單薄的裡衣也脫了去。

殿內燭光昏黃幽暗，但映照在男人堅實寬闊的後背上，卻將如樹根般龍蟠虬結的疤痕展露無遺。

碧蕪雙眸微瞠，這疤因何而致她再清楚不過，那是燒傷留下的痕跡，前世她正是帶著這樣的疤印過了十幾年。

這世他的疤應是皇家圍獵那次，為了救她造成的，那前世呢？

他也是因為這些疤，不願教她看見他的背嗎？

那是不是意味著，前世菡萏院那場大火，救了她和旭兒的人，是他！

怪不得，菡萏院出事後他那麼久才露面，原不是不關心此事，而是因受傷太重一時起不了身。

碧蕪盯著男人背上的疤，心緒紛繁複雜，下一瞬，眼見他要轉過來，又死死閉上眼睛，佯作熟睡的模樣。

片刻後，男人熟悉的氣息撲鼻而來，碧蕪只覺有溫熱的唇落在額間，耳畔旋即傳來一聲低笑。「阿蕪，朕知道妳沒睡。」

聽到「阿蕪」二字，碧蕪心猛然一跳，既然被拆穿了，她索性也不再裝，緩緩睜開眼，少頃，薄唇微啟，顫聲問：「陛下叫臣妾什麼？」

「阿蕪。」喻景遲將大掌覆在碧蕪的臉上，眸色溫柔似水。「朕想著，妳我是夫妻，皇后這個稱呼到底太生疏了些，朕聽說妳回安國公府前的名兒跟妳的小名有些淵源，便自作主張這般叫了，阿蕪不喜歡嗎？」

他喚一聲「阿蕪」，碧蕪的身子便隨之繃緊幾分。無關喜不喜歡，實在是他越這般喊，她越有種夢回前世的錯覺。

不論是身分地位、衣著氣度，還是對她的稱呼，她眼前的這個男人都與前世越來越像。她緩緩別開眼，淡淡道了句「陛下愛叫什麼便叫什麼吧」，說罷，側身面向榻內而躺。須臾，她只覺身側床榻微陷，男人用雙臂纏住了她盈盈一握的腰肢，稍一用力，將她困在懷裡。

碧蕪沒有掙扎，只又想起他後背燒傷的疤痕，心口復又一陣陣絞痛起來，她咬唇死死忍著，沒敢發出聲音，好一會兒，那股痛意才漸漸平息下來。

他前世既可冒死衝進火場救她，卻始終不願意告訴她真相，她真的不知道，他對她的感情，究竟是怎樣的了！

喻景遲見懷中人不說話，便也不再出聲擾她，她今日未曾拒絕他，已是幸事，他自是不能再得寸進尺，徒惹她不喜。

從前，他不欲她看他後背，不僅是覺那疤生得難看，而且還會令她愧疚傷心，完全沒有必要讓她見到。

可今日他改變主意，發現他或也可以借此利用一二，她向來心軟，看見這些他為救她而留下的疤印，興許可以念及他幾分好，早些原諒他。

看來，他似乎賭對了，雖效果甚微，但也算是有了進展，不失為一件好事。

他將懷中人摟緊了幾分，嗅著她身上幽淡的香氣，心滿意足的閉上眼，時隔五、六日，難得睡了一個好覺。

翌日，尚書房那廂，喻淮旭與高采烈坐在桌椅前，等著喻景遲為他新尋的老師。

見人久久不來，他的兩個貼身內侍，孟九和吳賜不由得發起了牢騷，直說那位區區六品的翰林院侍讀學士不識好歹。

話音才落，便見一人氣喘吁吁的推門進來，快步至喻淮旭面前，躬身施了個禮。

「臣裴浘來遲，還望殿下恕罪。」

眼前人模樣周正，二十七、八的模樣，文質彬彬，著實是個難得的青年才俊，只不知是不是來得太急，衣衫儀容有些凌亂。

看著自己前世的太子太傅今生又成了自己的老師，喻淮旭不免有些感慨，他忙跳下那張太師椅，問：「你便是父皇請來教授我功課的？」

裴泯恭敬道：「是，臣是翰林院侍讀學士崔泯，能被陛下選中來教習大皇子，是臣之榮幸。」

他話音方落，便見大皇子驀然拱手朝他鞠了一躬，有模有樣道：「弟子見過老師。」

裴泯見狀頓時面露惶恐，忙伸手去阻。「殿下，萬萬使不得。」

「自是使得。」喻淮旭定定道：「您是我的老師，今後要向我傳道授業解惑，聽說民間拜師，得有束脩六禮三叩首，我僅對您一拜，已是禮數不周全了。」

聽著大皇子有條有理的話，裴泯不免有些咋舌，在被陛下指為大皇子的老師時，他本還有些擔憂。

畢竟大皇子還不過只是幼童，玩心尚重，又是陛下獨子，定然自小備受寵愛，性子高傲些，只怕是不好教。

可今日一見，才知是他狹隘了，大皇子不僅禮儀得當，而且謙虛聰慧，甚是得人喜歡。

他著實是有幸，能給這位小殿下當老師。

「殿下，時候不早了，我們還是趕緊開始上課吧。」裴泯將所帶的書籍，在案桌上一字排開，問道：「殿下今日想從哪本書開始學起？」

喻淮旭掃了一眼，搖頭道：「這些我都已學完了。老師，我們今日可否學些別的？」

裴泯聞言略有些詫異，他帶來的都是孩童開蒙之書，正是適合大皇子這個年歲的，不承想大皇子竟都已讀過這些，他想了想，問：「那，殿下想學什麼，臣定會傾囊相授。」

喻淮旭還真讓身側的內侍孟九拿來一本書，裴泯接過一瞧，見是言水利史的書，不由得挑眉。「殿下想學這個？」

「嗯。」喻淮旭重重點了點頭。「曾有人同我說過，書不分貴賤，不僅要讀古人聖賢之語，更需得學天文、地理、算數……方才不負讀書二字。」

裴泯愣了一瞬，旋即笑起來。「教殿下這話的人，應是與臣很是相投，竟然與臣的想法不謀而合。」

喻淮旭也是一笑，裴泯自然不知道，這話就是裴泯自己說的。前世，他這位老師雖是年輕，但卻是眼界開闊、不拘泥於一隅之人，他自老師身上學到的，足以受益一生。

裴泯雖覺得殿下年歲小，不一定全然聽得懂，但還是極耐心的逐字逐句同他講授解釋這本書上所道。

待講解了小半個時辰，喻淮旭無意問了一嘴。「老師今日怎的遲了那麼久才來？」

提及此事，裴泯面上顯露出幾分喜色，他高興的笑道：「不瞞殿下，昨夜內子臨產，直到今日一早才為微臣誕下一女，微臣放心不下，下了早朝匆匆回去看了一眼，這才來遲。」

裴泯有個女兒的事，喻淮旭自然知曉，前世因髮妻早逝，他也再未續弦，只有這一個女兒，一直視若珍寶。

這位裴姑娘也確實不負他的期望，小小年紀就成了京城有名的才女。

那位裴姑娘的閨名叫什麼來著？

喻淮旭一時想不起來，稍一仔細想，竟有一張模糊的少女容顏在腦中閃過。

他頭疼得厲害，蹙了蹙眉，裝作無意般問道：「那老師給令嫒取名了嗎？」

「回殿下，早前便取好了的。」裴泯答道。「微臣和內子也無大的期望，只願她往後成為一個溫文爾雅、玉潔冰清的女子，故為她取名為裴覓清。」

「裴覓清……」

喻淮旭反覆默念著這個名字，片刻後，唇角笑意漸散。

裴覓清……

裴覓清！

一瞬間，被塵封在腦海深處的前世記憶若洪水般，衝破厚厚的堤壩洶湧而來。

毒酒、棺槨、長劍、花轎……

往事種種伴隨著劇烈的頭痛在眼前閃過，記憶越清晰，心便疼得越厲害，喻淮旭小小的身子一時承受不住，在眾人驚慌的目光中，緩緩自那把太師椅上墜落下來。

第六十二章

喻淮旭一直不明白自己為何始終想不起前世過往，如今回憶悉數湧入腦海，他才知曉，或許阻撓自己想起來的，正是他自己。

前世十六歲那年，他確實喝了母親遞過來的那碗銀耳湯，但卻並未真正死亡。

因他一開始便知道這碗銀耳湯有毒，在飲下銀耳湯之前，先服下了解藥和假死的藥。

他母親在父皇身邊那麼多年，即便再小心，也終究是被蘇嬋察覺到端倪。

蘇嬋是心機深沈，且野心極重之人，不能容忍父皇有如此看重和深愛的女子，便買通了一個東宮宮婢，在母親煮的銀耳湯中下毒。

而他與父皇乾脆將計就計，借毒害太子之名，徹底扳倒蘇嬋和鎮北侯府，再借尹監正之口，以虔誠動天，使他還生。

喻淮旭本對此計胸有成竹，只待醒來後，一切皆已塵埃落定，他也能堂堂正正喊出那聲「母親」。卻不想三日後自棺槨中睜開眼，看見的卻是康福憔悴悲痛的面容和瀰漫著整個皇宮的淡淡血腥氣。

康福哭著道，柳姑姑沒了。

他如遭雷擊，腦中一片空白，久久都反應不過來，待跨出棺槨，緩步入了側殿，便見他父皇衣衫滿是鮮血，正跪在那張床榻前，愣愣地看著躺在上頭的女子。

女子雙眸緊閉，已然沒了氣息。

後來，康福告訴他，那日，陛下將原本保護柳姑姑的暗衛召去，說了兩句話，不過一盞茶的工夫，那暗衛再回去，便見柳姑姑已被幾個假傳聖旨的奴才，以陪葬之名，強灌下了鴆酒。

得知此事趕來的陛下抱著柳姑姑的屍首，始終低低的喚著「阿蕪」，聽到太醫說已經回天乏術後，他沈默了許久，提劍親手砍殺了兩個灌毒的奴才，然後面色陰沈的去了裕甯宮。

誰也不知殿內發生了什麼，只聽見陛下入內後，皇后的大笑聲和緊接而來的慘叫，待宮人再進去時，便見皇后雙目圓睜，躺在小榻邊，脖頸已被砍斷了大半，鮮血淌了滿地。

蘇嬋死的第二日，鎮北侯蘇麒便以貪污賑災銀的罪名被抓捕入獄，擇日問斬，蘇家百口，男丁流放，女眷充入教坊司，無一倖免。

喻淮旭知道，蘇麒本不至於此，是他父皇為了搞垮蘇家，廢掉蘇嬋，故意將鎮北侯自西北苦寒之地調來繁華的京城，再一步步以金錢誘之，使之為慾望蒙蔽，陷入泥沼。

同時，他父皇還提拔蕭鴻笙，讓他赴西北領軍，漸漸瓦解蘇家在西北的勢力，讓蕭家取而代之。

沒了蘇家在背後支撐，便不怕若前兩次那般廢不掉蘇嬋，蕭家在京城的勢力逐漸壯大，也有利於往後他母親重回蕭家，得到她該得的一切。

為此，他父皇辛苦籌謀了那麼多年，怎也不會想到，他母親沒有等到那一天。

那副原裝著他的棺槨，卻裝了他來不及喚上一聲的生母。

自他母親死後，父皇便整日渾渾噩噩，荒廢朝政，只守在那副棺槨前，一坐便是一日。甚至沒過多久，他向來不信命的父皇，卻以黃金萬兩為賞，在海內四國大肆搜尋會逆天改命之術的方士。

聖旨一下，大批真假方士見錢眼開，湧入皇城，每日都有數不清的方士進入乾雲殿，但最後都會以欺君之名被拖出去身首異處。

即便如此，仍有不少人為了那萬兩黃金趨之若鶩，如此半月，竟真有人自那乾雲殿中活著走了出來。

也不知那個方士在他父皇面前道了什麼荒唐話，他父皇將自己閉鎖起來，誰也不見，只日日若遊魂般在殿內供香。

整整兩個月，天子不理朝政，朝臣紛紛上奏無果，便求到了太子處。

生母去世，喻淮旭亦痛心入骨，但他還是強忍悲慟，去了乾雲殿，這個曾經的天子寢殿已被搬空，只餘下一副棺槨、一張供桌和兩側的長生燭。

供桌上香煙嫋嫋，他那昔日威儀沈肅的父皇此時卻失魂落魄的靠坐著棺槨，雙目空洞無神，面色蒼白，身形瘦削，若一具行屍走肉。

似是聽見動靜，他父皇側首看見他，笑得蒼白無力，他說：「旭兒，來看你母親嗎？朕每日陪著她，她甚至一次都不願來朕夢裡，就算是來罵罵朕也好。」

喻淮旭本是來勸他的，聽見這話，卻喉間一哽，只顫聲喚了句「父皇」。

「她想必是恨極朕了，可誰讓朕瞞了她一輩子呢。」喻景遲苦笑了一下，喃喃道：「最開始，朕是為了保護她才不告訴她真相，可到後來，時日越長，朕便越說不出口，怕你母親不肯原諒朕，朕便想著，等解決蘇家的事再告訴她也不遲，卻沒想到，竟沒有這一日了。」

他說著說著，驀然笑出了聲。「不，不對，從來只是朕自以為是罷了，覺得自己所做的一切都是為了你母親好，將她強硬的囚在身邊，卻從未問過她究竟是如何想的，所以，朕到底是遭了報應，自作自受……」

喻淮旭強忍下淚意，在喻景遲面前緩緩蹲下。「父皇，母親已經沒了，父皇折磨自己又有何用。」

喻景遲自嘲一笑，眸中透出幾分狠戾。「朕也知或許無用，什麼命、什麼氣運，都不過是藉口，是朕沒有保護好她罷了。早知如此，朕何必做什麼明君，當初就該一劍砍了蘇嬋，管什麼戰火紛飛，百姓安寧……」

他頓了頓，抬眸看著喻淮旭，面露悲哀。「可是旭兒，朕不得不信，若朕所謂的氣運能讓你母親來世過得好，朕什麼都願意給她，就連這條命……朕欠她的實在太多了……」

喻淮旭在乾雲殿坐了很久，亦聽他父皇喃喃說了許久，到最後他便不再勸了。他知道，不管是誰，都再勸不動他的父皇，打他母親死的那一刻起，他父皇的心也跟著徹底死了。

他父皇久不臨朝，朝野動盪，雖有他這個太子監國，但他到底年幼，沒過多久，東邊諸王蠢蠢欲動，大有造反之勢，甚至假借太皇太后壽辰之名私自進京。

正當他煩惱如何將這幾位野心勃勃的叔父趕回封地時，他父皇一劍捅死了那個他好不容易尋來的方士，終於出了乾雲殿。

不過四個月，他父皇已瘦脫了相，那身黑色常服教風一吹，裹在身上，好似立在那兒的不過是一副搖搖欲墜的骨架罷了。

天子重新接手朝政，做的第一件事，便是命人好生準備太皇太后的壽宴，招待遠道而來的諸王。

壽宴那日，東邊諸王齊聚筵席，多年未見的兄弟重聚，喻景遲龍顏大悅。

酒過三巡，喻景遲一時興起，提議在殿中與甯王對劍助興，點到為止。

甯王為先皇十六子，當年喻景遲登基後，將最小的幾個弟弟封王，趕去了東邊封地。這次假借壽宴之名進京的三位親王中，數甯王野心最甚。

分明是表演，喻景遲卻幾乎劍劍直指甯王要害，在甯王蒼白的面色中又笑著將劍移開，好似戲弄他一般。

就在收尾之際，喻景遲手中的劍再次指向甯王咽喉，這次卻是未停，眼見劍尖即將刺入血肉，甯王不得不提劍還擊，不料下一瞬，喻景遲再次收住劍，而甯王的劍卻直直刺入喻景遲的心口。

鮮血四濺，殿中一片驚呼，喻淮旭飛奔上前，抱住自己幾欲倒地的父皇。

緊接著，蕭鴻笙帶兵攻入，以刺殺陛下、叛亂謀反的罪名拿下了甯王和其他兩位王爺。

喻淮旭看著鮮血止不住從他父皇胸口流出來，怎麼也捂不住，終究絕望的哭出了聲音，他很清楚，方才甯王那劍，他父皇本可以避開，父皇是自己迎上去的。

他父皇從一開始便存了尋死的心。

喻景遲躺在兒子的懷裡，抿唇笑了笑，艱難開口道：「朕才發現，一眨眼，你竟長這麼大了……旭兒，除了你母親，父皇這輩子最對不起的人便是你……父皇無法為你做太多，只能用這將死之身最後為你剷除幾個障礙，將來的路便要你自己走了……」

喻景遲抬手摸了摸他的臉，盯著他看了很久很久。喻淮旭總覺得，他父皇應是透過他，看到了他母親的影子吧，以至於最後離開時，都是笑著的。

喻景遲遇刺駕崩後，甯王等人很快因謀反叛亂被處以極刑，年僅十六歲的喻淮旭在十一皇子和十三皇子等人的幫助下登基，改年號為洪靖。

喻淮旭繼位後的第一件事，便是追封他母親為太后，與他父皇合葬皇陵。可即便如此，母親和父皇的死，就如梗在他心頭拔不掉的刺，令他常常夢魘，夜不能寐。

也不知是否是因為當初喝的那碗銀耳湯毒性太強，即便提前飲下解藥，身體裡仍是存了餘毒，這毒本有得治，可他整日鬱鬱難寐，身子漸弱，終是讓毒快速蔓延到了五臟六腑，到底在他身上留下病根。

僅繼位三年，喻淮旭常是夜咳不止，他知道，自己大抵是長壽不了了。

群臣上奏請他選秀立后，他卻一拖再拖，後宮始終空懸，年歲一長，外頭到底生了奇怪的傳聞，貼身內侍孟九說給他聽時，他也只淡然一笑，繼續埋頭批閱奏摺。

他自沒有龍陽之好，只這病弱的身體，沒必要拖累他人，更無須拖累他心愛的女子。

無人知曉，十五歲那一年，他出宮去尋老師，曾在裴府花園裡，遇見了一個明媚的小姑娘，一見傾心。

他本想著，等她再大一些，便請父皇賜婚，讓她做自己的太子妃，他還要將她帶到自己的母親面前，給她瞧瞧她未來的兒媳。

但後來，他沒能等到她長大，卻已經物是人非。母親沒了，父皇也死在他懷裡，他看來也活不到太長久的歲月。

於是，他親自為她挑了一個好夫婿，在一個豔陽高照的春日裡，遠遠目送她上了花轎，嫁予他人。

那個姑娘，就叫裴覓清。

洪靖六年，喻淮旭下旨封趙王嫡次子皇太弟，召其入宮，親授政事。

他在位十二年，也寂寞了十二年。

他是在二十八歲那年死的，死前，他讓孟九扶著他去了東宮，最終，在這個與他母親和父皇擁有最多回憶的地方，想著十六歲前最快樂的日子，心滿意足的閉上了眼睛。

他已經迫不及待，想去和父母親團聚。

聽說旭兒在尚書房暈倒，碧蕪險些打翻手上的杯盞，也不管外頭天寒地凍，沒披大氅，就疾步往旭兒住的寢殿而去。

方才踏進去，看見正在替旭兒把脈的孟太醫，碧蕪便心急如焚的問道：「小皇子這是怎麼了，為何會變成這樣？」

此時旭兒正躺在床榻上，全身滾燙，額上卻冷汗直冒，他眉頭皺得緊緊的，神情頗為不安，也不知夢見了什麼。

孟昭明診斷了半晌，拱手道：「小皇子或許不意受了涼，風寒入體才會如此，微臣先開幾帖退熱的藥，暫且服下，看看藥效如何再做調整。」

「多謝孟太醫了。」碧蕪在榻邊坐下，接過姜乳娘遞過來的帕子，替旭兒拭了拭額上的汗，哽咽著連連喚他幾聲，看著他痛苦的樣子，心口也跟著難受，一陣陣悶痛起來。

孟昭明擬好藥方，遞給宮人去太醫院抓藥，然側首瞥見坐在那廂的碧蕪正難受的用手捂著胸口，不由得蹙了蹙眉，遲疑半晌道：「娘娘，微臣見娘娘面色不大好，要不讓微臣替娘娘診斷一番。」

碧蕪聽得這話，卻搖了搖頭，如今旭兒病成這樣，她哪還有心思。「不必了，多謝孟太醫關心，本宮不過是未睡好罷了。」

孟昭明在太醫院待了少說也有十年了，是不是因為未睡好，他還會不清楚嗎？他正欲再勸，便聽一個低沈的聲音帶著不容置疑道：「讓孟太醫給妳瞧瞧！」

碧蕪抬首看去，便見喻景遲站在殿門口，見她看過來，語氣頓時軟了幾分。「既是身子有恙，阿蕪怎能諱疾忌醫，何況阿蕪也不想旭兒一醒來，便看見妳病倒下吧。」

聞得此言，碧蕪默了默，才頷首道：「那便煩勞孟太醫了。」

她站起身，轉而在那張紅漆梨花木圓桌前坐下，將手擱在桌面上，讓孟太醫隔著絲帕探起了脈。

少頃，孟昭明緩緩抬首看了眼站在碧蕪身後的男人，笑道：「娘娘沒甚大礙，確實如娘娘所說，應是未睡好所致，用幾副湯藥調理調理，當是會緩解，只……臣瞧著娘娘平日或許憂思略重，需得放寬心才是。」

碧蕪微微頷首，道了聲謝。

孟昭明又開了張方子交給宮人，整理好藥箱，出了殿門卻未走，等了一會兒，便見陛下身邊的太監總管康福出來，將他領去了御書房。

大抵一炷香後，喻景遲才從小皇子的寢宮回來，直截了當的問道：「娘娘的病情究竟如何？」

「回陛下，微臣瞧著，娘娘這病似乎與太上皇的有些相像。」

喻景遲聞言劍眉蹙起。「嚴重嗎？」

「這……」孟昭明遲疑片刻，還是如實答道：「微臣猜測，娘娘常年憂思過重，已是鬱結於心，先前症狀或是不大明顯，可如今應是有了心痛之疾。此病，雖說主要由心而生，但若拖得久了，只怕……」

這話雖未說完，但其中之意，喻景遲心知肚明，太上皇若不及時退位，只怕如今早已是鬱鬱而終，入了皇陵。

喻景遲自然知她為何憂思過重，因這麼多年來，她無時無刻不為旁人擔憂著，趙如繡、蕭家眾人、旭兒，甚至是他，都在無形間加重她的憂慮。

而他，或許是最讓她煩憂痛苦的存在。

他掩在袖中的手握緊成拳，少頃，低聲問：「如何治？」

孟昭明看了眼喻景遲黯淡的神色，答道：「心病還需心藥醫，其實只消娘娘平日放寬心，想開些，這病便也能漸漸自癒。」

喻景遲沈默半晌。「朕知道了，此事不必告訴娘娘，下去吧。」

「是。」

孟昭明起身退出御書房，行至殿門口，忍不住折首看了一眼，便見新帝抬手疲憊的揉了揉額頭，發出悠長的喟嘆。

第六十三章

旭兒整整燒了一夜，直到翌日一早天快亮，才終退了熱。

碧蕪與姜乳娘、錢嬤嬤也陪了一宿，待旭兒好轉過來，替他換下了汗濕的衣裳，擦了身子。

卯時前後，孟太醫又來了一回，道旭兒的脈象平緩了許多，應當很快便會醒來。

果真如他所言，他離開後沒多久，旭兒便醒轉過來。也不知是不是生病難受，這世懂事得早，幾乎不大與碧蕪撒嬌的旭兒睜眼看見母親，一下抱住了碧蕪的腰，啞著嗓子一聲聲喊「娘」。

碧蕪將他抱到膝上，摸著他的腦袋，柔聲安慰他。

喻淮旭頭腦尚且迷迷糊糊，混沌得厲害，渾身沒有什麼氣力，他好似作了一個長長的惡夢，夢醒了，卻還未從中掙脫出來。

可他知曉，那不是夢，是他真真正正經歷過的前世過往。

那種立於高處坐擁一切，卻孑然一身，身側空無一人的寂冷感仍纏繞在心頭，睜眼乍一瞧見母親，喻淮旭到底忍不住抱住她，欲從母親溫暖的懷抱和輕柔的耳語中獲得一絲慰藉。

父皇母后他們都還在，這一世他並非孤獨一人。

碧蕪抱著旭兒安慰了好一會兒，餵他喝了藥，吃了些粥食，復又將他哄睡下。銀鈴、銀鉤見她面容疲憊，都勸她去歇一歇，碧蕪卻是搖搖頭，只道放心不下，想再坐一會兒。

兩個丫頭著實勸不動，便去沏了提神的茶送來給她。可奈何這茶再提神，也架不住碧蕪一宿沒睡，她靠著床頭，本想閉眼小憩一會兒，卻迷迷糊糊睡了過去。

半睡半醒間，碧蕪只覺被人披上大氅，小心翼翼地抱起來，出了殿門。

打那人靠近，碧蕪便曉得是誰，她分明心下對他仍有芥蒂，可嗅著熟悉的氣息，原有些躁動不安的心卻奇怪的漸漸平靜了下來。

她沒有睜眼，只順勢往他懷中靠了靠，貪戀地嗅著他身上的青松香。喻景遲自然曉得她已醒了過來，怕她吹了寒風受涼，他將那雪白的狐皮大氅往上扯了扯，覆了她的臉，雙臂收攏幾分，闊步往側殿的方向而去。

他將她放在床榻上，褪了鞋襪，蓋好衾被，看著她略顯蒼白的面色，靜坐了半晌，柔聲道：「阿蕪，除夕那日，可要帶著旭兒去安國公府過年？離除夕還有近十日，那時旭兒的身子當已經好得差不多了。」

碧蕪知曉他既問了，就知她根本沒睡，她緩緩睜開眼，支起身子，問：「可除夕那日，不還有宮宴嗎？」

雖喻景遲的提議她很動心，可除夕宮宴不是小筵席，她雖還未封后，但必也是將來的皇后，這宮宴定然是要參加的。

「不辦了。」喻景遲道：「今年北邊雪害嚴重，受災的百姓無數，宮宴奢靡，還是省下這筆錢用來賑災吧。」

碧蕪聞言微微頷首，新帝頭一年登基，自是得多做些利民之舉，才能獲取民心。

「朕會讓康福備好禮品，讓妳那日一塊兒帶去。」喻景遲輕柔地拂去她額間碎髮。「祖母愛熱鬧，有妳和旭兒在，想來定會很高興。」

碧蕪朱唇微抿，本想問那日他可要同去，可遲疑半晌，還是沒有問出口，喻景遲似是看出她的心思，啟唇道：「妳為了照顧旭兒一夜未睡，先歇息一會兒吧，朕也要回御書房批閱奏摺了。」

他起身正欲離開，卻被拽住了衣袂，喻景遲折首看去，便見碧蕪抬眼看著他，一副欲言又止的模樣。

兩人靜靜對望著，看著喻景遲眸中隱隱的期許，碧蕪朱唇微咬，須臾，只道了一句。

「陛下莫要太過勞累了。」

喻景遲面上閃過一絲失望，但還是含笑，應了聲「好」。

直到聽見殿門閉闔的聲響，碧蕪才復又躺下，可想起他離開時略顯落寞的背影，擁著衾被，頓時失了幾分睡意。

其實這一世，真算起來，他並未做什麼對不起自己的事，反而一次次救她、護她。

他對她實在太好了些。

好到她甚至覺得，若她再繼續用前世之事來責怪他，反倒是她的不是了。何況不管前世發生了什麼，如今的他什麼都不知道，即便她質問，也無法從他那裡得到任何答案。

她是不是不該再繼續這麼固執，將前世那些過往徹底放下，與他好生過好這一世？

安國公府那廂，打碧蕪和旭兒要回來過年的消息自宮裡傳來，整個府裡的人都忙得腳不沾地。

畢竟喻景遲登基，碧蕪如今已不再是譽王妃，她要回娘家來，自然不能跟從前那般敷衍了事。

然府中上上下下有那麼多事務要打理，蕭老夫人一人哪裡顧得過來，何況都是六十幾歲的人了，沒甚精力。但幸好還有李秋瀾和蕭毓盈在，老太太索性便將這些事都交給年輕人去處理。

蕭毓盈如今雖常回娘家來，但身分也已大不相同了，因喻景遲登基後，讓唐柏晏接任了空缺的戶部尚書之職。

一個默默無聞的七品小官驀然擢升至此，外間不免有些閒言，都說這位新晉的唐尚書是借著娶了蕭家女之光，才會跟著雞犬升天，盡數是運氣使然。

不過這閒言也就傳了沒幾日，隨著這位新晉戶部尚書大刀闊斧的整頓了戶部，囊錐脫穎後，那些心下嫉妒不服的人很快就乖乖閉了嘴。

唐柏晏擢升後的頭一件事，便是替蕭毓盈向喻景遲求了誥命。

從前嘲笑蕭毓盈低嫁的京城貴女和官婦如今看到這位蕭大姑娘揚眉吐氣，是一聲都不敢吭，畢竟這麼年輕就被封了一品誥命夫人的，大昭建國近百年來，也就蕭毓盈一個。

因著如此，一向不大喜歡自己這位女婿的周氏，最近見到唐柏晏，都主動展露笑顏，一口一句「賢婿」的，倒讓唐柏晏有些不自在了。

唐柏晏成了戶部尚書，住宅自也跟著搬移，新府邸離安國公府很近，也更方便蕭毓盈隨時回娘家。

除夕當日，天才亮蕭毓盈便起身去了安國公府，她自認起得早，不想李秋瀾卻更早。等她到時，李秋瀾已有條不紊的指揮家僕將府中都佈置好了，她還抽出時間，親自去膳房，幫著未回去過年的兩個大廚一同準備今日的膳食。看她將偌大個安國公府，上上下下都安排得井井有條，蕭毓盈不由得咋舌，心下驚嘆不已。

遠遠嗅見好聞的飯菜香，蕭毓盈忍不住深吸了口氣，笑著踏進灶房去。「秋瀾姊姊這是又做什麼好吃的了，這麼香！」

李秋瀾比她大了一個月多，叫這聲姊姊倒也是應當的。

「也就是些櫻桃肉、清蒸鱸魚什麼的。」李秋瀾掀開鍋蓋看了一眼道，訕訕道：「都是些尋常菜色，只望娘娘不要嫌棄才好。」

「小五哪裡會嫌棄，秋瀾姊姊這麼好的手藝，祖母每日都讚不絕口，連我時時回來，也就是貪著姊姊這一口吃的。」蕭毓盈說著，不由得露出意味深長的笑。「乾脆姊姊妳就別回去了，嫁給我大哥哥，做我和小五的嫂嫂。」

這段日子，蕭毓盈常回來，兩人又歲數相仿，相處的日子長了就如同姊妹一般，是什麼話都不忌諱了。

李秋瀾聞言面色一變，忙抬手捂了蕭毓盈的嘴，緊張地往周圍看了看。「盈兒，這話可不能亂講，莫讓旁人聽見了誤會。」

蕭毓盈卻毫不在意。「有甚好誤會的，左右妳與我大哥哥有婚約也是事實，何況大哥哥根本不在乎什麼門第，姊姊就算嫁進來也是理所應當。」

李秋瀾搖搖頭。「上一輩隨口說的話，作不得數，再說了，我已然想好了，待過完年，就帶著祖母回慶德去。」

「回慶德！怎這般突然！」蕭毓盈驚詫道：「姊姊可同祖母說過了？」

「沒呢，正值年關，怕說了壞了老夫人的心情，過了年再提也不遲。」李秋瀾勾了勾唇道：「我和祖母在府上也叨擾半年了，如今祖母身子大好，也不怕馬車顛簸，是時候該回慶德去了。」

「秋瀾姊姊當真打定主意了？」

蕭毓盈心下略有些惋惜，她這個火爆性子，也不是跟誰都相處得來，可這位李家姑娘卻跟她分外投緣，如今她突然說要走，教她怎麼不難過。

見她神色黯然，李秋瀾不由得笑起來。「瞧瞧，愁眉苦臉的，早知道我便不告訴妳了。妳若想我，之後來慶德看我便是。不過，趁著我還在，不若同我多學幾道菜，兩個月前，也不知是誰說要同我學做菜的，如今卻仍是什麼都不會呢。」

「哎呀，我這不是沒秋瀾姊姊有天賦嗎？」蕭毓盈扁了扁嘴，兩人相視一笑，開始一道準備起今晚的年夜飯來。

一個多時辰後，蕭毓盈按李秋瀾的話，出去吩咐小廝去買些新鮮的牛乳來。

然人走了一炷香的工夫，卻未回來，李秋瀾疑惑的往膳房門口看了幾眼，覺得她大抵去辦別的要事了，也沒在意。

李秋瀾掀開爐上的燉盅盅蓋，舀出一小碗正欲試試味道，就聽見後頭傳來動靜，她下意識以為是蕭毓盈，便用湯匙舀了塊羊肉遞過去。「妳嘗嘗，這羊肉可燉爛入味了？」

傾身過來的人自然的低腰張嘴吃了羊肉，嚼了兩口，道了句。「嗯，燉爛入味了。」

李秋瀾愣怔看著眼前人，驚得手一抖，險些將湯碗給砸了，幸好蕭鴻澤眼疾手快，一下抓住了她的手，連帶著將碗也給穩住了。

這剛盛出來的湯尚且沒讓李秋瀾燙著，反是男人火熱的大掌讓她的手背好似著了火一般發燙，下一刻，忙驚慌失措的收了回來。

「膳房這種地方，安國公怎的來了？」

蕭鴻澤垂首看了眼掌心，想起方才那隻纖瘦的、似是能一下包裹住的小手，薄唇微抿，默默將手垂到身後。

「祖母說李姑娘是客，卻在為今夜的筵席忙活，我這個主家若不來幫忙，只怕是說不過去。」他抬首在膳房中環顧了一圈，問道：「李姑娘可有哪裡需要我幫忙的？」

李秋瀾見他神色認真，也知曉他的性子，若不真讓他幫上一二，只怕他不肯輕易離開，便指了指角落裡的砧板道：「那兒還有些蘆菔和春筍什麼的來不及切，不若國公爺幫幫我。」

切菜這事，蕭鴻澤確實未嘗試過，但他自覺應當不會太難，便點了點頭，提起腳邊的一大筐子食材往那裡走去。

不到半盞茶的工夫，李秋瀾就聽一聲「好了」，她難以置信的走到蕭鴻澤身側，不由得驚了驚。

不得不說，他不僅切得快，而且這些香蕈片、蘆菔絲切得是又均勻又好看，這般刀工，尋常廚子沒個三五載是練不出來的。

膳房的一個大廚過來湊熱鬧，見狀不由得感慨道：「國公爺這把能持劍上戰場建功立業的手，只用來切菜，著實是大材小用了。」

蕭鴻澤聞言淡淡扯了扯唇，露出些許苦笑，然下一刻，便聽耳畔一個清麗的聲音道：「能只用來切菜，難道不是好事嗎？」

他愣了一瞬，抬首深深看了李秋瀾一眼，許久，唇角笑意漸濃，喃喃道：「是呀，是天大的好事……」

那廂，半路遇到蕭鴻澤就故意沒再回膳房的蕭毓盈，一路往棲梧苑而去，但走到半晌，便見碧蕪迎面而來，兩人便一道去了正廳。

待她們抵達時，蕭老夫人和李老夫人已經快一步到了，蕭老夫人正將旭兒抱在膝上，看著旭兒瘦了一圈的小臉，心疼得很。

碧蕪甫一踏進正廳，旭兒便從蕭老夫人懷裡跳下來，一下跑到碧蕪身邊，挨靠著自己的母親。

打那日高燒後醒來，旭兒就變成了這般，雖不大愛講話，但有時總直勾勾的看著碧蕪，好似有很多話要說。

「哎喲，看我們旭兒，是越大越離不開母親了。」蕭老夫人見狀笑起來。

碧蕪將旭兒抱起，讓他坐在自己身側的圓凳上，覺得或是孩子生過病後心裡不安，才會對她這麼依賴。她輕柔的摸了摸旭兒的頭，便聽蕭老夫人問道——

「小五啊，妳說今日陛下可會駕臨安國公府？雖說陛下沒提前命人來傳過話，但妳和旭兒都在這兒，往昔陛下也是不說一聲就突然來的。」

碧蕪動作微滯，下意識往院門口望了一眼，不禁又想起那人落寞的背影，她抿唇沈默半晌道：「孫女也不知，興許陛下不忙，便會過來吧……」

應當說，她心下也是有那麼一點，希望他能夠過來的。

就在她說話之際，離安國公府府門不遠處，有一輛馬車幽幽而停。

白面無鬚的車夫往車內看了一眼，小心翼翼的問道：「主子，可要進去？」

車內之人沒有回應，只掀開車簾，久久的看著府門的方向，神色複雜。

安國公府的人幾乎都認得他，他若想去，只需下了車提步進去便是，自有人迎。可他不知道，她是否想讓自己去。

他的身分到底擺在那兒，若他出現，怕是會讓蕭家人拘謹不已，豈非壞了他們和樂融融的氣氛。

那大抵是她不願的吧。

喻景遲望了許久，終究緩緩放下車簾，沈聲道了句。「不了，回去吧。」

康福應了一聲，驅馬趕車，然馬車才幽幽起步，就在猛然一個顛簸後停了下來。

「怎麼了？」喻景遲問道。

康福的聲音透過門簾傳了進來。「主子受驚了，是有個不要命的老道士衝上來攔了車，可需奴才……」

「給他些銀兩，趕走吧。」喻景遲淡淡道。

「是。」

康福領命自腰間取下一個荷包，掏出幾兩碎銀，拋給那個衣衫襤褸的老道。「我家老爺賞你的，拿了錢快走吧！」

那老道捧著碎銀，卻是未動，反而湊近，對著車內喊道：「老爺，貧道不是要銀兩，貧道是來給老爺解憂的……」

見這人這般不識好歹，康福正欲下車驅趕，卻見車簾被撩開，露出一張俊美卻冰冷的面容來，他盯著那道士打量了半晌，薄唇微啟。

「你能解什麼憂？」

乍一看見那張臉，老道雙眸顫動，面上滿是驚懼，連手都止不住開始發抖，但他沈了沈呼吸，還是大著膽子上前。

「貧、貧道頗懂些面相，觀老爺尊容，應是近日不大順心。」看著男人盯著他的銳利目光和無形間透露出的威儀，老道緊張的吞了吞口水，道：「貧道知曉些法子，是關於怎麼治……心疾。」

第六十四章

直到用完晚膳，仍是不見喻景遲的身影，碧蕪便曉得他大抵是不會來了。

年夜飯後，蕭老夫人給旭兒塞了一個大紅包，說要給他新年驅病晦，旭兒接了紅包，在碧蕪的提醒下給蕭老夫人重重磕了一個響頭。

李秋瀾備了不少茶水點心，給眾人守歲用，在花園裡看了煙火爆竹，直熬過了子時，碧蕪才帶著旭兒去酌翠軒休憩。

翌日醒來時，已日上三竿，快過巳時。碧蕪本打算午膳後回宮去，醒來才知，宮裡來人傳了喻景遲的話，說她難得回娘家，可多待一會兒，不必著急回去。

碧蕪便放心的在安國公府用了晚膳，又坐了一小會兒，才趕在宮門下鑰前回了宮。

馬車顛簸，旭兒半途就枕在她的膝上睡著了，碧蕪讓旭兒的貼身內侍孟九抱著自家小主子回了寢殿，自己則返回裕甯宮。

正殿燃著昏暗的燭火，碧蕪方踏進去，便嗅到一股幽淡的香氣撲面而來，她向來是不燃香的，不由得疑惑的看向守在殿門口的小宮婢。「這是什麼香？」

那小宮婢恭恭敬敬答道：「回娘娘，這是陛下特意命人送來的香，說是有安神之效。」

她說罷，往殿內瞥了一眼，壓低聲音道：「娘娘，陛下在裡頭呢。」

碧蕪愣了一瞬，輕輕頷首，提步往殿內而去。銀鈴、銀鉤都是極有眼色的丫頭，聽說陛下在屋裡，並未跟著進去，而是在碧蕪入內後，抬手掩了殿門。

外殿幾乎沒有點燈，只有幽幽的光亮自內殿透出來，見裡面沒有動靜，碧蕪躡手躡腳的進去一瞧，果見喻景遲正在床榻上睡著呢。

碧蕪在榻邊坐下，見男人雙眸緊閉，暖色的燭光映在他俊朗優越的面容上，卻是掩不住他略顯蒼白的面色。

即便睡著，他的一雙劍眉仍蹙得緊，好似籠罩著揮之不去的愁緒。碧蕪忍不住抬手落在他的眉間，欲撫平他蹙起的眉頭，卻見那薄薄的眼皮微掀，露出一雙漆黑的眼眸。

「回來了？」喻景遲語氣平靜，好似她不過去洗漱更衣了一趟而已。

「嗯，臣妾回來了。」碧蕪低聲問：「殿下怎的睡在這兒？」

喻景遲坐起身，眸色溫柔。「朕想阿蕪了，在乾雲殿橫豎睡不著，便來了阿蕪這裡。」

碧蕪聞言忍不住笑起來，這麼多日頭一次同他打趣。「臣妾不過回娘家兩日，也不是兩年。陛下便想臣妾了？那臣妾往後是一刻也不能離陛下的了。」

男人不答，只跟著薄唇抿了抿，神色認真地看著她，好似默認了她的話。碧蕪心下微微一動，然瞥見他蒼白的臉，頓時擔憂道：「陛下面色不大好，可是哪裡不適？」

喻景遲搖了搖頭。「或是昨日睡在這兒，沒命宮人燃炭火，受涼了吧。」

碧蕪秀眉微蹙，可她看他的樣子，怎也不像僅僅只是受了涼，她正欲開口提議請個太醫來瞧瞧，身子便驟然被男人摟在懷裡。「朕有些累，阿蕪陪朕睡一會兒吧。」

他低沈的聲音裡帶著顯而易見的疲憊，碧蕪抬手攀住他的背脊，覺得他今日有些奇怪，低低「嗯」了一聲。

她褪了鞋襪和外袍，甫一鑽進衾被，便被男人攬住腰肢，貼在男人堅實的胸膛上。溫暖又讓她格外心安。

雖方才說了調侃他的話，但碧蕪知曉，其實她也是有些想他的，她大可以在安國公府再多待一會兒，可想到正值新年，她和旭兒都不在，他一人在宮裡終究寂寞了些，用過晚膳，同祖母告知一聲，就匆匆趕了回來。

她忍不住將臉貼在他的胸口，貪戀的嗅著他身上好聞的青松香，少頃，緩緩道：「陛下可知，為何臣妾一直不願承認旭兒是您的孩子嗎？」

喻景遲稍愣了一下，沒想到她竟會主動與他說起這個，他心下不免有些驚喜，但還是假裝淡然的從鼻間發出一個低低的「嗯」字。

碧蕪朱唇輕咬，斟酌半晌道：「臣妾在梅園那夜後不久，作了一個奇怪的夢，夢見您登基後，旭兒成了太子，教人下毒毒死了，就死在臣妾懷裡。」

雖只是將前世簡略的重述出來，可想到那場景，碧蕪仍是忍不住喉間一哽。「那個夢太真實，臣妾真的很害怕……所以看到陛下，才會生出要逃跑的想法，甚至在被陛下發現臣妾有孕後，才會編造出那樣一個故事……」

說著說著她聲音不禁喑啞起來，男人抱著她的手臂亦攏緊了幾分。

見他久久不出聲，碧蕪一顆心提了提，問：「陛下不信嗎？」

「信，朕信。」喻景遲稍稍放開她，眸色堅定道：「不論阿蕪說什麼，朕都會信！」

不論她說是因為夢才會這般，還是那個故事是她編造，根本沒有所謂的孩子他爹，他都會毫無猶豫的相信。

因他想相信，「孩子爹」是她杜撰，她壓根兒沒有什麼放在心上的男人。

她從頭到尾，都只是他一個人的。

聽著他斬釘截鐵的說著這話，看著他眸中的真摯，碧蕪知道他說的都是真的，聯想到前世之事，她忍不住雙眸一熱。

前世，他最常對她說的一句話便是——「妳有什麼想對朕說的嗎？」

興許他期盼她說的就是旭兒的事，是她就是旭兒生母這件事，可她從來沒勇氣說出口，因她很害怕，害怕他不會相信這麼荒誕的話。

她從來都不信他的，更不信自己，不信自己那張毀了容的臉，會得這位高高在上的帝王分毫真心。

甚至於他曾說過的「阿蕪，朕心悅妳」那些話，都被她盡數當作情濃時男人的謊言一笑置之，從未放在心上。

可或許，當初她試著說出真相，一切是不是都會不一樣？

碧蕪抬眸看向他，發現男人也在看自己，漸漸升溫的衾被，恰若男人越發灼熱的眼眸，讓碧蕪也忍不住生了幾分燥意。

在喻景遲微微垂首的一瞬，她卻快一步探出身子捧住他的臉，送上了朱唇。

她的主動，若丟在乾柴上的一把火，讓男人的動作更放肆了幾分，碧蕪被翻身壓在被褥上，任男人不知收斂的攫取著她的呼吸。

床榻邊燭火晃動，一室情濃。

兩日後，李秋瀾和李老夫人收拾了行李，正式向蕭老夫人辭行。

蕭老夫人不忍離別，傷心的哭了一遭，打知道李秋瀾祖孫準備回慶德，她勸了好幾回，可架不住李秋瀾去意已決，便只能讓她們走了。

畢竟年事已高，蕭老夫人只能送她們出府，剩下的一段路，就讓蕭毓盈代替她送一送。

蕭毓盈將祖孫倆送至京郊十里長亭處，亦是同她祖母一般，哭腫了一雙眼，牽著李秋瀾的手不肯鬆開。

「今日一別，也不知同秋瀾姊姊何時才能再見。」她抽抽噎噎道：「姊姊千萬要保證，要常寄信回來，可莫要忘了我。」

「哪會忘了妳的，放心，往後我會時常寄信給妳。」李秋瀾抱了抱蕭毓盈道：「時候不早了，妳快些回去吧，我和祖母也該走了。」

李秋瀾說罷，撫了撫蕭毓盈的手，反身上了馬車，她掀開車簾，又對著蕭毓盈連道了幾句「回去吧」。

卻見蕭毓盈扁著嘴，不滿道：「大哥哥也不知怎麼回事，說好來送，到現在還不來！」

聞得此言，李秋瀾稍愣了一下，扯唇笑了笑。「國公爺忙，想必是抽不出空，沒事，昨夜也算打過招呼了，來不來不打緊。」

她轉頭正欲吩咐車夫趕路，然那長鞭才揚起，就聽見噠噠的馬蹄聲由遠及近。

雖嘴上說著不在意，可聽見這聲音的一刻，李秋瀾還是忍不住探出車窗去看，那遠處策馬而來，意氣風發的不是蕭鴻澤是誰。

她努力壓下心底喜悅，待蕭鴻澤行至馬車，方才頷首，恭敬的喚了句「國公爺」。

「李姑娘，我去辦了些事，這才來遲了。」蕭鴻澤一副氣喘吁吁的模樣，一看便知是匆匆趕來的。

「無妨，其實國公爺不必……」

李秋瀾說至一半，就見蕭鴻澤自背後取出一個包裹遞給她，看出她的疑惑，解釋道：「這是玲瓏齋的點心，上回聽李姑娘說好吃，我便去買了些來，李姑娘和李老夫人可以在路上吃。」

接過這個沈甸甸的包裹，李秋瀾不免有些驚詫，上回她也就隨口一說，不想國公爺卻記在了心裡。

玲瓏齋開門遲，且所有點心都是當日現做現賣，想必他應是為了等這些點心才至於這麼晚才到。

李秋瀾心裡湧出絲絲暖意，她朝著蕭鴻澤笑道：「多謝國公爺了，待下回，國公爺再來慶德的時候，定要來玉味館，到時秋瀾再好生宴請國公爺。」

蕭鴻澤點了點頭，他沈默半晌，又自懷中掏出一封信箋遞過去。「我與慶德的陳縣令也算有些交情，李姑娘在慶德若有什麼需要，儘管拿著這信去尋陳縣令便是，他自會幫妳。」

李秋瀾看著這信遲疑了半晌，到底還是接了過來。

雖然承蕭鴻澤的人情確實不大好，但她一個姑娘家，先前在慶德過得有多難她自己也知曉，有這封信在，至少能讓她再建玉味館時少些曲折阻撓。

她捏著信箋，又對蕭鴻澤道了聲謝，兩人靜靜對望著，一時誰也沒開口。

許久，還是李秋瀾先出聲。「時候不早了，再不上路只怕趕不到驛館，秋瀾便告辭了，國公爺……保重。」

蕭鴻澤薄唇微啟，想說什麼，但沈默半晌，到底什麼都沒有說，末了，頷首道了一句。「李姑娘慢走。」

李秋瀾深深看了他一眼，才含笑緩緩放下車簾，對外喊了一句。「走吧。」

馬車緩緩而動，很快在平坦的官道上越行越遠，蕭毓盈在一旁看了半晌，見馬車都快看不見，頓時急得不得了，朝蕭鴻澤吼道：「大哥哥怎的不留秋瀾姊姊？你若不想讓她走，現在去追還來得及！」

蕭鴻澤看她一眼，垂了垂眼眸，也不知在想什麼，片刻後，低聲道：「李姑娘要走，我沒有理由留她……」

「什麼叫沒有理由，你和秋瀾姊姊不是……」蕭毓盈說至半晌，驀然止了聲音。

「不是什麼？」蕭鴻澤茫然道。

「沒什麼。」蕭毓盈眼神飄忽。「我也該回去了，秋瀾姊姊和李婆婆走了，祖母傷心，我得好生陪她幾日。」

說罷，折身往馬車的方向行去。

她原還以為當年那樁婚約的事大哥哥應當知道，可方才看大哥哥的神情，分明是一無所知。

不知道也好，她這個哥哥活了快三十年，卻未經歷過感情之事，難免遲鈍，這回就教他自己好生醒悟醒悟再說吧。

午後，碧蕪正在裕甯宮書案前練字，偶一抬眸，便見銀鉤將換好的香重新插入了紫金香爐中。

不得不說，這些喻景遲命人送來的安神香效果極佳，不過這麼幾日，碧蕪晚間的確不似先前那般失眠了。

但也或許是喻景遲這一陣一直同她共寢的緣故，躺在男人懷裡讓她格外心安，只他最近有些奇怪，應當說是打她從安國公府回來以後就這樣了。

那夜兩人雖是情難自禁，但最後他還是生生忍住了，只抱著她安分的睡了一宿，之後幾夜也是，都是規矩的並未動她。

只是，喻景遲的面色似乎一日比一日差，前世碧蕪從未見過他這般，難免心下擔憂，便招了孟太醫來問，孟太醫亦說不過是風寒，只是病得有些久，但碧蕪多少有些不大信。

許是心思不專，她手上的湖筆一斜，生生寫廢了一張紙，只得再鋪上新的，重新來過。可還未在白紙上落筆，就聽銀鈴進來稟道：「娘娘，小皇子來了。」

碧蕪抬眸望去，見旭兒緩步踏進來，對她見禮，喚了一聲「母后」，忙笑著上來，將他拉坐到小榻上。「旭兒怎這麼早便從尚書房回來了？」

旭兒乖巧的答道：「先生家中有事，兒臣便讓他先回去了。」

「餓了嗎？母后給你做了你最喜歡的梅花香餅。」碧蕪同銀鈴一示意，銀鈴立刻將小廚房裡做好的餅端了過來。

碧蕪挑了一個最大的遞給旭兒，卻見他盯著那餅看了半晌，驀然抬眸久久的望著她，眼眸裡摻雜著許多碧蕪看不懂的東西。

碧蕪疑惑的正欲詢問，卻見旭兒張口，竟是喊了一句。「乳娘……」

太久沒聽到這個稱呼，碧蕪不由得愣怔了一瞬，旋即笑著摸了摸旭兒的腦袋。「旭兒這麼大了，怎麼還會喊錯人呢？」

喻淮旭聞言卻是眼眸一紅，他抽噎著道：「母后，是旭兒的錯，是旭兒不好，若旭兒提前告訴您真相，您是不是就不會被逼喝下那杯鴆酒……」

第六十五章

碧蕪捏著梅花香餅的手凝滯在那兒，她笑意微僵，回首愣愣的看著旭兒，確認自己並未聽錯。

喝鴆酒是前世之事，旭兒卻驀然與她提起，難不成……

僅僅只是猜測，她雙手便忍不住顫抖起來，梅花香餅自指尖滑落，啪嗒一下掉在小榻的軟墊上，她朱唇微張，連發出的聲音都跟著在抖。「旭兒，你……」

喻淮旭淚眼朦朧的看著碧蕪，心下萬般情緒翻湧。「旭兒一直未告訴您，也不知如何告訴您，其實一歲那年，旭兒便開始陸陸續續想起前世過往。」

自那日發熱昏迷，悉數想起前世之事後，他便一直不知如何同母親開口解釋一切，他很愧疚，覺得或許他和父皇當初的疏忽，才會導致了他母親的死。

他看著碧蕪同樣開始發紅的眼眸，稍稍平復心情道：「母后，其實前世，我喝了那碗銀耳湯並未死……」

碧蕪聞言怔在那廂，一時沒有反應過來。「什麼？」

怎麼可能呢，那時她是親眼看見旭兒中毒倒在她的懷中，沒了氣息，也是親眼看著他的「屍身」被宮人放入棺槨。

「對不起母后，對不起。」喻淮旭哭得泣不成聲，他知道他母親如今定是難以置信，可他當初只想著他假死不過三、五日，少一人知道，便能少一分危險，卻萬萬沒想到，最後事情會變成那般。「其實，這是我與父皇，為了徹底廢掉蘇嬋和她背後的鎮北侯府，而想出的法子……」

聽喻淮旭啞著聲音娓娓道出一切，碧蕪心下百感交集，一時也不知該喜該悲，少頃，只抿唇喃喃道：「所以那不是他的意思……」

眸中盤旋的眼淚隨著她垂首的動作終是落了下來。

心頭一直壓著的大石被挪開，她深深吸了口氣，只覺心底從未有過的輕鬆。

雖勸說自己莫去在意前世，可心底深處到底是存著一個解不開的結，總時時冒出來，讓她滯悶難言，她想相信他，可不知怎麼去相信，如今得到答案，終是如釋重負。

喻淮旭看著碧蕪含笑垂淚的模樣，問：「母后，您不生氣嗎？」

碧蕪抬首看向他，搖搖頭，眸中反露出幾分欣慰，她將手覆在喻淮旭的臉上，柔聲道：「母后怎會生氣呢……知道我的旭兒平平安安，並沒有死，母后很高興，真的很高興……」

不論是因為什麼，至少她知道，前世那碗銀耳湯並未害死她的旭兒，那，是不是也意味著，這一世，她不必再害怕她的旭兒重蹈覆轍了？

她細細端詳著喻淮旭的臉，在腦海裡回憶他長大後的模樣，許久，問道：「那後來呢？旭兒過得還好嗎？」

喻淮旭聞言懵了一瞬，旋即坦然的笑道：「還算好吧，後來，我繼承了父皇的皇位，在位期間，也算勤勤懇懇，自覺沒有辜負母后的期望。」

「那便好。」碧蕪笑起來，只消旭兒過得好，她便心滿意足了，她頓了頓，又小心翼翼的問：「那……你父皇呢，他，過得好嗎？」

喻淮旭到底不忍心告訴他母親真相，他沈默片刻，點了點頭。「母后去世後，父皇很傷心，過沒幾年，他把皇位傳給了我……父皇還算長壽，只是餘生都在想您，一直覺得很對不起您……」

他說罷，抬眸觀察著碧蕪的反應，見碧蕪頷首，抿唇輕笑了一下，一顆心才落定下來。那些殘忍的往事只消他一人知道便可，至於他母后，沒必要再知曉。她只需知曉他父皇真的很愛她，與他父皇這一世好好的，便夠了。

初春暖陽自窗外透進來，將枝葉和窗櫺的剪影映在榻桌上，母子二人隔著遙遠的兩世，默默的交談著，直到一個時辰後，喻淮旭才在孟九的催促下，起身離開。

喻淮旭走後，碧蕪一人在空蕩蕩的正殿內，默默坐了許久。

近酉時她才召銀鈴進來，教她命御膳房多備幾道菜，她想與陛下一道用晚膳。

銀鈴應聲退下，然到了晚膳時候，卻不見喻景遲來，碧蕪覺得有些奇怪，差宮人去問，半炷香後，宮人回來稟，說陛下政務繁忙，恐是沒辦法來用膳了，讓她不必等，晚間也早些歇下。

聽得此言，碧蕪點了點頭，只覺有些失落，隨便吃了些，翻了幾頁書，就沐浴更衣睡下了。

或許沒了那煩擾她多年的心事，嗅著那幽淡的安神香，她幾乎一沾軟枕便睡了過去。

只，她作了一個奇怪的夢。

夢裡她彷彿來到一個殿中，殿內空蕩蕩的，燭火昏暗，明滅不定，她看見殿中央立著一副棺槨。

棺槨旁有張供桌，其上香煙嫋嫋，案桌前，站著一人，碧蕪只覺那人的背影很眼熟，她緩步上前，很快便認出了那人。

是陛下。

他蒼白的面容與最近幾日她見過的他十分相像，只看起來更加憔悴，雙目空洞，宛若遊魂。

碧蕪心口一滯，說不出的難受，她低低喚了一聲「陛下」，可男人無動於衷，似乎並未聽見她的聲音。

他拖著步子，靠著棺槨坐下，長嘆了一口氣，露出些許苦笑，緩緩道——

「阿蕪，今日又不曾夢見妳，想來妳應是恨透了我，就連來夢裡見我一面都不願。」

乍一聽見「阿蕪」二字，碧蕪不由得驚了驚，她看向那副棺槨，才明白躺在裡頭的人是她自己。

那廂的男人還在喃喃地對著棺中人說話。「我從來以為自己將妳護得很好，卻不承想過我才是害妳最深的人。若當初梅園那夜，我忍住了未動妳，或選擇讓妳嫁給旁人，妳過得會不會比如今更好些？」

他說至此，露出自嘲的一笑。「但是不可能了……就算真重來一回，我大抵也對妳放不了手。」

這話倒沒錯，重來一回，他亦只會誆騙她、欺負她，想盡法子將她束在身邊。

碧蕪只覺鼻頭一酸，正欲向男人走去，卻見倚靠著棺槨的身影驀然消失不見，一眨眼的工夫，他復又立在供桌前，燃了一炷香，看著嫋嫋的香煙，或許覺得有些諷刺，他驀然低笑了一下，看向棺槨道——

「阿蕪，那道士說，妳被人奪了氣運，在劫難逃，注定命不久矣，他說我能將自己的氣運給妳，保妳來世平安順遂，我分明不信命的，可這麼荒唐的話我竟是信了……」

碧蕪立在原地，看著男人的身影在殿中遊蕩，他一遍遍的上香，日日同那副棺槨訴說心事，身形逐漸瘦削下去。

她想同他說話，告訴他不要再這樣，可看著男人失魂落魄折磨自己的模樣，她卻什麼都做不了，只能無助的蹲下身子哭起來。

她知道旭兒騙了他，前世，她死後，他根本過得不好，一點也不好。

也不知過了多久，男人終於停了下來，他打開殿內所有的窗子，讓暖陽照了進來。

他對著旭日和風深深吸了一口氣，再次行到棺槨前，用手一寸寸在棺蓋上撫過，好似在撫摸棺中人的臉。如今的他已是形銷骨立，面色蒼白，聲音中都透著幾分虛弱無力，可他還是抿唇露出笑容，對著那副棺槨柔聲說著話。

「我久不在朝，東面那群小子狼子野心，竟欺負到了旭兒頭上，可我們的旭兒怎能就這般任人宰割呢，我躲了那麼久，也該出面，為旭兒做些什麼……」他目光留戀，許久，狀似平靜的聲音裡透出幾分暗啞。「今日應是最後一回這樣同妳說話，阿蕪，若有來世，只希望，妳就別再遇見我了吧……」

聽見「最後一次」，碧蕪心下頓生出不好的預感，她抬手想要去抓住他，可指尖卻穿過男人的衣袂，只能看著他神色決絕的出了殿門，漸行漸遠。

殿門再次閉闔，無盡的黑暗也隨之迎面而來，碧蕪不知所措的站在那裡，找不到出路。不知等了多久，才見殿門復又被推開——眼前的是她心心念念的那個人，此時他雙眸緊閉，渾身是血，一把劍插在他的胸口，人已沒了氣息。

她聽到旭兒悲慟的哭聲，亦忍不住掩面失聲痛哭起來。

碧蕪是哭著醒來的，睜開眼便見銀鈴、銀鉤站在床榻前，擔憂地看著她。

想起夢中種種，心尖疼得厲害，她到底忍不住又滴滴答答掉了眼淚。

銀鈴、銀鉤見她哭成這般，手足無措，一時不知該如何安慰。

洶湧的淚水將衾被濡濕了一大片，可碧蕪仍是絲毫止不住淚意，胸口一陣陣發悶犯疼。

什麼退位，什麼長壽……

前世他根本就是在她之後沒多久，也跟著走了。

碧蕪驀然很想見他，一刻也不願多等，她強忍住淚意，背手擦了擦臉，讓銀鈴、銀鉤伺候她更衣梳洗。

對鏡梳妝時，卻有宮人來稟，說外頭有人求見。

碧蕪秀眉微蹙，可她急著去喻景遲那廂，便推說有事不見。

宮人出去傳話，然很快又回來，說那人讓她問問娘娘，心裡的執念放下了嗎？

碧蕪聞言稍愣了一下，只覺這話有些耳熟，細細一問，方知求見她的是個老道，思忖半晌，這才答應將人放進來。

宮人應聲出去，很快便將人領了進來，碧蕪乍一看清那老道的臉，不由得蹙眉，她認得此人，正是先前與旭兒在街上遇到的「江湖騙子」。

銀鈴顯然也還記得這老道，登時不悅道：「呀，是你這臭道士，怎麼騙人還騙到宮裡來了！」

那老道充耳不聞，只對著碧蕪施了一禮。「貧道見過娘娘。」

碧蕪滿腹疑惑，但還是好聲好氣的問道：「不知道長緣何會出現在宮中？」

「回娘娘，貧道是來為陛下辦事的。」老道恭敬的答，說著，朝銀鈴、銀鉤看了一眼，又道：「貧道此趟來，是有事想對娘娘說。」

他這意思不言而喻，雖銀鈴、銀鉤不大願意，但碧蕪還是抬手讓殿內人都退了下去。

碧蕪曉得喻景遲和太上皇不一樣，並非是會信奉鬼神之說的人，不可能無緣無故請一個道士來宮中，她狐疑地看著那老道問：「陛下請道長來，是做什麼？」

那老道不言，只久久凝視著碧蕪。他怪異的眼神，不知為何，讓碧蕪想起昨夜夢中喻景遲提起的那個道士來，頓生出幾分不好的預感。

片刻後，卻見老道看向殿內的紫金香爐，問道：「這香的安神之效，娘娘覺得如何？」

碧蕪掩在袖中的手攥緊，一顆心驟然提起。「道長此話何意？」

老道神色複雜，他沈默片刻，卻是轉而道：「十幾年前，貧道曾因一筆錢銀做了一件傷天害理的事，替人奪了一個有天生皇后命的小姑娘的氣運，然後將之封存在她的貼身物裡，可我沒有想到，沒了氣運的小姑娘從此一生坎坷多難，再難抵命中死劫……」

皇后命，封存氣運，貼身物……

類似的故事碧蕪也在趙如繡口中聽過，她以為此事不過子虛烏有，卻不想眼前的老道卻承認此事是他所為。

看著碧蕪匪夷所思的神情，老道繼續道：「想要改變這小姑娘的命運，倒也不是沒有辦法，不過需要一個氣運強大的人用自己的氣運來換……」

聽到氣運，碧蕪不得不再次想起夢裡喻景遲說的話，想起夢中他越發消瘦的模樣，和近日他蒼白的面色，心底的不安感越發濃重起來。

她迫不及待的問道：「如何做？」

那老道一雙眉頭蹙得緊。「此法倒也簡單，只需用心頭血揉作七支香，每七日一支，七日一燃，四十九日後，便能將自己的氣運轉給他人。只這是逆天改命的邪術，若要成功，需付出代價……」

碧蕪難以置信的看向殿中燃著的香，雖老道並未指名道姓，可話裡話外分明是在告訴她喻景遲為她做了什麼。

縱然心下有了數，她還是抱持僥倖問老道。「什麼代價？」

老道定定的看著她，俐落的說出四個字。「以命換命。」

他話音未落，便見眼前人驀然慌亂的站起身，往殿外跑去。

「娘娘！您要去哪兒？」

聽到外頭傳來宮人們急急呼喚的聲音，老道坐在那兒，卻唇角微揚。

上一世，他錯得離譜，生生毀了那個小姑娘的一生，重來一回，希望他還來得及贖前世的罪孽。

第六十六章

背後銀鈴、銀鉤的呼喚聲逐漸遠了，碧蕪小跑著往御書房的方向而去，眸中淚水不堪重負的滾落下來。

這世上原來真的會有這種傻瓜，聽信什麼道士的話，傷自己的身體，折自己的氣運，為她點香。

但他憑什麼做這般不負責任的事，前世說什麼讓她不要再遇著他，可這輩子既然又招惹了她，便要有始有終，不能半途拋下她不管。

康福正站在御書房門外教訓新來的小內侍，抬首見碧蕪匆匆忙忙的跑進來，詫異的喚了聲「娘娘」。

「陛下可在裡頭？」她著急的詢問。

康福不明所以，還是乖乖答道：「陛下在裡頭呢……」

他話音未落，便見碧蕪已疾步入了半掩的殿門內。

喻景遲坐在紅漆檀木書案前批閱奏摺，他耳力極好，乍一聽見門外康福那聲「娘娘」，抬首看去，不由得劍眉微蹙，只見碧蕪一雙眼眸紅腫，顯然是哭過了。

「阿蕪……」

碧蕪行至他面前，看著他略顯蒼白的面色，不由分說便去扯他的衣襟。

喻景遲忙按住她的手。「妳怎麼了？」

「我殿中那香……」碧蕪噙著眼淚，手上的動作不停。「你是不是用心頭血……」

聽到「香」字，喻景遲顯然愣了一瞬，可緊接著聽到「心頭血」三字，卻是露出些許茫然。

「什麼心頭血？」

碧蕪只當他是在假裝，然扯開裡衣，定睛一瞧，卻不由得怔忪在那廂，男人的左胸上除了那道原本就有的紅色胎印，沒有任何傷痕。

難不成那道士是在騙她！

碧蕪抬眸看了眼喻景遲蒼白的面色，朱唇緊抿。

不對，他定是有事瞞著她。

她繼續伸手在他身上探尋，少頃，一把抓住他下意識微微躲閃的左臂，掀起衣袂。

只見他左上臂纏著一圈白色布條，其上滲出些許暗紅的血漬，碧蕪抬眸看向他一瞬間躲閃的目光，啞聲問：「陛下，這是怎麼回事？」

喻景遲扯唇輕笑，默默放下衣袂，氣定神閒答道：「沒什麼，不過前兩日練劍，無意間傷到了，怕阿蕪擔心，便沒有提起。」

碧蕪被他騙過太多次，已不會再上當了，她知道他根本就是在撒謊，縱然他這世並未用心頭血將氣運給她，但殿中那安神香之事也定與他有關。「別瞞我，我都知道了，那個老道將什麼都告訴我了。」

喻景遲聞言雙眸微愣，看著她又開始泛紅的眼眸，起身將她小心翼翼的擁進懷裡，安慰道：「不過是流些血而已，那道士說這法子能治妳的心疾。」

乍一從那老道口中聽說用鮮血引氣運可治心疾時，喻景遲也覺得很荒唐，可思及碧蕪的病情，他只遲疑了一小會兒，便俐落的應下此事。

在他心裡，只消她能好，流幾碗血並沒有什麼大不了的。

碧蕪抬眸看他一眼，卻是急道：「那老道就是個騙子，陛下怎就信了！心疾若是這麼容易治，那豈非人人都用這個法子了。」

他聰明一世，籌謀多年，算計了多少人才得來的皇位，怎麼就輕易栽在一個江湖騙子的手上。

喻景遲看著她著急的模樣，笑意反倒濃了幾分，他靜靜的凝視著她，定定道：「朕當然信，只要是為了阿蕪，朕什麼都願意信。」

他格外認真的神色，不禁讓碧蕪想起昨夜夢中的他，和那些他對著棺槨說的話。

向來不信鬼神之說的人，卻因為那個道士的三言兩語，為了她以心頭血焚香，自己則日漸虛弱消瘦。前世他瞞騙她十幾年，說她沒有絲毫怨氣，那定然是假的。可這些怨氣，在看到他做的這些傻事後，到底還是漸漸開始化解。

雖然前世他真的做錯良多，但這一世她還是願意給他機會，就讓他好生補償她吧。

見她一雙柔荑攥住他的衣襟，將腦袋埋在他的懷裡，單薄的雙肩輕顫起來，喻景遲抬手摸了摸她的腦袋。「怎又哭了，朕的阿蕪是水做的嗎？這般愛哭。」

碧蕪沒有出聲，只默默淌著眼淚，待將那人胸前的衣衫都沾濕了，才哽咽著抬首看去。「陛下，您要同臣妾保證，莫再幹這樣的傻事，臣妾知道了，心疾不但不會好，心下只會更難受。」

喻景遲用指腹擦去她面上殘餘的淚痕，低低應了一聲「好」。

碧蕪心疼的看了眼喻景遲受傷的左臂。「陛下失了那麼多血，今晚臣妾親自去御膳房燉碗豬血湯給陛下喝，陛下或許能好得快些。」

聽到豬血湯，喻景遲卻挑了挑眉，看著懷中玉軟香柔的美人，意味不明的笑了笑。「朕好了，阿蕪可不一定能過好了。」

碧蕪正想著待會兒的湯怎麼燉，心思沒在這處，壓根兒沒聽清他在說什麼，不由得眨了眨眼，疑惑的看過去。

見她滿目迷茫，男人眼中的戲謔更濃，他將她摟緊了幾分，在她耳畔喃喃道：「阿蕪怎的忘了，可不能隨便給男人燉湯……」

碧蕪原還不大明白這話，可在每日不輟，為他連煮了五、六日的補血湯後，便徹底明白過來。

確實不能隨便給男人燉湯，看來是上回的豬腰湯給她的教訓還不夠深刻，竟給忘了，這男人一旦喝了補湯，徹底恢復過來，這湯的滋補勁兒，也夠他反過來折騰她的了。

自那日碧蕪去御書房尋過喻景遲後，喻景遲便不再放血製香。至於那個老道，教喻景遲命人打了幾十個板子，趕出宮去了。

那幾十個板子，還是康福看著打的，待打完了，他蹲下身對著躺在長凳上沒了半條命的老道說：「你這本是欺君之罪，但陛下仁慈，看在你陰差陽錯教陛下和娘娘的感情更近了幾分的分上，沒有要了你的命，只賞了幾個板子，你該要感恩戴德了。」

老道聞言，聲音虛弱的連連點頭。「是，陛下仁慈，陛下仁慈……」

康福瞥了他一眼，也沒當即趕他出去，就將他丟在那兒，待他緩過來一些，才命人將他架著丟出了宮。

老道在地上癱坐了一會兒，才艱難的爬起來，一瘸一拐的往前走。

沒錯，他好歹還留了一條命，前世因為無盡的貪欲，他毀了那個小姑娘的一生，又在幾十年後，為了黃金萬兩，不惜動用禁術，同樣害了深愛那個小姑娘的男人。

那一切糾葛冤孽的源頭，竟是因為他。

雖說最後他自己也遭了報應。

前世那把劍捅進胸口的滋味和男人冰冷的眼神，他至今想起來，都覺得毛骨悚然。

他這趟來，是存著幾分良心，只是想來推一把，讓他們解開些許誤會罷了。

但好像，他來與不來，也不打緊。

老道走了幾步，疼得齜牙咧嘴，果然出這種餿主意放這位天子的血，是要付出代價的。

打李秋瀾離開也快有大半個月了，蕭老夫人心情鬱鬱，好一陣子都食難下嚥，在蕭毓盈的陪伴下，這幾日方才好了些。

劉嬤嬤自屋內出來，正欲命人去傳膳，行至棲梧苑門口，餘光正巧瞥見門外一個熟悉的身影。

她怔了一瞬，旋即無奈輕笑了一下，看著那人倉皇離開的背影，喚道：「國公爺。」

聞得此聲，蕭鴻澤只得止了步子，他掩了面上尷尬，折身喊了聲「劉嬤嬤」。

劉嬤嬤心照不宣，只問：「國公爺這是又來看老夫人，怎麼到了門口不進去呢？」

蕭鴻澤掩唇低咳了一聲。「本想來看看祖母，但突然想起還有些事，這才……」

劉嬤嬤看著自家國公爺窘迫的模樣，忍俊不禁。

自從李姑娘走後，他們國公爺這樣也不是頭一回了，先前習慣了來吃李姑娘做的飯，如今總是下意識走到老夫人這廂來用膳，但忽又想起李姑娘早已離開了，只得悻悻回去。

她想起老夫人先前交代過，若下回再看見國公爺走錯，就將人請進來，便道：「國公爺若不急，既然來了，不如陪老夫人用個飯再走，老奴正要去膳房傳膳呢。」

蕭鴻澤聞言，遲疑了片刻，微微頷首，提步入了棲梧苑。

正坐在屋內的蕭老夫人乍一看見蕭鴻澤，頓時明瞭是怎麼一回事，她這孫兒，在秋瀾未來前，可謂晨昏定省，日日不輟，不過午間卻是很少來的。

看來，今日又是走錯了。

見蕭鴻澤拱手恭敬的道了聲「祖母」，蕭老夫人點了點頭，問了幾句他最近辦的差事，沒多說什麼。

待午膳端上來，祖孫二人相對而坐，安安靜靜的用了會兒飯，蕭老夫人便放下筷箸，長嘆了口氣。

蕭鴻澤見狀，也止了動作，關切道：「祖母沒有胃口，可是哪裡不適，可需孫兒請個大夫來瞧瞧？」

蕭老夫人瞥他一眼，看著一桌沒怎麼動過的菜道：「我沒甚胃口，你便有胃口了？說到底也是被秋瀾養刁了嘴，而且先前吃飯總是熱熱鬧鬧，驀然成了自己一人用飯，冷冷清清，哪裡還吃得下！」

蕭鴻澤垂了垂眼眸，沈默半晌道：「那往後，孫兒每日都來陪祖母用飯。」

聽得此言，蕭老夫人不僅沒生出絲毫喜色，面色卻更沈了些，也不知自己這孫兒是真的不開竅還是在同她裝傻。

她想了想，轉而道：「我在慶德尋了可靠的媒人，前兩日來信與我說，慶德有戶人家，世代從商，家境殷實，且是遠近聞名的大善人，他們家二公子比秋瀾長了四歲，先前因故耽誤，最近才琢磨著娶妻，這位二公子人生得清秀，也勤奮上進，正預備著考功名……」說著，蕭老夫人看向蕭鴻澤，問道：「澤兒，你覺得如何，值不值得秋瀾託付終身？」

蕭鴻澤默了默，笑道：「聽祖母這般描述，應是個不錯的人。」

當是比他強些。

不但歲數比他小，而且也能給李姑娘一個安穩的日子，教她不必擔驚受怕，唯恐將來有一日守活寡。

蕭老夫人見他這般反應，挑眉問：「當真，你說的可是心裡話？」

「自然是心裡話。」蕭鴻澤道：「李姑娘若真能尋到一樁好姻緣，孫兒替她高興。」

蕭鴻澤雖表面看起來平靜，可眼底隱隱閃過的失落到底沒能逃過蕭老夫人的眼睛，她抿唇暗暗笑了笑，而後惋惜道：「唉，真是可惜了，但凡你對秋瀾有半分情意，祖母也就撮合你們了，畢竟你們也算是指腹為婚，有舊日那樁婚約在的……」

蕭鴻澤聞言怔了怔，思索著蕭老夫人的話，追問的語氣不由得急了幾分。「什麼婚約，祖母在說什麼？」

「呀，瞧祖母這老糊塗，年歲大了，這麼重要的事竟忘了告訴你。」蕭老夫人裝出一副才想起來的模樣，對著蕭鴻澤道：「當年你出生不久，秋瀾的母親有孕，雙方便約定，若李夫人生的是個女孩，便嫁入安國公府當蕭家的媳婦……」

蕭老夫人簡略的解釋了幾句，又道：「不過，這也是陳年往事了，秋瀾尚且不再提起，你也不必在意，只當這事不存在吧。」

這樁婚事蕭鴻澤是真的不知情，聽到蕭老夫人方才說的話，不由得驚詫的抬首。「李姑娘知道此事？」

「秋瀾怎會不知呢，你李婆婆定是告訴過她的，想來那丫頭也看出你不曉得。」蕭老夫人道：「她自尊心重，不想你是因為父輩的承諾，迫不得已娶她，就選擇故意不對你說。」

蕭鴻澤愣愣的坐了片刻，驀然站起身，急切道：「祖母，孫兒先退下了。」

「唉，國公爺，您這是上哪兒去？」端著茶水進來的劉嬤嬤見狀驚詫道，但蕭鴻澤並未答她，只與她擦肩而過，步履匆匆往外頭而去。

劉嬤嬤納罕地看向蕭老夫人，卻見蕭老夫人含笑道了一句。「隨他去吧。」

兩日後，碧蕪出宮帶著旭兒回安國公府時，蕭鴻澤並不在，問起來，蕭老夫人只答道：「妳哥哥出去幾天，說要去辦些事。」

碧蕪不禁有些疑惑，她怎未曾從喻景遲口中聽說，他派蕭鴻澤出外辦事。

坐在一旁的蕭毓盈卻看出來了，她湊近碧蕪道：「依我看呢，大哥哥怕不是去慶德辦事了。」

她說著，看向蕭老夫人，蕭老夫人也未否認，只露出意味深長的笑。

碧蕪看祖母這般反應，登時恍然大悟，見祖母刻意同她們打啞謎，也跟著裝糊塗。「慶德是個好地方，哥哥此趟去那兒，想來定是收穫頗豐。」

她話音方落，一屋子的女眷對望著，皆忍不住笑起來。

碧蕪如今是皇后，沒敢在安國公府待太久，陪著自家祖母用了晚膳，方過未時，便啟程匆匆回宮。

在她陪蕭老夫人的時候，旭兒一直同他小舅舅待在一塊兒，在蕭鴻澤專門闢出來用作習武的地方練習射箭。

旭兒年歲還小，個子也矮，提不動那沈甸甸的弓，只能在一旁坐著，看著蕭鴻笙練。

在蕭鴻澤和蕭老夫人的勸說下，周氏也開始改變想法，同意蕭鴻笙學些武藝強身健體。不得不說，蕭鴻笙天生流著武將的血，雖看起來文弱，可才不過學了半月，已能做到箭不脫靶，且十箭中有三箭能正中靶心，著實是天賦異稟。

旭兒雖不能練箭，但後頭也跟著玩了一會兒投壺，這般冷的天卻玩得滿頭大汗。

碧蕪替他細細擦了汗，帶他上馬車時，下意識想抱他上去，卻被喻淮旭阻止。

他提醒碧蕪道：「母后，兒臣已不是孩子了，自己能上車。」

碧蕪動作一滯，驀然想起旭兒重生的事，雖他表面還是個孩子，可實則前世也是活了幾十年的人。

雖她知曉旭兒對她撒了謊，但卻未再追問前世喻景遲駕崩後，他究竟過得如何。

想來他就算過得不好，也不會對她吐露半句。

思及他才十六歲，便父母皆逝，一人孤孤單單登上了皇位，碧蕪便覺一陣心疼，雖旭兒拒絕，她還是俯身堅持將旭兒抱上馬車。

車簾落下，她抬手摸了摸旭兒的腦袋，柔聲道：「旭兒雖然長大了，可你再大，就算將來結婚生子，在父皇母后眼裡，永遠都是我們的孩子，不是嗎？」

喻淮旭聽得此言稍愣了一下，旋即重重點了點頭。

他母親說得沒錯，他何必那麼急著長大，在父母膝下承歡，不是他前世十六歲後最渴望的事嗎？

時間飛逝，成長從來不過是眨眼之間的事，重來一回，他應該好好抓住機會，再感受這份被父母疼愛的幸福才對。

也算是為了彌補前世的缺憾吧。

馬車行到半途，碧蕪便覺衣袂被輕輕扯了扯，垂首看去，便見喻淮旭囁嚅半晌道：「母后，回宮前，兒臣能否順道去一趟老師家？」

喻景遲給旭兒請的那位老師，碧蕪自然也認得，正是前世的太子太傅裴湜。裴大人早年喪妻，前世，旭兒還曾亂點鴛鴦譜，試圖讓她嫁給裴湜。

如今想來，那段時日，旭兒的功課量驀然增了一倍，應不是沒有緣由。大抵是那人心裡不痛快，覺得旭兒太閒才做出這樣的事，故意罰旭兒的。

當真是幼稚。

碧蕪忍不住抿唇笑起來，轉頭問道：「旭兒不是日日能見著老師嗎？今日去他家中做什麼？」

喻淮旭眸光飄忽，好半天才答道：「聽聞今日是老師愛女的百晬宴。兒臣想過去看看，親自道聲喜……」

他這話說著說著，面上忽然露出些許可疑的紅暈，碧蕪挑了挑眉，不由得想起裴家姑娘來，前世，好似旭兒先前去了趟裴府後，便常在她面前有意無意念叨起這位姑娘。

她那時可真是遲鈍，一直當旭兒是個孩子，竟絲毫未察覺到旭兒的心思。

她以帕掩唇暗暗笑了一下，調侃地看向旭兒。「我記得那裴姑娘，似乎是個美人胚子。如今想來，你從前也常是偷溜出宮，跑去裴府的。」

被碧蕪一眼看穿的喻淮旭不由得面露窘迫。「母后……」

碧蕪裝作無辜的模樣。「母后可什麼都沒有說啊！」

喻淮旭被碧蕪眸中濃厚的笑意臊得埋下腦袋。

他母后並未猜錯，他心怡裴覓清，打這一世再次想起她，他就只有一個念頭——便是好生守著她長大。

前世他忍痛為她挑選夫婿，親眼看著她出嫁，那種深入骨髓的痛只有他自己能體會。

既上天給了他再來一次的機會，這輩子，他絕不想再錯過她。

為了滿足旭兒的願望，碧蕪讓車夫臨時改道去了裴府，不過她沒有下車，只在外頭等了旭兒許久。

旭兒再出來時，笑意滿面，手舞足蹈的向她形容著那個奶娃娃的可愛，說她還朝他笑，主動抓他的手。

看著旭兒眼眸中躍動的歡喜，碧蕪也不由得跟著露出心滿意足的笑。

第六十七章

正月未過，碧蕪收到了一封南邊寄來的信，寄信人正是趙如繡。

繡兒在信中告訴她，她父親在她的勸說下，放下顧慮，已續弦再娶。她父親在母親的強勢下過了十餘年，如今能再獲幸福，她也算是安心了，在稟告過父親後，決定與紅兒一同開始在大昭境內雲遊。

繡兒教碧蕪不必擔心她的安危，因還有劉承陪著她們一塊兒走，她想嘗百草，精進自己的醫術，將來在琓州開一家醫館，專門診治那些窮苦百姓。

劉承的事，碧蕪也從蕭鴻澤那兒聽說了幾分。如今天下太平，沒有戰事，劉承便暫時辭了官，只對蕭鴻澤說若將來有用得著他的地方再召他回來便是。

他說想去追一個姑娘，雖那位姑娘心繫四海，身懷百姓，眼裡或許很難有他，但他總要試一試才知道結果。

碧蕪反反覆覆讀了好幾遍，最後欣慰地抱著趙如繡的信，躺在小榻上，闔眼陷入沈沈的睡夢中。

喻景遲進來時，便見她斜躺在那廂，朱唇含笑，也不知作了什麼美夢。

他唯恐她受涼，扯過一旁的小被替她蓋上，卻見她蝶羽般的眼睫微顫，露出那雙若蘊了泉水的瀲灩杏眸。方才醒來，她清麗的聲音裡尚且帶著幾分慵懶，見著他，撒嬌一樣拖著尾音喚了一聲「陛下」。

她微抬起身，卻並未坐起來，而是將腦袋枕在喻景遲膝上。

喻景遲輕柔的撫了撫她的額頭，問：「阿蕪方才夢見什麼了，笑得這麼開心？」

碧蕪想起夢中的情景，不禁笑起來，她夢見了許多。

她夢見前世花神祭，他帶她出宮看燈會；皇家圍獵時偷偷載著她騎馬去山頂觀日落；借賞給旭兒的名義，將南邊運來的茶梅種在她的窗前……

她想起很多前世被她遺忘的，他對她好的那些事。

她抬眸看向喻景遲，卻是俏皮一笑。「臣妾夢見孩子的爹了。」

喻景遲聞言劍眉微蹙，卻不上她的當，他用手指在她鼻梁上輕刮了一下，垂下臉佯作不悅。「還騙朕！」

她沒騙他。

夢裡的人是旭兒的父親，夢外的人也是，他們一樣，卻又有些不一樣。

擁有和她在一起的不一樣的記憶，卻是一樣的心悅她，也令她心悅。

碧蕪輕笑了一下，直起身子，用一雙柔若無骨的藕臂纏住他的脖頸，將臉深深埋在他的頸間。

見她許久不說話，喻景遲關切道：「前幾日封后大典，阿蕪可是累了？」

碧蕪搖了搖頭，封后大典再繁冗，可名正言順成為他的皇后，又談何累不累的。她有意無意將身子向前傾了傾，女子的柔軟帶著亂人心神的幽香貼在男人堅實的胸膛上，他聽見她用媚人的聲音答道：「臣妾並不累，殿下累嗎？」

喻景遲身子驟然一僵，旋即一把攥住她不安分向下探的柔荑，亂著呼吸，啞聲道：「若朕說不累，阿蕪想如何？」

碧蕪看著他分明亂了方寸，卻還在強撐的模樣，眸子星星點點的笑意更璀璨了些。

上輩子她哪有這樣的機會戲弄他，經常被他弄得手足無措，這輩子無論如何，定是要仗著他的寵愛拿捏他幾分，她俯身在他耳畔吹氣，柔聲道：「陛下，我們是不是該給旭兒添個弟弟妹妹了？」

四月，喻景遲命尹監正挑選了一個黃道吉日，舉行了太子冊封大典，喻淮旭在帝后及百官的見證下成為大昭史上最年幼的太子。

可且不管年歲幾何，既成了太子，肩上的責任自是比往日沈重許多。旭兒雖是重活一次的人，然再來一回，仍是恪盡職守，勤勉盡責，每日天沒亮就起，在尚書房、東宮及演武場之間來回。

旭兒有了自己的事情做，倒是讓碧蕪空閒了幾分，只這宮中冷冷清清也沒什麼能說話的人，她便常召蕭毓盈進宮陪她嘮嘮家常。

她這位大姊姊每每見她都是春風滿面，不用問都曉得日子過得滋潤。

蕭毓盈進宮也不與碧蕪聊別的，除了祖母、兄長和快進門的新嫂嫂，聊得最多的便是孩子。

兩個月前，蕭毓盈告訴她說，她和唐柏晏商量著要個孩子了。

這兩人如何計劃備孕的，碧蕪並不曉得，只偶爾瞥見她這位大姊姊脖頸間的紅痕，心下了然這夫妻二人私下裡應是和睦得很。

這日蕭毓盈又是過了巳時才進宮，見她仍是睡眼惺忪，一派倦意，碧蕪將提神的茶水往她手邊推了推，忍不住調侃。「大姊姊縱然想要孩子，可也別太拚了。」

蕭毓盈聞言面上一臊，支支吾吾。「我哪有……分明是他……」

她覺得這事說不出口，垂首掩飾般啜了一口茶水，轉而道：「妳還說我，妳呢，說要給旭兒生個弟弟妹妹，這肚子可有動靜了？」

碧蕪順著她的視線看向自己平坦的小腹，輕輕搖了搖頭。

昨日來了癸水，她便曉得又落空了。

見她略有些失落，蕭毓盈安慰道：「妳也沒什麼好急的，左右都有旭兒了，不必犯愁這些。妳瞧我喝了一陣子的苦藥，不也是無用，我夫君還勸我呢，說孩子是緣分，若是強求，反倒不美，倒不如放寬心順其自然些，指不定還真能有意外之喜。」

碧蕪抿唇笑了笑，沒有言語。

她倒也不是非再要一個孩子不可，只是想為她家陛下做些什麼。

前幾日，她拿著消暑的酸梅湯親自送去御書房，偶然聽裡頭傳來喻景遲的怒喝和隱隱約約的說話聲。

她聽不太真切，只迷糊聽到「選秀」、「子嗣」之類的字眼。

她心下頓時有了數，再朝康福看去，便見康福別開眼，一副緊張的模樣，生怕她追問似的。

碧蕪記得前世也曾發生過類似的事，大抵是朝臣言喻景遲膝下子嗣單薄，上奏進言勸他選召適齡女子入宮為妃，為皇家延綿子嗣云云。

他是大昭的君王，並非尋常百姓，若為了她執意不肯添置後宮，定會被以祖宗社稷之名步步緊逼，畢竟大昭開國以來，從未有過後宮僅有皇后一人的先例。

碧蕪雖不懂朝堂之事，但她也知他的難處，打心裡想力所能及為他分憂。

蕭毓盈走後，碧蕪命銀鈴召孟太醫來裕甯宮。

喻景遲登基後，孟昭明也得了擢升，如今已是太醫院掌院使，碧蕪故意提起自己斷了避子湯藥卻仍沒有懷孕的跡象，見這位新上任的孟院使聞言面有異色，心裡頓時有了數。

果然，是喻景遲沒斷那湯藥。

是夜，碧蕪命御膳房備了些好菜，讓銀鈴去請陛下過來用晚膳，但或是國事繁忙，銀鈴回來稟說陛下讓她自己先用就是，不必等他，待他批閱完奏摺自會過來。

碧蕪聽罷倒也淡然，喻景遲登基不久，要處理的政務自是良多，抽不出空也在情理之中，他是皇帝，總是國事更要緊些。

草草用了半碗飯，練了一個時辰的字，碧蕪便洗漱更衣，倚靠在小榻上翻起了閒書。

喻景遲進來時，便見她支著腦袋倚在榻桌上，衣袂滑落，露出一小截皓如明月的玉腕，她久久的盯著同一頁紙瞧，秀麗的眉頭輕蹙，也不知有沒有認真看進去一個字。

眼見她心不在焉的伸手去搆桌上的葡萄，他薄唇微抿，快她一步將盤子挪開來。

碧蕪抓了半天都是空，疑惑不已，方一側首，剝好的葡萄果肉便已遞到嘴邊。

她張嘴自然的咬下，便聽男人低沈醇厚的聲音響起。「阿蕪這是在看什麼？看得這般出神。」

喻景遲在榻邊坐下，抬手用粗糙的指腹輕柔地擦去她朱唇上濕漉漉的葡萄汁液。「是什麼故事這般有趣，阿蕪不如也講給朕聽聽。」

碧蕪放下書卷，沈默半晌，隨即莞爾一笑。「臣妾想起前陣子陪旭兒去裴太傅府上，親手抱了裴太傅新得的千金。」

她傾身攥住男人的衣袂，聲音裡都帶著幾分歡躍，還同他比劃。「幾個月的奶娃娃，軟軟小小的，抱在懷裡著實可愛得緊，一下便讓臣妾想起旭兒剛出生不久的事了。」

看著她眸中的期冀，喻景遲笑了笑，又剝了一個葡萄送進她口中，順著應了一句。「旭兒剛出生那會兒確實有趣，朕還記得，朕當時說他生得同朕像，阿蕪還不肯認呢。」

誰讓他說這些事了。
碧蕪不滿的咬了咬唇，繼續道：「陛下，臣妾瞧著旭兒這般喜歡那位裴姑娘，應是覺得一人無趣，想要個伴了……」
她話都說到這分上了，她就不信他還不懂，碧蕪殷殷的看著他，卻見喻景遲贊同般點頭道：「朕也覺得旭兒一人有些孤單了，朕近日想著要不讓笙兒入宮伴讀，他也算是旭兒的小舅舅，兩人從小就待在一塊兒，熟悉得緊，總是比旁人好些。」
看著他淡然的說出這番話，碧蕪不悅的扁了扁嘴，她壓根兒不信他聽不懂她的意思，怕不是故意裝傻。
與他拐彎抹角實在是累，何況論心計，她哪裡玩得過他。
她一咬牙，索性直截了當道：「陛下，臣妾真的想再有個孩子，您能不能把藥……」
話音未落，碧蕪就覺口中一甜，竟又被男人塞進一顆葡萄。
「今年進貢的葡萄，比往年更甜些，阿蕪不是最喜歡吃葡萄，趁著新鮮時候可要多吃一點。」
看著眼前嬌豔欲滴的女子，氣得腮幫子鼓鼓囊囊，幽幽怨怨地看著他，喻景遲垂了垂眼眸，露出無奈的笑。
他自然曉得他的阿蕪要說什麼，可他絕不能讓她說出口，因一旦她同他提了要求，他根本無法拒絕。

然什麼都可以，唯獨這個不行。

他並非沒有親眼見過他的阿蕪吃盡十月懷胎和生產的苦楚，甚至差一點就因此喪了命，即便如今他被那些朝臣逼著廣納後宮，繁衍後嗣，他也不能拿阿蕪的性命開玩笑，讓她來替自己承受。

畢竟他娶的是她，是他愛的這個人，孩子只是他們人生的點綴，她不是一輩子得給自己生兒育女的工具。

見他一副沈默裝傻的模樣，碧蕪心下又氣又急，她其實也曉得，他是為了自己好才不想讓她有孕，可他待她越好，越讓她覺得難受。

因她也想反過來為他做些什麼。

一次次被打斷，碧蕪心下難免不痛快，那雙靈動的眸子一滴溜，頓時生出個主意來。

她掐著嗓子，佯作疼痛般一蹙眉，一雙瀲灩的眼眸委屈的看去。「陛下，臣妾今日去御花園散步，不意扭了腳，可疼了呢。」

她自認這副惹人愛憐的模樣學得還算不錯，可看在喻景遲眼中，演技實在太拙劣了些。

虧他將那個曾經是戲子的丫頭在她身邊放了那麼多年，她竟連一點精髓都沒學到。

不過也罷，左右她演不演，他都是會教她「騙」著的。

喻景遲一挑眉，聲音裡頓時帶了幾分擔憂。「哪裡傷著了？」

話還未說完，自他面前的桃紅裙底伸出一隻雪白修長的腿搭在他的小腹上，瑩潤如玉的腳趾微微動了動，伴隨著女子銀鈴般悅耳的聲音。「陛下瞧瞧，是不是腫了？」

她邊扯著謊，邊神色自若的用那足尖一寸寸摩挲著，撩起男人的火。

喻景遲喉結微滾，輕笑。「阿蕪這腳分明靈活得很，朕瞧著怎一點問題也沒有。」

男人低啞的聲音方落，碧蕪只覺腳踝被大掌一把擒住，使勁往後一拽，整個人都順勢躺倒在小榻上，抬眼看去，正撞進男人漆黑灼熱的眼眸中。

他帶著薄繭的掌心一寸寸拂過她的臉頰，少頃，抿唇笑起來。「這碗裡的葡萄都教阿蕪吃了，朕是不是也該嘗嘗滋味。」

看著男人如狼似虎的眼神，碧蕪正欲說些什麼，朱唇已被銜住，連呼吸都被男人瘋狂掠奪。

眼見那不安分的大掌就要探進寢衣，她忙推了他一把，在凌亂的呼吸中得逞的看著他，一字一句道：「陛下，臣妾來癸水了……」

喻景遲微怔，看著她含笑說這話時，眸中狡黠的光，亦忍不住勾唇笑起來。

果然，有句話說得對，兔子急了也會咬人。

可兔子再厲害，還能鬥得過狐狸嗎？

他將視線落在她泛著水色的朱唇上，遲疑了一瞬，旋即緩緩下移，在她那雙纖白的柔荑上定住。

「只消阿蕪有心，倒也不是全無辦法。」

他低沈的聲音帶著幾分蠱惑，那雙深邃幽沈的眼眸靜靜凝視著她，讓碧蕪的背脊倏然攀上一股麻意，失神間，右手被大掌牽起，可他偏還用委屈的語氣同她道——

「想來阿蕪不會不管朕的吧……」

第六十八章

喻景遲這夜睡得很沈，翌日直到聽見康福提醒他上朝的敲門聲，才幽幽醒轉。枕畔的人覺淺，即便他動作放得極輕，卻似乎仍是將她給吵醒了。

可她未若從前那般喚他，只一言不發，默默朝床榻內翻了個身。

喻景遲忍俊不禁，俯身貼在她耳畔，柔聲問：「阿蕪還在生朕的氣？」

床榻上的人沒回應，少頃，只賭氣般自鼻腔發出一個低低的「哼」。

果真是生氣了。

喻景遲眸中含笑，抬手在她一頭如瀑的青絲上撫了撫，坐了片刻，才起身出了正殿。

聽到殿門閉闔的聲響，榻上人才緩緩睜開眼，想起昨夜一幕，忍不住拉高衾被，將臉埋在裡頭。

雖說這兩世他們親密的事做得並不算少，可如昨晚那般的還是頭一遭，碧蕪不禁將掌心攥緊了些，似乎還能感受到那股彷彿能灼傷皮膚的滾燙，光是想著，羞恥感就如潮水般陣陣湧上，將她的雙頰和耳根也一併染紅了。

待天邊吐了白，有些許光亮透進窗來，碧蕪才召來銀鈴、銀鉤伺候她起身梳洗。今日她原本是打算出宮去安國公府的，原想著昨夜同喻景遲說，可後頭做了那樣的事，她哪裡還想得起半分。

她挑了套還算輕便的衣裙換上，一切準備妥當，方欲出宮，她又想起什麼，吩咐留下的小漣一會兒去御書房送碗雪耳蓮子湯，再帶去兩句話。

就說她生了陛下的氣，回娘家告狀去了，看陛下近日燥得厲害，可得多喝點蓮子湯去去火。

吩咐罷，她才似解氣般出了宮，乘車一路往安國公府而去。

京城這些世家貴族，多喜歡借賞花之名來辦宴席，其實眾人都知醉翁之意不在酒，安國公府今日這場宴會同樣不例外。

這場宴會雖是蕭毓盈和蕭老夫人攛掇的，但其實是為了碧蕪那位即將過門的新嫂嫂。要說她這位新嫂嫂得來也是不容易，還是她哥哥蕭鴻澤千里迢迢自慶德追回來的。

雖說李秋瀾的家族沒落，還是無父無母的孤女，可架不住蕭家眾人喜歡，重要的是蕭鴻澤喜歡，何況兩人原還有婚約的。

如今李秋瀾既回了京，這婚事也算定了下來。蕭老夫人自然要舉辦這場筵席，在京城眾人面前為將來的孫媳撐一撐腰。

碧蕪到時，未在門口看見說會來迎她的蕭毓盈，卻瞧見另一個婦人幾乎與她同時抵達，自車上下來。

那婦人三十好幾的模樣，看著眼生，碧蕪應未曾見過，或是夫君才調來京城的官婦。

她倒是熱情，見到碧蕪的第一刻，便上前妹妹、妹妹親熱的喊著，看來是也將她視作哪家的年輕官婦了。

見婦人沒說兩句，便親密地挽住她的手，碧蕪也不好與她道出真實身分，便與正欲上前施禮的國公府的下人使了個眼色，隨婦人一道進去了。

聊了幾句，碧蕪得知婦人的夫家姓陳，先前在外做官，的確是最近才調來京城的。

這位陳家夫人將身側的女子上上下下打量了個遍，不由得舒了口氣，她在京中沒什麼認識的人，初初受邀來國公府參宴，其實心中忐忑得很，剛巧在門口遇到這位年輕的婦人，能在一塊兒做個伴，著實是幸運。

「也不知娘子是哪家的，夫君在朝中做什麼官？看娘子這般年輕美貌，應是才成婚不久吧？」

這位陳夫人問了一大串，碧蕪招架不住，半晌才答道：「我夫家姓喻……成婚倒也快五年了，我家夫君在朝中……也不過是個六品小官。」

碧蕪的聲音低，那陳夫人也沒怎麼聽清，將「喻」聽成了「于」。

「這為官之路啊都是要慢慢走的，于夫人的夫君這般年輕就在天子腳下做官，定是前途無量。」

碧蕪抿唇笑了笑，沒有多加言語，兩人相攜著入了安國公府後院。

早先到達的官婦貴女們折身看來，凡是認得碧蕪的不由得面露驚慌，但看碧蕪含笑淡然，一時卻不敢認。
蕭毓盈為了應付那些個婦人，忙得暈頭轉向，還是在環兒的提醒下，才發現她那位身為皇后的二妹妹來了。
她忙疾步上前，可尚未開口，就見碧蕪福了福身，竟開口喚了她一句「唐夫人」。
蕭毓盈一時錯愕，但見碧蕪抬眸間朝她擠眉弄眼的模樣，頓時心裡有了數，乾脆配合她，由著她去。
園中機靈點的婦人都看出皇后娘娘是故意不想暴露身分，便也不拆穿，只暗暗提醒帶來的女眷切記行事謹慎，小心說話。
那位同她一道入府的陳夫人與碧蕪聊了一會兒後，便到別處應酬去了。她也算是走運，因與碧蕪一道進來，讓那些婦人誤以為她與皇后交好，對她的態度都殷勤了幾分。
碧蕪尋著機會，才趁著眾人不注意，同蕭毓盈一塊兒去了無人的僻靜處說話。
蕭毓盈忍不住調侃碧蕪。「于夫人今日紓尊降貴來安國公府，莫不是想提前來瞧瞧，今後可能會被選進宮的那些貴女。」
碧蕪笑著橫她一眼，幾乎毫不猶豫道：「陛下不會選秀，更不會納妃。」
見她語氣這般篤定，蕭毓盈不禁蹙了蹙眉，她也不是質疑陛下對她這位二妹妹好，可無論再好，陛下是天子，歷朝歷代哪個天子不是後宮佳麗三千。
群臣勸陛下選秀的事，她從唐柏晏那廂聽說了，這後宮嬪妃其實原不是只為了給陛下繁衍後嗣那麼簡單，還與前朝休戚相關。

那些重臣想利用妃嬪來為家族得取榮光，反過來，陛下也可以用納妃之舉來制約平衡朝堂局勢，其中利害關係錯綜複雜。

她就怕她這位二妹妹如今將一切想得太美好，萬一未來一朝破滅，她該會有多傷心。

蕭毓盈思忖半晌，勸道：「小五，也不是大姊姊想惹妳不悅，實在是擔心妳，才說這些話，陛下就算這兩年不同意納妃，可萬一往後呢，妳心裡總是得做些準備，切莫……切莫太將希望寄託在陛下身上。」

碧蕪明白她這大姊姊是真的為了她好，可她不清楚，經歷了兩世，遭受了那麼多磨難，碧蕪早已不會像先前那般繼續懷疑他了。

前世，他既能為她做到那般，今生定也不會有絲毫辜負她的地方。

可這些事碧蕪到底難以和蕭毓盈解釋，便只能頷首道了句。「多謝大姊姊，小五知道了。」

兩人躲著說了一會兒話，才見環兒來稟，說午膳備好了，老夫人召眾人去正廳用膳。

蕭毓盈和碧蕪到時，眾人已陸陸續續入了座，坐在上首的蕭老夫人遠遠瞧見碧蕪，只對著她意味深長的笑了笑，沒說什麼，想來是蕭毓盈去提前打過了招呼。

碧蕪本想挨著蕭毓盈坐，不料那位陳夫人瞧見她，竟是熱情的將她拉到自己身側，讓碧蕪哭笑不得，最後只能對蕭毓盈輕輕點了點頭，與陳夫人一塊兒坐下了。

僕婢們陸續上了菜，這天熱眾人也沒甚胃口，一眼瞧見菜色清淡，本只想著隨意吃些，不要拂了主人家的好意，可隨即嗅見誘人的香氣，便忍不住去嘗，一筷子過後便胃口大開。廳內賓客俱是讚不絕口，還有人對著蕭老夫人誇讚府內的廚子，蕭老夫人卻笑而不語。

午宴過半，待菜餚都悉數上齊後，自廳外進來一個女子，鵝黃對襟羅衫，雀藍折枝梅花暗紋百迭裙，黛眉桃腮，杏眸櫻口，俏麗動人，正是李秋瀾。

她對著眾人有禮的福了福，問今日的菜色可還合胃口，眾人才知今日筵席的菜餚悉數出自這位未過門的安國公夫人之手，不免驚嘆。

碧蕪身側的陳夫人又挾了兩筷子胡瓜送進嘴裡，恍然道：「我方才就覺得這些菜色嘗著有些熟悉，這才想起來，前兩年，我夫君曾帶我去過一趟慶德，那裡有家有名的小飯館叫玉味館。我至今還對那家的菜念念不忘，如今想來，好似誰說過，這位李姑娘就是慶德人，怕不是與玉味館有什麼聯繫吧……」

她話音方落，另一婦人接話道：「這位還未進門的安國公夫人確實是慶德人沒錯，最近京城東面也有家新酒樓快要開張了，名字似乎就叫玉味館，有人說在那附近瞧見過安國公，想來應是這未來的安國公夫人開的不錯。」

碧蕪默默吃著菜，聽她們妳一言我一語的，本想插上兩句，卻聽一聲冷哼驟然響起。

她抬眸望過去，就見一個十五、六歲的姑娘，看著李秋瀾，不屑的扁了扁嘴，嘀咕了一句。「哪家姑娘在外拋頭露面，還會親自下廚的，上不得檯面的果真就是上不得檯面。」

這人碧蕪並不識得，可坐在她身側之人碧蕪卻認得，是工部侍郎喬妄的夫人。

喬夫人見碧蕪聞聲看過來，眸中帶著幾分淡淡的冷意，心一提，忙用手肘猛撞了一下自家閨女，賠罪般笑道：「小女年幼，口不擇言，還望各位夫人莫要放在心上。」

喬姑娘卻是不服，還要頂嘴。「女兒又不曾說錯什麼，以那李姑娘這麼低的家世，若不是有舊日那樁婚約在，安國公會娶她嗎？她既得了這個便宜，不在家中好好待著，還開什麼飯館，怕不是惹人笑話。」

喬夫人聽得心驚膽戰，氣得正欲抬手打去，就聽那廂婉約清麗的聲音響起。

「喬姑娘這想法未免太迂腐了，大昭民風開放，可不曾聽說過女子嫁了人便只能在家中相夫教子，不能出去拋頭露面的。雖說這做生意的固然是男人多些，卻並非只能男人才能做生意，誰說女子便不如男了。李姑娘固然家世低，但光憑她有這般能力和勇氣，就將不少人都比了下去。」碧蕪說著，含笑看向那位喬姑娘。「還是說，喬姑娘自認能比李姑娘做得更好呢？」

她聲音雖不算大，可打她一開口，眾人便都漸漸噤了聲，故而她方才那番話，其實廳內眾人都聽見了。

喬姑娘教她說得啞口無言，一臉窘迫只得別過頭去，碧蕪抬眼看去，便見李秋瀾對她感激的一笑，微微頷首。

碧蕪回以一笑，她偏幫的不僅是她未來嫂子，還有李秋瀾這個人，她方才說的全是心裡話。家世高低沒有那麼要緊，何況安國公府並不需借誰家的勢力來抬高穩固自己。她哥哥只需娶他歡喜的、適合的姑娘過一輩子，便足夠了。

午膳後坐著消了會兒食，待熱辣的日頭下去，蕭老夫人便牽著李秋瀾的手同眾人一道回了後花園。

碧蕪百無聊賴的飲下了兩盞茶，難免有些內急，她對安國公府再熟悉不過，便獨自一人去尋了地方小解，回來時路過太湖石畔，卻驟然被一隻手扯住，一把拉進假山之中。

被那高大的身影壓在假山壁上時她慌了一瞬，下意識以為是府內進了賊人，可很快嗅見他身上熟悉又幽淡的青松香，頓時反應過來。

他怎麼會在這兒！

她詫異的抬眸看去，正欲開口喚他，男人的大掌已然捂住她的唇，他還笑著伸出手指，示意她噤聲。

碧蕪茫然之際，就聽外頭兩個女子的說話聲漸近，她透過假山微小的孔洞看去，正好瞥見那位喬姑娘和另一個穿著藍衣的姑娘走來，或許覺得此處隱蔽，竟站定下來。

「今日怎麼不見皇后娘娘來參宴？」那藍衣姑娘問道。

「皇后娘娘怎會來。」喬姑娘的聲音裡透著幾分嘲諷。「妳也知道，今日這筵席是為了誰，想來皇后娘娘也不大喜歡那位李姑娘，才故意不來的。」

藍衣姑娘聞言遺憾的嘆了口氣。「倒真是可惜，他們都說皇后娘娘生得美，我今日還想親眼瞧一瞧呢。」

聽到誇讚她的話，碧蕪愣了一瞬，隨即朝眼前的男人得意的挑了挑眉。男人滿眼寵溺，笑著抬手捏了捏她的臉頰，但很快，碧蕪便笑不出來了。

「何愁沒有機會，往後進了宮，日日都得前去問安呢。」喬姑娘緊接著道。

那藍衣姑娘聞言詫異。「不是說陛下為了皇后娘娘不願選秀嗎？」

「哪會真的不願。」那位喬姑娘回答的語氣不屑。「我娘說過，男人都是口是心非的。何況皇后娘娘生得再美，終有一日也會老的，再說是生過孩子的女人，哪裡比得上我們這些姑娘家嬌豔動人，再過兩年，到時候皇后娘娘人老珠黃，定會遭了陛下嫌棄，我們還愁沒有機會嗎……」

聽著外頭兩人的對話，碧蕪不禁秀眉微蹙，要說這位喬姑娘膽子也真是大，仗著四下無人，就敢這般口無遮攔，隨意議論當朝皇后。

其實聽她說自己將來人老珠黃云云，碧蕪倒也沒有很生氣，畢竟她說得也沒錯，誰沒有老的一天呢。何況歷朝歷代，確實是只聞新人笑，不見舊人哭，帝王的恩寵總是來得快，去的也快。

她還未發火，可見眼前的男人卻是劍眉緊蹙，面色越發陰鷙沈冷起來。

少頃，假山外的說話聲漸消，兩人逐漸走遠了，待徹底沒了動靜，碧蕪才扯了扯男人的衣袂，低聲問：「陛下怎的來了？」

喻景遲垂首看向碧蕪，面上的冷意斂去，薄唇微抿。「不是阿蕪派人來告訴朕，說妳同朕置氣，要回娘家告狀，朕若不來，怎麼將阿蕪帶回去？」

想起方才那喬姑娘說的話，碧蕪佯作不悅道：「陛下來接臣妾做什麼，京中不知有多少比臣妾年輕漂亮的姑娘眼巴巴等著入宮，受陛下寵幸呢，陛下便去尋她們去。」

見她刻意沈著臉，賭氣般說著這話，喻景遲眸中的笑意更濃了些。

這段日子以來，他的阿蕪越發跟個孩子一般，愛與他鬧彆扭、使性子了，他不僅不煩，反而樂在其中。因她不再似從前那般恭恭敬敬的待他，才證明他的阿蕪真的將他放在了心裡頭。

他攬著她腰的手緊了幾分，俯身落在她唇邊，笑道：「旁人胡說八道也就罷了，怎的這種乾醋阿蕪也吃。」

見她又扁起嘴，喻景遲順勢埋首下去，直接堵住了她的唇。身後是冰冷的假山，男人有力的手臂又死死扣住了她的腰，將她抵在上頭，碧蕪動彈不得，只能任由男人的氣息肆意侵襲。

「娘娘，娘娘……」

碧蕪教他吻得有些頭腦發暈，迷迷糊糊間，就聽外頭驀然響起銀鈴、銀鉤刻意壓低的聲音。

想是碧蕪離開太久不回來，兩個丫頭著急，這才尋過來。

「臣妾該回去了。」碧蕪忙一把將男人推開，穩了穩凌亂的呼吸，問道：「陛下可要與臣妾一起走？」

喻景遲替她整理了一番凌亂的衣裙，答道：「不了，朕還有事要處置，一會兒再同妳哥哥一起去花園。」

他說著，戲謔的看著她。「難不成阿蕪想讓朕同妳一塊兒隱瞞身分？嗯，于夫人？為夫這區區六品小官，就怕折了夫人的面子。」

碧蕪知曉眼前這個男人派了人在她身邊悄悄保護她，此時聽他調侃，窘迫得抬腳就要去踩他，卻被他輕而易舉的躲過了。

「阿蕪快出去吧，妳那兩個婢女，只怕是快找急眼了。」喻景遲含笑道。

碧蕪瞪他一眼，想起銀鈴、銀鉤，忍著不再同他打鬧，忙疾步出去了。

銀鈴、銀鉤四處尋她不得，的確是滿臉焦急，差一點便要去尋蕭毓盈幫忙了，此時見她自假山裡頭出來，不由得舒了口氣。

「娘娘，您怎的在這兒，讓奴婢們好找。」

「天兒熱，我瞧那裡頭涼快，便多待了一會兒。」碧蕪道：「妳們不必擔憂，這裡是安國公府，是我自己的家，我還會迷路了不成。」

這話倒也沒錯，銀鈴、銀鉤放下心的同時，驀然盯著碧蕪的臉齊齊露出疑惑的神情，須臾，銀鉤到底忍不住問道：「娘娘，您的唇……怎麼腫了？」

碧蕪抬手摸了摸尚還有些發燙的朱唇，想起方才假山中的情形，不自在的眨了眨眼，低聲答道：「裡頭蚊蟲太多，應是被咬的……」

「蚊蟲？」銀鈴看著自家主子又紅又腫的雙唇，納罕的皺了皺眉，嘟囔了一句。「這假山的後頭蚊蟲這般凶啊！」

碧蕪尷尬一笑，沒答話，回了花園，她抬眸環視了一圈，便見那方才在假山外碎嘴的喬家姑娘此時正坐在喬夫人身邊，看著眼前一派熱鬧的場景，或覺得今日的宴會無趣，沒甚笑意。

那廂，蕭老夫人正與李秋瀾、蕭毓盈坐在亭中，蕭毓盈托腮饒有興致的看著碧蕪，驀然指了指唇，又指了指她，曖昧的笑了笑。

碧蕪面上一臊，便知她大姊姊應是知道喻景遲來府裡的事了。她佯作沒看見，窘迫的將腦袋撇了過去。

坐了不到半盞茶的工夫，就聽園中驀然喧囂起來，各家女眷都忙不迭站起身，朝向花園的入口處看去。

碧蕪不必看過去，就曉得是怎麼回事。

不遠處的小徑上，喻景遲和蕭鴻澤正一前一後闊步行來。

雖說園中不少命婦都是識得兩人的，但大多數貴女久居閨閣，自是不認識，見兩個清雋儒雅、朗如明月的男子過來，便忍不住多瞧了幾眼，面露羞赧。

蕭老夫人忙自亭中出來，恭恭敬敬的對著喻景遲施禮。「臣婦見過陛下。」

「祖母不必多禮。」不待蕭老夫人低身，喻景遲已然將人托扶起來。「朕今日剛巧召了國舅進宮，談了些政事，聽聞府中有筵席，就自作主張過來湊湊熱鬧。朕沒有招呼一聲，貿然前來，還望祖母莫怪。」

「陛下說的哪裡話。」蕭老夫人答道。「陛下能來安國公府，讓府上蓬蓽生輝，是臣婦等人的榮幸。」

喻景遲抿唇輕輕頷首，旋即在園中掃視了一圈，定在一處，提步往內走去。

經過那位喬姑娘時，他步子稍稍頓了頓，不禁多看了幾眼。

瞧見那雙定在眼底的金絲龍紋繡靴，喬姑娘心下一跳，忍不住抬眸看去，正與那挺拔威儀、豐神俊朗的男人視線相對。

她忙垂下腦袋去，唇角卻不自覺上揚。早聽說當今陛下雖已近而立之年，卻依然風采依舊，今日一見果不其然。縱然歲數差距大些，可若她能嫁得這樣的男人，也算是此生無憾。

方才這陛下誰也沒瞧，卻是獨獨盯著她看了好一會兒，想必是覺得她姿色不俗，才多關注了幾分。看來將來選秀入宮之事，應是萬無一失了。

如今陛下獨寵皇后，還不是因為後宮只皇后一人，沒得選，可只消她入宮得寵，還會有皇后什麼事。

正當她得意洋洋之際，眼前的男人已提步繼續往前走。這位喬家姑娘好奇的偷偷扭身看去，不由得擰起了眉。因喻景遲很快又停了下來，這回竟是停在先前在筵席上同她作對的那位「于夫人」面前。

站在碧蕪身側的陳家夫人見狀，以為是這位「于夫人」沒施禮，惹惱陛下，正欲抬手悄悄提醒提醒，下一刻卻是瞠目結舌的看著陛下牽起那位「于夫人」的手，神色溫柔。

「皇后要回安國公府，怎的不提前跟朕說一聲，突然離宮，差點讓朕以為是朕哪裡做得不好，惹皇后生氣了。」

園中不少婦人早就認出了碧蕪，見此一幕，倒也沒太驚詫，至於那些不曉得內情的，尤其是那位喬姑娘和陳夫人，皆是好半天都反應不過來。

陳夫人想起碧蕪答自己話時支支吾吾的模樣，還有眾人對自己莫名友善的態度，頓時明瞭，什麼「于夫人」，敢情是自己聽岔，人家分明是「喻夫人」。

「臣妾怎會生陛下的氣呢，不過是昨夜睡得早，一時給忘了，想著不過出來幾個時辰，晚間便會回宮，就不特意告知陛下了。」碧蕪笑答。

「如此，朕便放心了。」喻景遲聞言一副如釋重負的模樣，隨即面露委屈，一字一句認真道：「都說女子喜歡年輕俊俏的男人，朕長皇后那麼多歲，哪裡比得上那些二十上下年輕力壯的男兒，就怕再過兩年，到時候朕變得又老又邋遢，皇后便嫌棄朕不要朕了，那可如何是好……」

眾人聽著這話，不禁面面相覷。不管大昭歷任皇帝如何，可對著皇后這般低聲下氣的君王眼前這當是頭一個，向來是皇后和後宮嬪妃擔憂失寵的，從未見過有哪位陛下擔憂皇后移情別戀。

果然外間的傳聞不錯，當今陛下果真是愛慘了皇后娘娘。

園中眾人感慨間，那位喬家姑娘卻是納罕的蹙起了眉，只覺方才陛下說的那番話分外耳熟，疑惑之際，便見那位皇后娘娘有意無意的朝她看了一眼，抿唇一笑。

霎時間，一股子寒意霎時攀上背脊，她忍不住一個哆嗦，突然想起來這話為何耳熟，相似的話就是不久前她自己說的。

喬家姑娘嚇得吞了吞口水，冒出一個可怕的念頭。

不會吧，那時她分明看見周圍沒有人的……

喻景遲隨碧蕪在安國公府坐了好幾個時辰，直用過了晚膳，兩人才坐馬車回宮去。

馬車一路晃晃悠悠，也不知是不是軋著了石子，顛簸之下，正坐在窗邊打瞌睡的碧蕪一個不穩跌進男人懷裡，下意識抓住他的手臂。

喻景遲順勢摟住懷裡的佳人，將她抱到膝上，笑道：「阿蕪今日這麼熱情，還主動投懷送抱，可是方才朕的表現阿蕪還算滿意？」

碧蕪沒答他，正欲起身，馬車又是一個顛簸，她還未站起來復跌坐下去，下意識抱住男人的脖頸，兩人不由得緊緊貼在一塊兒。看著男人眼中得逞笑意，她不悅道：「陛下，臣妾瞧著這京城的路是該好好修修了。」

「嗯。」喻景遲看著眼前飽滿的春光，嗅著她身上幽淡勾人的馨香，敷衍的點了點頭。「路的確是該修了，但今日這駕車的內官朕確實該好好賞賞的。」

見他這般不正經，碧蕪懶得理會他，扭了扭身子想從他膝上下來，卻聽一聲悶哼，男人的大掌扣住她的腰肢，耳畔響起低啞醇厚的聲音。「別動，朕記得阿蕪的癸水可還未走呢。」

感受到身下的異樣，碧蕪搭著喻景遲的肩，僵著身子確實不敢再動，她抬眸看著男人隱忍的神情，終究忍不住問了一句。「陛下……很難受嗎？」

喻景遲笑了笑。「若朕說是，阿蕪會幫朕嗎？」

想起昨夜的情形，碧蕪赧赧垂下眼眸，若是放在往日，她定是不會應的，可確實如他所說，他今日表現好，也令她跟著心情愉悅，倒是不介意額外破例滿足他幾分。

她沈默半晌，才別開眼自喉間發出一個幾不可聞的「嗯」字。

喻景遲難以置信的挑了挑眉，追問道：「阿蕪說什麼？朕未聽清。」

碧蕪知曉他根本就聽見了，還要故意逗她再說一遍。她偏不說，還將唇抿得緊緊的，他既沒聽見，就當沒這回事好了。

看著她這般有趣的模樣，喻景遲逗弄的心思頓時更甚，他眸光灼熱，抬手在她朱唇上緩緩撫過，旋即低聲在她耳畔道：「阿蕪既然願意，要不……今日換個別處試試？」

碧蕪起初沒明白，可眨了眨眼，轉瞬便領會了他的意思，她朱唇輕咬，又羞又窘，紅暈霎時自脖頸蔓延到耳根，忍不住嗔怪的瞪他一眼。

這男人，怎的還得寸進尺了呢！

第六十九章

六月入伏，酷暑難當，天兒熱得越發難耐，甚至連窗外樹上吱吱喳喳的蟬鳴都噤了聲。

碧蕪命御膳房煮了清火解暑的涼茶，給各宮主子和宮人們送去飲下，以防得上暑熱。

正當此時，一直在宮中靜休的太皇太后突命宮人傳話，讓碧蕪明兒一早去祥雲宮一趟。

祥雲宮在皇宮東南面，四周僻靜無人，倒也正適合不願受叨擾的太皇太后。

打喻景遲登基後，太皇太后便不再插手宮中事務，就連一些筵席都極少參加，碧蕪本還擔憂是不是他們這位皇祖母年歲大了，身子有恙，特意請了太醫來瞧，可太醫說太皇太后一切都好，應是真的沒了閒心，不願再去管那些煩心事。

碧蕪去前，也忖過太皇太后會與她說些什麼，抵達祥雲宮後，倒是與她預料的差不多。

太皇太后在李嬤嬤的攙扶下，在梳背椅上坐下，直截了當道：「哀家記得，寅兒今年有十六了，也到出嫁的年歲。」

太皇太后活到這個年歲，其實也沒什麼好掛懷的了，唯一讓她放心不下的便是喻澄寅。

太上皇的幾位公主，如今只剩下喻澄寅和年幼的喻澄遂還留在宮中。喻澄遂為中宮所出，自然有太后庇佑，不必擔憂，可喻澄寅眼下幾乎是無依無靠。

淑貴妃墜樓而亡，她的親兄長承王身犯謀私叛亂之罪死在獄中，喻澄寅雖為長公主，但在宮中的處境實在尷尬得厲害。宮裡人又多是趨炎附勢，捧高踩低的，若非還有太皇太后護著，她只怕會過得更加艱難。

碧蕪聞言朱唇微抿，後宮事務繁多，要不是太皇太后提起，她著實是給忘了，自己確實是對這位六妹妹太疏忽了些。

「孫媳知道了，一會兒便著手安排，也不知皇祖母想給寅兒尋怎樣的駙馬？」太后捏著菩提珠串，低嘆了口氣。「如今妳是後宮之主，怎麼選妳看著安排吧，哀家也沒別的要求，只望這未來駙馬能善待我們寅兒。」

碧蕪微微頷首，卻見太皇太后眉目低垂，視線驀然在她平坦的小腹上掃過。見太皇太后一副欲言又止的模樣，碧蕪索性主動開口。「皇祖母是想讓孫媳勸陛下同意選秀納妃？還是讓孫媳再快些替陛下生個孩子？」

太皇太后輕笑了一下，搖搖頭。「哀家老了，你們的事我也不再干涉，左右還有旭兒，陛下也不算膝下無嗣。」

話雖這般說著，但她也並非真的沒管，前段日子，朝臣讓喻景遲選秀納妃喊得最凶那會兒，她也曾找了喻景遲來問。

可他像是知曉她會說什麼一般，不待太皇太后開口，便道說他這一世只想要皇后一人，即便為了順應眾願，違心讓旁的女子進了宮，對那些人而言也不過是一世的痛苦折磨罷了。

不可否認的是，此言正切中了太皇太后的痛處，她十六歲入宮至今，不僅自己親身經歷了殘酷的後宮爭鬥，還看著不少花兒一般的女子，在這個金碧輝煌的牢籠中枯萎凋零。

她該是最能明白那種困在高高的朱牆後，只能整日忐忑等待的迷茫與無望，又怎能再勸如今的陛下廣納後宮呢。

本最是無情的帝王卻想著一世一雙人，是多麼難得的事。

太皇太后看著碧蕪，眸中不自覺流露出些許豔羨。「小五，妳是個有福氣的，皇祖母替妳高興。」

碧蕪揚唇淺淺一笑，沒有言語。

同太皇太后坐著說了會兒話，小半個時辰後，碧蕪才起身離開祥雲宮。

給喻澄寅挑駙馬的事，碧蕪自是好生放在心上，她命人將京城尚未娶妻的世家公子整理成冊，供她翻看。

這厚厚的一疊，著實讓碧蕪犯了難。京城並不缺才貌兼備的男兒，只不是家世太低，就是風流成性，品行堪憂。真想找個各方面都合適的，其實是有些難。

天本就熱，碧蕪煩擾不已，難免有些頭疼，小漣見她扶額似有不適，問可要請太醫來瞧瞧。

碧蕪搖了搖頭，驀然想到什麼，靈機一動，對小漣招了招手，示意她附耳過來，囑咐了兩句。

小漣聽罷雖有些詫異，但還是應聲道了句「是」，折身出去了。

她前腳方走，後腳碧蕪便吩咐銀鈴、銀鉤伺候她沐浴，只在窗邊坐了一會兒，她已是熱得出了一身汗，輕薄的羅衫貼著背脊，黏膩難受。

裕甯宮側殿建了一座不小的浴池，因是夏天，浴池的水並不是很熱，碧蕪褪去衣衫泡在裡頭，吃著銀鈴、銀鉤特意自冰庫裡取來的葡萄，愜意得她都有些昏昏欲睡了。

她閉眼趴在池邊，好一會兒，才聽殿門開闔的聲響和極低的腳步聲音。

碧蕪眼也未抬，只覺有粗糲的大掌輕柔地撫上她的臉頰，耳畔是男人低沈的聲音。「不是好好的，阿蕪又騙朕。」

她止不住勾唇，這才睜眼笑盈盈的看去。「臣妾哪裡騙陛下了，臣妾確實不舒服，為了給寅兒選駙馬的事，臣妾選得頭都疼了呢。」

喻景遲蹲在浴池邊，問：「那阿蕪可挑到合適的人選了？」

「確實有幾個。」碧蕪回憶半晌，將她已初初選定的幾人講予喻景遲聽。

京城那些世家貴族，喻景遲可謂瞭若指掌，縱然只聽到名字，也能相對有所掌握，聽碧蕪說罷，他認真思忖半晌，道：「其他幾人朕瞭解不多，可那位及冠之年，長寅兒幾歲的錢家二公子，朕瞧著倒是很不錯。其父是正三品詹事，只娶了一妻，並未納妾，府中人員簡單，膝下有二子一女，皆是品行高潔、純正良善之輩，此人於寅兒很合適。」

喻景遲說罷，低眸看去，便見碧蕪正眼也不眨定定看著自己，不禁低笑道：「怎麼了，阿蕪這般看著朕做什麼？」

「陛下說出這麼多，其實私底下也在為寅兒尋合適的駙馬吧。」碧蕪瞬間看穿他，其實他表面看似不大關心，心裡還是很在意這個妹妹的。

只是她很奇怪，喻澄寅是淑貴妃的女兒，淑貴妃害死了喻景遲的生母沈貴人，為何他還會對喻澄寅這般好？

她也不憋在心裡，有疑問乾脆便直接與他說了。

喻景遲沈默片刻，露出些許苦澀的笑。「一開始是厭惡的，但後來，看到跟在自己身後嘰嘰喳喳喚著六哥的小姑娘，朕便心軟了。相比於她的母親和兄長，寅兒終究是無辜的，她也是朕的妹妹，不曾傷害過朕，沒必要連著她一道去恨。」

看著他說這些話時，那雙漆黑幽深的眼眸中摻著的淡淡感傷，碧蕪心頭滯澀，也不由得跟著難過起來。

她忍不住將手覆在男人臉上，細細撫摸著，她並不瞭解他的過去，可能夠想像得到一個不得寵的、還失了母親的小皇子在宮中過得該有多難，或許也是那段壓抑的孩童往事，讓他學會藏起自己的野心和能力，過得小心翼翼、步步為營，用那張溫潤儒雅的假面皮來迷惑他人。

看著碧蕪雙眸濕潤，漸漸泛起晶瑩的淚光，喻景遲想告訴她不必替自己難過，他過得很好，今生能遇到她，便是最大的幸事。

然他薄唇微張，話還未說出口，衣襟被柔荑攥住，隨著「撲通」一聲響和四濺的水花，他一個不設防，整個人都被拖拽進浴池中。

浴池並不深，只他半人高，他雙腳方才站定，卻已被那嬌軟的身軀死死纏住了。她未著寸縷，一身玉肌在披落的墨髮映襯下越發如凝脂白玉，耀眼勾人，他下意識抱緊懷中嬌香，觸手皆是柔軟滑膩的一片。一雙藕臂纏住他的脖頸，貼在他滾燙堅實的胸膛上，教他忽視不得。

眼瞧著男人的呼吸越來越沈，少頃，啞聲在她耳畔提醒道：「阿蕪，還是白日……」

她自然知道是白日，她正是因著白日，才讓他過來的。

她柔若無骨的手搭在他的胸口，一雙媚眼如絲，朱唇擦著男人輕滾的喉結一路往上咬住了他的耳垂，若蠱惑般道：「陛下，臣妾想要，你便再給臣妾一個孩子吧。」

旁人迫她不得，她也不為任何人，只是自己想再生一個，先前有孕雖只是個烏龍，但她真的有一種孩子就在腹中的錯覺，那股失落感她一直深深記得。

她很想將他生下來。

喻景遲知曉碧蕪是故意挑著他未喝湯藥的時候讓他來，他努力沈了沈呼吸，問：「生孩子那麼疼，阿蕪難道不怕疼嗎？」

「自然是怕的，可只消想到是和陛下的孩子，便不怕了。」碧蕪如實回答。「陛下，臣妾真的很想再要一個孩子，您定會答應臣妾的，對吧……」

她用懇求的語氣和期許的眼神看著他，便是知道他最是拿她沒有辦法。喻景遲眸色滾燙灼熱，靜靜凝視了她片刻，終於無奈的嘆了口氣，下一瞬，側身將她抵在池壁上，埋首堵住她的朱唇。

浴池水一層層泛開，伴隨著越發難耐的嬌吟，從小漣漪逐漸變得破碎四濺，久久不息，將浴池四下都打濕成一片。

從那日後，對於懷胎的事，喻景遲似乎不再避諱，碧蕪雖未問他是否停了那藥，但從孟太醫明顯自然不少的面色來看，喻景遲當是應允她所求。

或許當初懷旭兒懷得太容易，以至於讓碧蕪覺得只消她家陛下斷了藥，要不了多久她便能再懷上孩子，但此事似乎沒有她想像的那麼容易，連著三月希望都落空後，碧蕪索性便放寬心，同蕭毓盈當初說的那般，讓一切隨緣了。

第七十章

今年的天候較往年熱得久些，中秋過後，才逐漸涼爽下來。丹桂飄香，蟹肥菊黃之時，蕭鴻澤正式舉行了大婚之儀。

李秋瀾是慶德人，雖家中無父無母，只有一個祖母還在身邊，但安國公府並未因此輕待這場婚事。

以蕭老夫人的話說，這場大婚反而要辦得越熱鬧越好，最好是教全京城的人都來瞧瞧，他們對新婦的看重。

為著如此，蕭老夫人特意在京城東南尋了個小院，安排讓李秋瀾自那出嫁，迎親隊伍吹吹打打，好不熱鬧，繞了大半個京城，惹得萬人空巷，皆跑出來圍觀。

其後還發生了一件趣事，只可惜碧蕪坐在正廳，沒能親眼瞧見，還是後來聽旁人說起才曉得。

因著在轎中坐太久了，新婦雙腿發麻，一時起不了身，還是新郎親自從轎中抱下來的，一路抱至正廳門口才放下。

來參宴的賓客裡不乏聽信傳聞，說蕭鴻澤是因當年婚約才不得已娶李秋瀾的，可在看見這位安國公抱新婦時動作輕柔小心，眼含愛憐後，哪裡還敢有什麼質疑。

因著蕭鴻澤和李秋瀾皆父母早早過世，故而坐在高位上的是他們的兩位祖母。

打喜婆攙扶著新婦一步步進來時，蕭老夫人和李老夫人的眼眸都忍不住發了紅。

看著兩個孩子齊齊跪下來朝她們磕頭，蕭老夫人更是止不住落下眼淚，忙用隨身的帕子去擦，生怕壞了這番喜慶的場面。

碧蕪見此亦有些動容，前世她哥哥不足而立之年便戰死沙場，英年早逝，並未來得及娶妻，但今生能看到她這哥哥這般圓滿，實是讓她覺得欣慰。

婚儀罷，碧蕪在主桌用了筵席，又在蕭老夫人那廂坐了一會兒，已過了戌時。見天色已晚，碧蕪便歇了回宮的心思，與旭兒一道在酌翠軒住下。

喻淮旭很晚才從蕭鴻笙院子裡回來，見主屋燈火未熄，遲疑半晌，還是幽著步子走了過去。

銀鉤恰從裡頭推門出來，看見喻淮旭，福了福身道：「娘娘還未歇下，太子殿下若有事便進去吧。」

喻淮旭張了張嘴，正想說沒什麼事，只是過來瞧瞧，就聽裡頭碧蕪的聲音響起。

「是旭兒嗎？進來吧。」

聽得此言，喻淮旭這次提步入了屋，進門便見昏黃的燭光下，他母后正坐在臨窗的小榻上，手捏白子，對著一副棋具，獨自擺弄著。

聞見動靜，她抬首朱唇輕抿，朝他招了招手。「旭兒，過來，陪我下會兒棋。」

喻淮旭快步行至小榻前，恭恭敬敬的施了一禮，方才坐下。

兩人猜了先，喻淮旭執白先行。前世喻淮旭自認棋藝並不算差，可不承想卻屢屢輸給當時還是乳母的母后，後來才知，他母后的棋根本就是他父皇親手教的，而他父皇的棋藝在大昭數一數二，倒也難怪他下不過了。

雖面對的是自己的母親，可打落下第一個子，他便絲毫沒留情，因他清楚自家母后的實力，沒必要禮讓。

看著旭兒一副志在必得的模樣，碧蕪不禁莞爾一笑，驀然問道：「旭兒，若母后再生一個孩子，你想要弟弟還是妹妹？」

正埋頭鑽研棋局的喻淮旭聞言愣了一下，不由得朝碧蕪的小腹看了一眼，囁嚅半晌道：「母后，您有孕了嗎？」

「那倒還沒有，只是母后和你父皇琢磨著再要一個孩子。」碧蕪輕笑道：「給旭兒生個妹妹可好？若是個小公主，將來待她大一些，便將那裴家姑娘召進宮，給她當伴讀，省得你常常借去看太傅的名義見裴姑娘。」

見自家母后調侃的看著他，旭兒面上一臊，尷尬的摸了摸鼻子。「不管弟弟妹妹，旭兒都喜歡……旭兒其實也想要弟妹的……」

前世父母相繼離世後，他一人活在世上，到底孤獨。他也曾想過，若有兄弟姊妹，相互有個依靠，說說心裡話，是否能過得更好些。

碧蕪曉得旭兒說的是真心話，但也知道眼前這個孩童皮囊之下其實已是活過幾十年的人了，她微斂了笑意，正色道：「旭兒，若母后生下個男孩，而這個孩子將來可能與你爭奪皇位呢？」

她不是危言聳聽，身處皇家，有些事的確是不可逃避的，正是因為旭兒並非孩子，她才更要問這個問題。

喻淮旭聞言怔忪了一瞬，垂眸沈默半晌，才定定道：「倘若將來他比兒臣更適合皇位，兒臣必然讓賢，可若他並不如兒臣，兒臣也會給他一個最好的安排。」

看著他一副堅定的模樣，碧蕪反而被他逗笑了，抬手摸了摸他的腦袋道：「這般認真做什麼，母后能不能有孕還沒個準呢。」

喻淮旭亦笑起來。「母后其實不必問這些，您既想與父皇生個孩子，還得抓緊才是，左右兒臣是極想當兄長的，兒臣都想好了，不論是弟弟還是妹妹，兒臣定會好好照顧他，保護他長大。」

他眸中的真摯讓碧蕪不由得心生暖意，此生能得疼愛她的夫君，和像旭兒這般懂事的孩子，她著實是太幸運了，她重重點了點頭，道：「好，那便由我們一道，護著他長大。」

話雖這般說著，可直到旭兒過完了生辰，她的肚子仍舊不見絲毫動靜，雖也小小失落過一陣，但隨著除夕將近，宮中逐漸忙碌，轉頭碧蕪便將此事給忘了。

上一回除夕宮宴因著北邊雪害沒有舉辦，這回定是不能再取消了。

除夕宮宴是一年中最大的宴會，京中大半的朝臣都會來參加，碧蕪為求萬無一失，大半個月前就開始準備，不少事都是她親自經手和確認的，常是忙到深夜才有歇下的工夫。

喻景遲自御書房回來得也晚，幾次三番都看見她累得趴在榻桌上打盹。他自是心疼，便提議讓碧蕪乾脆將這些雜事交給底下人去做，不必自己親力親為。

碧蕪卻是搖頭，她身為皇后，後宮沒有妃嬪，其實能做的事並不算多，可也想好生做些什麼，莫讓旁人覺得她這皇后無用。

喻景遲知曉她性子倔，索性也不再勸，只暗中多調撥了些人手，讓除夕宮宴的事宜準備更快一些。

因著碧蕪的用心，這場除夕宮宴舉辦得甚為順利，既體面又不奢靡，一眾安排都令人滿意。

除夕宴後，或是因著先前太過勞累，碧蕪一直覺得睏乏不已，總是睡到日上三竿才醒，連著五、六日睡過頭後，碧蕪便驀然意識過來什麼。

雖她這兩世都只生了旭兒一個孩子，可畢竟兩世都經歷了完整的懷胎生子，也算是懷過兩次的人了，相比於那些沒有受孕過的婦人，對自己身子的變化更為敏感些。

因著忙碌，這陣子她與喻景遲同房的日子並不多，碧蕪默默算了算，距離上一回大抵過了快二十日，是她癸水來過後不久。

這麼短的日子，就算真懷上了，教太醫來瞧也是探不出脈象的，何況碧蕪自己心裡也沒有底，索性便不吱聲，只靜靜等著，看看下一回癸水會不會如期而至。

她待了二十餘日，直到癸水遲了近十日還未來，她才鼓起勇氣，讓小漣去太醫院請孟太醫過來。

得知消息時，喻景遲正在御書房批閱奏摺，方才聽康福道了一句，他端著茶盞的手便一個不穩，「砰」一下砸在案桌上。茶水四濺濕了奏摺，康福慌忙上前去擦，卻見他們素來沈穩的陛下卻已是神色匆匆，疾步出了御書房。

喻景遲趕到時，就聽裕甯宮內傳來一陣陣歡快的笑聲，他踏入後，殿內笑聲戛然而止，幾個宮婢面面相覷，旋即極有眼色的退了下去。

小榻上的女子正眉眼彎彎，對著他溫柔的笑，一瞬間，喻景遲卻是有些手足無措起來，他小心翼翼的開口，唯恐驚擾了什麼。

「阿蕪……」

他一步一步走近，看著女子眸中的笑意越濃。

待喻景遲走到她跟前，便見她牽起他的大掌，輕輕落在她平坦的小腹上，眸中晶瑩，似隱隱有淚光閃爍。

少頃，她朱唇微張，低低吐出幾字。

「陛下，我們又有孩子了。」

打碧蕪有孕的事確認下來，除了告知太皇太后，頭一時間，她便派人出宮去國公府傳了這個消息。

蕭老夫人乍一聽說此事，不由得捏著佛珠喜極而泣，當即命人安排翌日去隆恩寺上香祈福的事情。

碧蕪雖是第二次懷胎，可眾人仍當她是頭一回般處處小心，連本打算出宮養老的錢嬤嬤都暫且擱置了此事，自東宮搬到了裕甯宮。說著前一回也是她伺候碧蕪坐胎生產，這回定也是要好生陪到底的。

懷這胎前碧蕪已經做好了準備，還讓銀鈴、銀鉤提前在小榻上備了不少酸梅子，可沒想到這回腹中的孩子卻是極乖，並不怎麼鬧她，除了沒胃口，頭三個月碧蕪幾乎沒什麼太多的反應。

碧蕪有孕後，喻景遲仍是每日在裕甯宮和御書房間往返，他原本的寢宮乾雲殿倒快成擺設了。他雖勤勉，但自從碧蕪有孕後，縱然政事處理不完，也會準時回裕甯宮去。

他曉得他的阿蕪雖然不說，但只消他不回來，她便會一直等，或是腹中多了個孩子，心底沒了安全感，她夜裡總要抱著他，才能沈沈睡去。

碧蕪每回探脈喻景遲都要召孟太醫來問，孟昭明也是個實誠的，幾乎回回稟告完都要強調一句，前三月腹中胎兒尚未坐穩，切不可行房。

說的次數多了，某日，孟昭明偶然一抬眸，便見陛下正坐在案桌前眸色沈沈的看著他，雖然不言，但臉上分明寫著「朕就是這般好色之徒嗎」幾個大字。

孟昭明吞了吞口水，之後稟告再不敢提及此事了，一則是怕，二則碧蕪腹中的孩子很快便滿三月了。

喻景遲雖自認自制力還算不錯，可夜夜溫香軟玉在懷，生生熬了兩個多月，他到底有些熬不住。

天兒熱了起來，碧蕪的寢衣換了薄，那份貼在他胸口的飽滿柔軟帶著隱隱馨香，越發讓他燥熱難安。

喻景遲唯恐讓碧蕪察覺到他的異樣，及至六月上下，想著最近碧蕪因為天熱不再抱著他睡，便故意在御書房留得晚些，等碧蕪先行睡下再回去。

然過了戌時，再回裕甯宮，就見正殿燃著幽幽的燭火，候在殿門外的宮人說娘娘還在等著陛下呢。

喻景遲聞言劍眉微蹙，忙疾步入內，果見碧蕪坐在床榻上，聽見動靜，她淚盈盈抬首看來，哽聲喚了句「陛下」。

她哭著抱緊喻景遲的腰，抽抽噎噎道：「陛下，臣妾作了一個惡夢，夢見陛下不要臣妾了。」

碧蕪分明知曉不可能，可一想到夢中的情景她便覺得滿腹委屈，莫名生出一種後怕，眼淚怎也止不住，連她自己都覺得矯情了。

喻景遲輕柔地撫著她的背脊，愧疚的在她耳畔道：「朕怎會不要阿蕪呢，是朕錯了，不該這麼晚才回來……」

見她哭得傷心，喻景遲的心也跟著疼。他抱著她躺下，若哄孩子一般哄著她睡，好一會兒才聽她的呼吸逐漸均勻起來。

看著懷裡因流過眼淚，雙頰還有些泛紅的碧蕪，他不禁有些懊悔，怎能因那般事就讓他的阿蕪先睡。她懷旭兒那會兒，他可是忍了整整兩年都沒有碰她，不過這幾個月怎就忍不住了。

喻景遲原想著再忍它個大半年的，但碧蕪終究沒讓他忍太久。

與他做了那麼多年的夫妻，且前世也常與他共枕而眠，他難不難受，她還會不知嗎？

其實想替她家陛下紓解的法子不少，只是她開始時身子不大爽利，實在不想動彈，仗著他也不會強迫她，便乾脆裝作不知。

後頭過了三個月，甚至都快近五個月，她小腹已微微凸起，見她家陛下夜裡偷偷喚涼水沐浴得越來越勤，到底有些於心不忍，便在一天夜裡將喻景遲拉住，乾脆與他挑明說了。

相對於碧蕪的大膽，喻景遲卻是有所顧忌，生怕她腹中的孩子出了意外，直至被碧蕪撩撥得受不住，才小心翼翼來了一回。

過後幾個月，他們差不多是六、七日一次，倒也不算太過頻繁，只之後隨著肚子越來越大，實在不方便，每回完事碧蕪都覺有些腰痠。見她受不住，懷胎到八月前後，喻景遲便又主動斷了這事。

碧蕪這回陣痛是在半夜，大抵快過三更天的時候。

隨著肚子開始泛起一陣陣熟悉的抽痛，碧蕪難受的醒過來，下意識伸手抓身側的男人。

喻景遲習武多年，本就警醒，加之碧蕪產期將近，他一直吊著一顆心不敢睡熟，故而碧蕪一碰到他，他便醒了過來，坐起身見碧蕪擰著眉頭，一副痛苦的模樣，頓時連聲音裡都透出幾分慌亂。「可是要生了？」

見碧蕪咬著唇點了點頭，他未來得及披衣，便趿著鞋慌忙下了榻，出外吩咐。

相對於旭兒那時猝不及防的破水，此時的眾人倒是鎮定許多。

聽說皇后陣痛了，睡到半晌的錢嬤嬤也自榻上爬了起來，有條不紊的指揮宮人將東西備齊，再命御膳房煮了碗雞湯，想著生產前給碧蕪補補氣力。

喻景遲親手一勺勺餵給碧蕪，始終坐在床榻邊守著。

穩婆時不時進來掀開被褥看狀況，但直到喻景遲快上早朝，碧蕪仍然沒到正式生產的時候。

喻景遲原想取消這次早朝，但在碧蕪的再三勸說下，還是心不甘情不願的去了。

不少朝臣都已得到皇后娘娘生產的消息，看著陛下今日坐在龍椅上，一副焦急且心不在焉的模樣，極有眼色的快速將要上稟的事說完。

這場早朝只不過一盞茶的工夫就散了場，眼見康福的「退朝」二字還未喊完，他們陛下便急不可待的起了身，那些本還不死心想再勸陛下選秀的群臣才覺，此事恐怕真成不了了。

喻景遲步履匆匆趕回裕甯宮，不待問詢，就聽殿內傳出碧蕪撕心裂肺的喊聲，應是在生產了。

他不自覺身子發僵，本想入內，但想到自己根本幫不了什麼，反而礙手礙腳，還是強忍著沒有進去。須臾，瞧見出來吩咐宮人多燒些熱水的穩婆，忙道：「不論孩子如何，定要先保皇后平安！」

穩婆聞言稍愣了一下，她接生了二十餘年，手中經過的產婦無數，這還是頭一遭，才開始生，就有夫家毫不猶豫說要保大人的。

她笑了笑道：「陛下不必擔憂，以老婦多年的經驗來瞧，娘娘這一胎胎位穩當，娘娘又是經歷過一回的人，必能順利將腹中皇嗣生下來。」

喻景遲聞言卻是蹙了蹙眉，又強調了一句。「朕只要皇后平安。」

穩婆尷尬的扯了扯唇角，恭敬道：「皇后娘娘福大命大，定會母子平安，怎的會有事呢。」

看著眼前的一國之君怔忪的望著殿內的方向，愁眉緊鎖，隨著產婦的叫喊，雙手也在不斷攥緊用力，穩婆很快便有些後悔說這話了。若裡頭那位貴人真出了什麼差池，她總覺得面前的男人發瘋之下會要了自己的小命。

她忍不住一個哆嗦，趕忙回屋內接生去了。

喻淮旭今日沒有去尚書房，在演武場練了半個時辰的劍，聽聞他母后快生了，再沒了心思，匆匆往裕甯宮趕。

至殿門口，聽到裡頭傳來母后痛苦的哭喊聲，不禁想像到當初母后生自己時的情形，聽聞那時還是難產，定是比如今痛苦好幾倍。

喻淮旭忍不住雙眸發紅，但唯恐他父皇看見，死死咬著唇沒讓眼淚掉下來。

喻景遲還是察覺到了，他在喻淮旭肩上拍了拍，像是在安慰他，更像是在安慰自己般喃喃道：「沒事，別怕，你母后定會安然無恙。」

雖這般說著，但父子倆站在殿外，來回踱步，俱是顯而易見的緊張不安。直到小半個時辰後，才聽似能穿透屋頂的嘹亮啼哭驟然響起，打破皇宮清晨的寂靜，久久盤旋不息。

沒一會兒，錢嬤嬤激動的推門報喜，恭賀陛下得了一位小公主。

喻景遲懵了一瞬，旋即闊步踏進去，卻與將孩子收拾乾淨，正準備遞予他看的穩婆擦肩而過，直直往床榻的方向而去。

碧蕪正滿頭大汗，疲憊的躺在那廂，任由三個丫頭為她擦洗換衣。見喻景遲行來，她虛弱的喚了聲「陛下」，說想看看孩子。

喻景遲拉著碧蕪的手，將她好生打量了一番，見她的精神顯然比上回生產完好許多，這才稍稍放下一顆心，折身示意穩婆將孩子抱過來。

旭兒正準備踮起腳看孩子，聞言也一道進去了。他坐在床榻邊上，看著母親懷中皺皺巴巴，跟猴兒似的嬰孩，驀然覺得有些神奇和感動。

這便是他的妹妹，他終於有妹妹了！

有了與他一母同胞，血脈相連的親人。

她看起來那麼小、那麼脆弱，他定要像先前同母后承諾的一般，一世為她遮風擋雨，保護她明媚的長大。

碧蕪靜靜凝視著這個睜著眼睛，似在好奇打量陌生世界的小傢伙，朱唇微抿。

歷經兩世，她從未想過，除了旭兒之外，自己還會再有一個孩子，一個她和陛下兩心相許後誕下的孩子。

她微微側首，看向一旁眼也不眨盯著孩子瞧的喻淮旭，倏然道：「旭兒，你是兄長，不若便由你給她取個名字吧。」

喻淮旭聞言稍愣了一下，旋即看向喻景遲，在看到喻景遲對他微微頷首後，這才垂眸思忖起來。

半晌，伸出手指比了比，試探著開口道：「父皇母后覺得『舒』字如何？」

舒？

喻景遲默念了一遍，旋即垂首，眸光溫柔地看著襁褓中的孩子，薄唇微抿。「一世舒心順遂，無憂無慮，是個好名字。」

舒心順遂，無憂無慮……

不知為何，聽著這話，碧蕪驀然覺得鼻頭泛起陣陣酸澀。

襁褓中的小傢伙瞇起眼睛打了個哈欠，閉上眼又準備悠閒睡過去，許是知道她一出生便是大昭最尊貴的公主，一世得父兄庇佑，自能無慮無憂，天真爛漫的長大。碧蕪看著她有趣的模樣，忍不住勾唇而笑。

熹光自窗外灑進來，映照圍繞著床榻的一家四口，柔和靜謐。

番外一　譽王的秘密

從夏侍妾的信中得知碧蕪有孕之事後，喻景遲心下激動難抑，自眸中流露出的喜色甚至連十一皇子都看出來了。

可為了拖延父皇安排這趟差事，他還是遲了許久才回到譽王府，他都已籌謀好了，待回到王府，尋個機會「懲處」夏侍妾欺瞞之罪後，暫且將阿蕪納為侍妾，等日後她生下孩子，不論男女，以延嗣之功求父皇封她一個側妃。

他本打算得極好，只等夏侍妾一事「東窗事發」，再順勢給阿蕪一個名分，卻不料不等此事展開，皇家圍獵上卻出了意外。

鎮北侯之女蘇嬋趁他不備，將他一把扯下遊船，他不得已與此人有了肌膚之親，被她得逞，讓父皇下了一道賜婚的聖旨。

這位蘇家女表面溫雅淑良，可他心知肚明，這是怎樣一個蛇蠍心腸、心狠手辣的女子。

他便曾親眼見過，蘇嬋將一個不意往他懷中跌的婢女，鞭打折磨後命人拉去活埋。

他很清楚，一旦讓這樣的人進府成了王妃，他的阿蕪絕非是蘇嬋的對手，甚至於讓蘇嬋知曉她的存在，都會令她陷入危險。

雖說這些年他韜光養晦，處處低調小心，朝中幾乎無人注意到他，可即便如此，淑貴妃仍是對他和其餘皇子心存忌憚，時常派人監視，他尚沒有足夠的能力去完完全全保護阿蕪。予她名分一事到底被擱置，他讓夏侍妾將阿蕪安置在王府的偏院中，卻不能光明正大的去看望她，只能在她睡下後，偷偷入屋，在床榻邊坐上幾個時辰，看著她消瘦的面容，伸出手卻又收回去，連碰都不敢碰她一下。

阿蕪初初有孕之時，常是嘔吐難止，食不下嚥，他想方設法，命人自南面運來酸杏，她吃下後才稍稍好了些。

可做得再多，他心中仍是有愧，因知曉自己如今什麼都給不了她，也無法告訴她真相。眼下能做的只有毀了與蘇嬋的這樁婚事，才能將她名正言順的留在自己身邊。

他與蘇嬋的婚期本定在八月，他命尹監正私下在父皇面前道了幾句「八字不合，恐成怨偶，甚至會禍及父母子女」云云。他父皇向來極信這些神佛之說，聞言不禁生出猶豫，主動推遲了這樁婚事。

當年十一月，阿蕪在偏院破水生產。所有人都以為他出外辦差不在府中，卻不知他其實就躲在梅園，時時聽夏侍妾來傳她的消息。

她生了一夜，險些沒了性命，穩婆派人來問是要保大保小時，他毫不猶豫選擇了她，但幸好，最後她和孩子都平安無事。

旭兒降生後，他命尹監正再向父皇進言，試圖徹底取消和蘇嬋的這門婚事。卻不想西北突發戰事，鎮北侯修書一封命人呈至御前，言此戰凶險，生死難料，他雖抱著以身衝鋒，為國捐軀之決心，但唯有一心願難了，便是愛女蘇嬋尚未舉辦的婚事。

其信言辭切切，令人動容，喻珉堯為讓鎮北侯安心上陣殺敵，當即下旨在一個月後讓他和蘇嬋成婚。

皇命難違，這樁婚事又事關西北邊防和大昭百姓，他進退兩難，已是違抗不得，只得從旨迎娶蘇嬋。

蘇嬋得償所願，喜不自禁，可大婚之夜，他自不可能給她一個圓滿，只草草挑了蓋頭，連那杯合巹酒都沒有嚥下，便隨謊稱夏侍妾不適的婢子走了。

夏侍妾自然沒有不適，是他提前吩咐讓她這般做的，就是為了逃離蘇嬋，他一刻也不想多見這個心機深沈的惡毒女子。

她以為他不知，鎮北侯之所以向他父皇呈上那樣一封信，是她授意。

他大婚之夜宿在菡萏院的事，蘇嬋很快就哭訴到他皇祖母處，他皇祖母單獨召了他，讓他好生對待蘇嬋，早日與她圓房才是要緊。

他已被迫讓蘇嬋入了府，不可能讓她再繼續如願，他仍一意孤行，每日留在菡萏院。

當然，他並非真的寵愛夏侍妾。

這個披著絕色皮囊的女子，不過是他在江南尋到的戲子。她是孤女，自小隨戲班在四海漂泊，戲班老闆看中她的姿色，在她十三歲那年玷污了她。她為了繼續留在戲班唱戲謀生，雖內心痛苦卻不敢反抗，只能默默忍受。

後來，他偶然在茶樓看了她一場唯妙唯肖的表演，覺得此人可用，便以替她殺了那個畜牲不如的老闆為交換，命人教她習武，還給了她一個囂張跋扈、恃寵而驕的夏侍妾身分，讓她幫忙處置那些淑貴妃送進府的眼線。

他之所以在菡萏院「留宿」，自然是為了另一人。他總藉著要看旭兒的名義，讓阿蕪將孩子抱過來，偷偷看她幾眼。

夜裡菡萏院燈熄，他便循著密道回梅園休息。外頭都道他沈迷於夏侍妾的美色，無人會想到，他一宿都不曾在菡萏院住過，他二十餘年來碰過的女人，唯有那個被稱為旭兒「乳娘」的女子而已。

蘇嬋在府中裝了一陣子的賢妻後，很快露出真面目。她屢屢將夏侍妾召到院中，折磨刁難，但夏侍妾受了他的命令，即便內心恐懼，也裝作跋扈囂張的模樣，反倒讓蘇嬋一次次吃癟。

時日一久，蘇嬋到底忍不住了，趁著他外出之時，命人在深夜將夏侍妾騙出菡萏院，在譽王府後花園的池塘中將之溺斃，然後命人用一副簡陋的棺槨匆匆從王府側門抬出，隨便尋了個荒郊野嶺下葬。

兩日後，他快馬加鞭趕回京城，甚至冒著不惜惹怒父皇的風險，將夏侍妾以側妃之儀重新安葬。

而後他拿著蘇嬋害死夏侍妾的證據，痛斥了蘇嬋一番，蘇嬋自認理虧，只假惺惺哭得梨花帶雨，一句都不敢多加反駁。

蘇嬋曾一次次算計他，怕是沒想到這回卻是反被他算計。夏侍妾根本沒死，她只是聽從他的命令將計就計，透過閉氣之法和服假死藥讓蘇嬋以為她死了。

也因為他這位「寵妾」的死，他有了徹底疏遠蘇嬋的理由。沒過多久，外頭都傳，說他對夏侍妾情根深種，久難忘懷，雖然佳人已逝，卻仍常前往她生前住的宅院，緬懷故人，親手教導他們的孩子。

此事自然是假，他卻並未否認，任憑謠言漫天飛。因為只有這般，才不會有人懷疑，他去菡萏院的目的。

旭兒兩歲，話才勉強說清，筷子都握不好，哪裡會握筆，但他還是將旭兒抱在膝上，指著紙上的字耐心地念給他聽。

他教的自然不是旭兒，而是侍立在一側的人，她雖未言語，可他每教一個字，她便會微微將身子向前探，默默將字記在心裡。

偶爾見她秀眉微蹙，似是記不下來，他就會多教旭兒幾遍，待她舒展了眉頭，方才繼續教下一個字。

時值太子蠢蠢欲動之時，他設計將太子和安亭長公主私通之事暴露在他父皇面前，因得如此，很長一段時日忙碌不已，勻出間隙教旭兒學字的時光，是他難得的愜意。

然他沒有想到，太子叛亂自盡後不久，他不過離開幾日去辦事，她和旭兒便險些在一場大火中喪了命。

那日，他剛巧回京，在譽王府正門外看見菡萏院的方向火光沖天時，那種深深的恐懼感他至今都還記得。

待他趕到菡萏院，聽聞旭兒和她都在裡面，他不顧眾人的阻止，不假思索衝了進去，在內屋他看見他的阿蕪不顧燒傷，仍死死抱著旭兒時，心下一陣自責疼痛，上前正欲將昏迷的她扯抱起來，卻不料此時被燒斷的房梁竟直直塌落下來。

他忙用身體護住她和旭兒，或許想救出他們的意念太強，片刻後，他忍著後背被燒得血肉模糊的劇痛，頂開那沈重的橫梁，勉強站起身將他們抱了出去。

府內看見這一幕的下人，只知他愛極了與夏侍妾的這個孩子，不惜冒著喪命的危險也要衝進火場，卻不知他救的不僅是這個孩子，更是她。

阿蕪和旭兒是他此生的全部，若是失去了，他便真的一無所有了。

這場火，除了旭兒安然無恙，他們兩人都受了不小的傷，替阿蕪瞧病的大夫來稟他，說她的臉傷得太嚴重，只怕是要毀容。

他倒是不在意這事，聽說她性命無礙，長長鬆了一口氣。此事過後，他將那縱火的老僕當眾杖斃，拋屍荒野，菡萏院剩下的奴僕也都受了杖責，統統發賣。

待她醒來時，就不會知道那日是他救了她。

他不想讓她知道，怕她對他因此而心生感激，而她有什麼好謝他的呢，反而他的歉疚要更多一些，若非他沒有護好她，她又怎會受這般苦楚。

菡萏院大火後，他借著保護旭兒的名義，讓她和旭兒光明正大的搬進了他的雁林居，自此與她住在同一個屋簷下。

他對旭兒「過分」的關心，讓蘇嬋驀然轉變了態度，趁他不在府裡時，蘇嬋開始頻頻去雁林居看望旭兒。

他當然不信她會有什麼好心，只怕表面和善，暗地裡對旭兒存了敵意，害怕旭兒的存在會威脅她將來孩子的地位。

蘇嬋倒也可笑，他分明碰都不願碰她分毫，她卻還作著替他生孩子、讓孩子繼承世子之位的美夢。

她既這般閒，他自得為她尋些事幹，偏巧淑貴妃又要送人入他的王府，他乾脆欣然答應下，將永昌侯府的庶女納進府為側妃。

方妙兒入府當夜，他有意在她屋裡坐了幾個時辰，蘇嬋果然生妒發瘋，開始轉而對付起這位新側妃。

府內很快熱鬧了起來，而他則氣定神閒，看著兩個心懷叵測的女人在那廂狗咬狗，自己則繼續在雁林居，和旭兒還有阿蕪一道過平平靜靜的日子。

永安二十六年，科舉舞弊案事發，永昌侯府敗落，承王亦被貶為郡王，趕回封地，終生不得回京。
接連經太子和承王之事後，父皇不堪打擊，一病不起，駕崩前下詔將皇位傳給了他。
同年，他將本為世子的旭兒冊封為太子，賜居東宮。
蘇嬋雖遂願坐上皇后之位，可他卻以南方多災，不宜興師動眾、勞民傷財為由，從頭到尾並未為她舉辦封后大典。
因他一開始便沒打算讓她在這個位置上坐久。
方家落敗後，他並未處置方妙兒，還在他登基後封她為貴人。
如今方妙兒沒了永昌侯府和淑貴妃撐腰，像蘇嬋這般睚眥必報之人，想起舊日在譽王府的仇怨，怎可能輕易放過方妙兒。在用盡方法，連續折磨她數月後，蘇嬋很快命人將方妙兒殘殺。
而這一切正巧中了他下懷，他順勢以殘殺妃嬪為名下了廢后的旨意，但不想即便如此，蘇嬋就好像如有神助一般，竟借所謂天意，為百姓祈雨，順利躲過一劫。
千萬百姓請命，群臣紛紛上奏，他不堪民意重壓，最終不得不收回成命，第一次意欲廢后，卻以失敗告終。
他為此心煩意亂，甚至沒有勇氣去東宮見阿蕪。
不久後便聽宮人來傳，說太皇太后近日不大好，他趕去探望時，見他素來溫慈的皇祖母卻神色恍惚的坐在小榻上，抱著一幅畫卷，嘴上唸唸叨叨。

皇祖母已經認不出他，將他認做他父皇，她還打開畫給他瞧，說這幅芙兒的畫像畫得可真好。

他皇祖母口中的芙兒，是因失女在十幾年前便鬱鬱而終的清平郡主孟雲芙。

他草草掃了一眼，卻不由得愣怔在那廂，因畫上之人與阿蕪生得實在太像。

正蹙眉凝視間，就聽他皇祖母道：「今日，哀家還在宮中遇見芙兒了呢，她的臉也不知怎麼了，傷成那樣……陛下，芙兒就像是陛下的親妹妹一般，陛下派太醫好生給她瞧瞧好不好……」

看著皇祖母哭得像個孩子一樣，他忙連聲答應，不停安慰，待將皇祖母哄睡，一出殿他便召了李嬤嬤來問，竟得知安國公府那位走丟的姑娘身上有一枚「蝴蝶胎記」。

梅園那晚他雖然看得不大清晰，但的確，在阿蕪纖瘦滑膩的背脊上隱約看到一隻蝴蝶。

得知此事的他，離開的步子都有些凌亂，他從未想到，她的身分並不簡單，很有可能就是已故安國公蕭轍和清平郡主唯一的女兒。

他暗中命人去調查此事，雖時隔多年，無法查證太多，卻發現她的母親芸娘是在她三歲那年撿到她，而巧合的是，安國公府的二姑娘，也正是在三歲那年走丟的。

雖此事還未完全確定，但他還是力排眾議，將她堂弟蕭鴻笙召入宮當太子伴讀。

這些年，他之所以不敢將她是太子生母之事公之於眾，便是怕她沒有背景，亦無母家可以依靠，很可能像一開始的夏侍妾，後來的方妙兒，甚至他的生母沈貴人一般，在需得步步為營的後宮過得格外艱難。

雖蕭鴻澤戰死後，蕭家逐漸敗落，可若她真是蕭家的姑娘，他便可幫助重振蕭家，好讓她將來認祖歸宗造橋鋪路。

及至旭兒七歲那年，他親自為他挑選了一個太子太傅，那人名叫裴泯。

裴泯早年喪妻並未再娶，長相清雋，非庸俗古板之輩，才華卓越。

旭兒很尊敬喜愛自己這位老師，甚至於突發奇想，一日竟同他提出，想將自己的乳娘嫁予老師為妻。

他說，乳娘跟了他那麼多年，受了那麼多苦，若能出宮嫁給他的老師，後半生定然會很幸福。

旭兒的話並未說錯，尤其是在聽到「她會幸福」幾個字時，他甚至一瞬間動了念頭。

他虧欠她良多，如今也尚不知何時才能將她該得的東西給她，是否該考慮放她自由。

這個念頭雖隱隱冒出了頭，但在無意間瞧見阿蕪莞爾一笑，神色溫柔的給裴泯奉茶時，他心中的妒意和佔有欲便再也壓制不住了。

尤其在看見裴泯神色赧然的接過茶盞，含笑偷偷瞥她時，他甚至想衝上前，掐住裴泯的脖頸，狠狠將他掐斷氣，再不能多看她一眼。

可他終究沒有這麼做，怎能教她看見自己因嫉妒心作祟而猙獰的面目。

當夜，為了澆愁，他將烈酒一罈罈往嘴裡灌，最後喝得酩酊大醉，竟將進來伺候的阿蕪一把拉到榻上，壓在身下。

縱然她在他耳邊一遍遍提醒自己的身分，他也絲毫未停止動作，他當然知道她是誰，他怎會不清楚她是誰呢！

他雖因酒醉腦袋疼得厲害，但心裡很明白，若他今日真的這麼做了此事，那所有的一切就都不可挽回了。

可怎麼辦，他沒那般豁達的胸襟，他自認卑鄙無恥、自私貪婪，無論如何都放不了手，遑論將她輕易嫁給他人。

既然如此，那就徹徹底底讓她成為自己手裡的東西，再也跑不掉吧。

他若衝破檻籠，飢腸轆轆的野獸，一口咬住獵物的脖頸，貪婪地將她一點點吞吃入腹。

她被他折騰得不輕，事畢睡得很沈，他起身著衣坐在床榻邊含笑看著她，心下已準備好予她一個名分。

昨夜他清晰的瞧見了她後背紅色的蝴蝶胎記，她應是當年安國公府走丟的姑娘沒錯。

雖說蕭家如今敗落，但她的親兄長安國公蕭鴻澤，及她的父親、祖父皆是大昭的功臣，在朝堂戰場建功無數。

就算是憑著往日的功績，他當也能給她一個妃位，讓她名正言順的待在自己身側。

他心下已打算好一切，卻不料她醒來後，聽到他的提議，卻是滿臉驚慌的跪倒在地，說自己不想要什麼名分，只想好生伺候太子殿下。

她唯恐他不同意，在地上連磕了幾個頭，哭著懇求他收回成命。

看著她面上的驚懼，他的心也跟著沈冷下去，他驀然發現，這些年他精心為她籌謀，卻未曾想過她也許不想要這些。

因她的心裡根本沒有他！

那種患得患失的恐懼以另一種方式在心頭膨脹蔓延。

可他到底隨了她的意，沒給她名分。

也對，她怎能只得一個妃位呢，她是旭兒的母親，是他所愛之人，也是安國公府的嫡姑娘。

她，理應是他的皇后。

若是皇后，她應該會喜歡，會願意留在他身邊吧。

那夜過後，他一回回在心裡提醒自己不能再繼續傷害她，可仍是忍不住時時將她召來御書房。

他分明清楚，她之所以來，不過是不敢違抗他的命令，卻還是固執的想將她留在自己的身邊，證明她是自己的。

他親手教她練字、下棋，讓她的字跡和棋風都像極了自己，無形間處處都留有自己的痕跡，以此來滿足他扭曲的佔有欲。

可即便如此，那日在東宮看到上了妝的她，內心的妒意仍然止不住噴薄而出。

他知道沒毀容前阿蕪生得有多惹眼，那妝蓋住了她臉上的傷疤，展露出她原本的美貌。沒想到過了那麼多年，她竟生得越來越像皇祖母手中那幅畫上的女子。

怎會不像呢，畢竟那人是她的生身母親，想起蘇嬋自幼常隨他那位六皇妹一塊兒去皇祖母宮中，他唯恐蘇嬋察覺疑心，對阿蕪不利。他本想提醒阿蕪，可在發現裴泯看見她時驚豔到移不開眼後，說出口的卻變成刺耳難聽的話。

後來，他帶她出宮看花燈，縱馬去山頂觀日落，將上貢的一大半荔枝都命康福悄悄送去給她，就是希望阿蕪心底能原諒自己幾分。

他其實一直很想告訴她，他知道她是旭兒的母親，可時日越長，他便越說不出口，怕她不肯原諒他。他故意時常問她，可有什麼想對他說的，便是想引她親口說出當年的真相。

只消她說了，他就會信！

可他這無恥的法子到底沒有奏效，或許他的阿蕪根本不願信他，從頭到尾連一個字都不肯向他吐露。

他便想著，她不肯說，也沒關係，等解決蘇家的事，再告訴她也不遲。

旭兒九歲那年，他抓住機會，以蘇嬋無故虐殺妃嬪宮婢，手段殘忍，毫無仁慈之心，有失皇后儀度為由，再度廢后。

卻不承想，蘇嬋如有神助，第二次廢后同樣出了意外。

擬旨兩日後，西北戰起，已是天命之年的鎮北侯抵禦外敵，最終戰死沙場。

消息傳回京城，群臣紛紛上奏，懇請念在鎮北侯一生戎馬倥傯，忠烈不二，為安鎮北侯亡靈，收回廢后成命。

當夜，他坐在御書房中，陰沈著臉，對著成摞的奏摺坐了幾個時辰後，命康福將她從東宮喚來。

他問她，若他一意孤行想要廢掉皇后，她可會支持他。

整個大昭都在勸他收回成命，可只消她對他一點頭，他就願違逆天下民心，徹底廢掉蘇嬋這個皇后。

可向來對他順從的女子卻出乎意料頭一回對他說了不，她說西北戰事正酣，鎮北侯方才戰死沙場，而鎮北侯世子也在為國效忠，抵禦外敵，此時廢掉皇后，難保鎮北侯世子不會心寒。若西北失守，會有多少百姓流離失所，飽受磨難。

她說這話的神色格外認真，她甚至還一字一句的告訴他，他是個明君，心懷萬民，定會做出正確的選擇。

他聞言薄唇微抿，苦笑了一下，什麼明君，他從來不願做什麼明君。

他很清楚，她說這樣的話，不僅是為了千萬大昭子民，也是為了他們的旭兒，若大昭陷入戰亂，家國動盪，那旭兒將來繼位，這皇位定然會坐得艱難。

她替所有人考慮了，卻不知道他只想為她考慮，可最後，他還是依了她，無奈再次收回了廢后的聖旨。

只他不信，他真的奈何不了一個蘇嬋！她背後既有蘇家，那他便徹徹底底毀了蘇家，看下一回誰還能再為她撐腰。

他設計蘇家之時，自也沒忘了蕭家之事，蕭家那小子資質不俗，他和自己的堂兄與祖父一樣，有上戰場報效家國之志。

他便順勢推了一把，在蕭鴻笙十五歲那年將他送往西北邊塞從軍。他承認他存著賭一把的念頭，蕭家想再復往日榮光，需有一人以身赴險。蕭鴻笙既有這個心，倒也剛好稱了他的意。

蕭鴻笙離開後不久，旭兒在無意中得知阿蕪的事，氣沖沖跑來御書房質問他。

他並未隱瞞半分，悉數將實情告訴了他。

旭兒長大了，他是男孩，也該挑起重擔與他一起保護他的母親。

及至成則七年，他以撫慰之名，將三年守孝期滿的蘇麒從苦寒的西北，召回京城，親封鎮北侯，並授予吏部官職，大力扶持蘇家。

蘇麒一路高升，位極人臣，外人都道他對蘇家不薄，卻不知這不過是他給蘇麒設下的陷阱。

他一步一步，讓這位昔日高節清風的大將軍在京城迷眼的繁華中徹底喪失本心，陷入泥沼，最後與京城那些蛆蠅同流合污。

成則十一年，蕭鴻笙在西北頻頻大捷，立下赫赫戰功，他破例封蕭鴻笙為定遠侯，漸漸取代蘇家在西北的勢力，也讓蕭家在京城的風頭一時無兩。

他籌謀多年，終於萬事俱備，正欲收網之際，卻發現蘇嬋在無意中得知阿蕪常年出入御書房之事。

她自是不能容忍，竟買通東宮宮人向阿蕪下毒。

他與旭兒商量之後，決定將計就計，讓旭兒喝下湯水後假死，藉以毒殺太子之名徹底剷除蘇嬋和蘇家。

可他萬萬沒有想到，不過召來那個保護阿蕪的暗衛囑咐幾句的工夫，他的阿蕪卻被一盞鴆酒要去了性命。

宮人匆匆來稟時，他久久坐在那廂沒有反應過來，他以為是自己聽岔，直至在東宮看見那個口淌鮮血、躺在地上已沒了氣息的女子。

他將她小心翼翼抱在懷裡，一聲聲喚她的名字，希望她只是昏迷或是睡了過去，可她就是不睜開眼睛。

她再也不會睜開眼睛了。

來傳旨賜鴆酒的兩個內侍顫巍巍跪在一旁，說是皇后娘娘奉了陛下的旨意，讓他們這般做的。

他一言不發，只抽了身側侍衛的劍，俐落的殺了這兩個給阿蕪強灌鴆酒的內侍。

他拖著那尚淌著鮮血的劍一路去了裕甯宮，蘇嬋在見到他時，眸中閃過一絲恐懼後，竟得意的笑起來。

「看來是那個賤婢死了，死得好，死得好，一個卑賤的奴才也敢覬覦本宮的東西，這便是她的下場……」

他默默看著這個發瘋的女人，抬手將劍搭在她的脖頸上，然她只愣了一下，旋即有恃無恐，笑著提醒他她背後還有蘇家。

他只冷眼看著這個惡毒的女人，然後一字一句告訴她阿蕪的身分，還有蘇麒這些年在京城都做了些什麼，蘇家又將淪落到怎樣的境地，看著蘇嬋的神情從震驚慢慢轉向絕望，他笑著又在她脖頸上來了一劍。

她痛苦不堪卻又無法立刻死去，只能靠在小榻邊，眼睜睜看著自己的血越淌越多，眼見沒有了生機，蘇嬋眸中的哀求、恐懼終於變成了赤裸裸的怨恨。

她時而破口大罵、時而放肆大笑，已然瘋了魔。直到脖頸被砍斷大半，她的笑容依然凝滯在臉上。

他面無表情的丟下那把劍，看都未多看蘇嬋一眼，拖著步子回了東宮。

他不想再聽她多說一句，因她說得越多，他便越懊悔，當年為何沒有選擇一劍乾脆俐落的殺了蘇嬋。

他命康福擬旨，以貪污賑災銀的罪名將蘇麒抓捕入獄，擇日問斬。

蘇嬋死了，蘇家上下也被抄家流放，他多年的計劃得成，可他的阿蕪卻再也回不來了。

皇位、權勢，於他似乎都沒了什麼意義。他無心朝政，也不願再去理會，只想每日陪著他的阿蕪，同她說說他從前來不及說的那些話。

可隔著那副棺槨，她再也聽不見了。

他分明不信鬼神天命，卻還是荒唐的召來尹監正，問他可懂什麼還魂之法，尹監正看著坐在棺槨旁憔悴黯然的他，搖了搖頭，眼含同情，低低道了句。「陛下節哀。」

也是，一個只會觀天象的監正，哪裡懂得這些，他需要去找更為擅長之人。

他以黃金萬兩為賞，在海內四國大肆搜尋能人方士。在殺了無數個在他面前信口開河的騙子後，他才終於從一個衣衫襤褸的老道身上看到了些許希望。

他依老道所述之法，施了以命易命的邪術，每七日用心頭血揉作一支香，點在棺槨前，整整點了七七四十九日。

縱然那把匕首劃開胸口，他也感受不到疼，打阿蕪走後，他的心便徹底死了。

要不是他一意孤行將她困在身邊，一廂情願做著那些所謂為她好的事，或許她也不會落得這個下場。

他很想夢到她，想告訴她，那杯鴆酒並非他所賜，可他點了那麼久的香，在棺槨旁對她說了那麼多的話，她仍是一次都沒有出現在他夢裡。

想必她是恨極、厭極了他，甚至來夢裡咒罵他一句都不願意。

四十九日後，他已是形銷骨立、奄奄一息，他很清楚，自己應是時日無多。

當日，那老道吃飽了酒，興高采烈的來領賞，卻一時說溜了嘴，提到自己從前幫人奪了一個小姑娘氣運的事。

後來，老道自是沒有拿到心心念念的萬兩黃金，反被他用劍一下捅進胸口，當場斃命。氣運之事是真是假他不得而知，可他不能容忍任何曾傷害過阿蕪的人。

他久不在朝，朝野動盪，東面他那幾個已長大成人的弟弟，亦開始暴露其狼子野心，有了謀反篡位之意，甚至於借太皇太后壽辰，大搖大擺的回了京城。

十一進宮與他說起此事，正在等死的他才赫然反應過來，除了阿蕪，這世上他還有一個虧欠良多的人。

他召來孟太醫，服下暫且支撐精神的藥，重新臨朝。在壽宴之上，以比劍為名，設計讓他那覬覦皇位的十六弟一把將劍捅進他的胸口，以徹底坐實他們刺殺謀反的罪名。

這是他能為旭兒做的最後一件事，往後的路他便要自己走了。

只可憐旭兒這麼小就得獨自承受一切，此生已經來不及，若有機會，讓他來世再做旭兒的父親，為他一生遮風擋雨吧。

看著抱著血流不止的他崩潰大哭的旭兒，他緩緩將手覆在唯一的孩子臉上，他從前竟未發覺，原來旭兒的眉眼和她生得那麼相像。

彌留之際，他彷彿看見他的阿蕪站在那兒對著他笑，一如從前那般，柔聲喊他陛下。

那一刻，說他自私也好、卑劣也罷，他驀然想收回自己在她棺槨前說的那句「來世別再遇到他」的話。

他還是想見到她，哪怕只是遠遠看上一眼，也好……

喻景遲倏然睜開眼，只覺眼前模糊得厲害，抬手摸了摸眼角，卻發現掌心一片水澤。

床榻邊燃著昏暗的燭火，他盯著帳頂隱隱約約的芙蓉花試圖令自己平靜下來。

雖只是作了個零零碎碎的、奇怪的夢，可無盡的遺憾和尖銳的疼痛仍殘留在心底不住的蔓延開來。

他長嘆了一口氣，側身又將枕邊人摟緊了幾分。

那人秀眉微蹙，扭了扭身子，自朱唇間逸出幾聲嚶嚀，嬌滴滴抱怨了句。「陛下，臣妾累了，實在折騰不動了。」

喻景遲聞言，輕柔地撫了撫她的臉頰，低低在她耳畔喚了一聲。「阿蕪。」

「嗯？」碧蕪迷迷糊糊回應。

但他未繼續說道，少頃，只又輕輕喚了她一聲。

碧蕪「嗯」了一下，埋首往他懷中拱了拱，卻聽他第三次喚她。

她終是疑惑的睜開眼，迷茫的看去，竟瞥見他眼角濕漉漉一片，碧蕪不由得清醒了些，畢竟歷經了兩世，她從未見他哭過。

她抬手擦了擦他殘餘的淚痕，蹙眉擔憂的問道：「陛下，您可是夢魘了？」

喻景遲抿唇不言，只久久的看著她。

他確實作了惡夢，還是最可怕的夢，夢裡他沒有保護好她，徹底失去她了。

見他沈默著不答，碧蕪攀住他寬闊的背脊，輕輕拍著，若安慰孩子一般柔聲安慰他。

「別怕，陛下，臣妾在呢。」

抱著懷中嬌柔的女子，聽著她溫婉的聲音，他不安的心才終於漸漸平靜下來。

沒一會兒碧蕪睏意上頭，嗅著男人身上熟悉幽淡的氣息，閉上眼睛，呼吸很快變得平穩綿長。

喻景遲看著她恬靜的睡顏，抿唇輕笑，俯首在她額間落下一吻。

是，只不過是個夢罷了。

此生她一直都在，在他的身邊！

番外二　尚書大人的追妻路（上）

自小公主出生後，碧蕪堅持自己照料，忙得離不開身，自然也沒了閒暇再召蕭毓盈進宮說話。

蕭毓盈如今居住的府邸離安國公府並不遠，平素有了工夫，便常叫了馬車往娘家去。

周氏雖嘴上嫌她，說哪有出嫁了的女兒隔三差五回娘家來的，讓人笑話。但每回她來，周氏還是會邊嘮叨、邊吩咐婢子拿來她最喜歡的零嘴給她。

蕭毓盈那新嫂嫂也是個忙碌的，除卻要打理府中事務，她還在京中開了一家酒樓，因著菜品新鮮美味，生意極好，賓客絡繹不絕。

先前嫂嫂凡事都親力親為，每日都在府裡和酒樓來回，後頭聽聞她家哥哥同嫂嫂抱怨，說她只顧著家事和生意，卻將他給疏忽了，她家嫂嫂這才漸漸將酒樓交託給他人打理，除了處理必要的事，多數時間都待在府中。

蕭毓盈到時，李秋瀾正坐在屋內納鞋。她雖學得一手好廚藝，但女紅做得實在艱難，時不時便要停下來，問一問身側伺候的婆子。

從周氏那廂過來，進門看見這一幕，蕭毓盈忍不住打趣道：「嫂嫂這般用心，這鞋縱然做得再難看，大哥哥也不會嫌棄的。」

李秋瀾命人上了茶，又將親手做的糕點往蕭毓盈面前推了推，旋即垂首看著那鞋面上歪歪扭扭的針腳，不由得低嘆一口氣道：「妳哥哥是不嫌棄，可我也不能讓他穿著這麼難看的鞋去上值，教同僚看見了，怕不是要笑話他。」

蕭毓盈拿了塊蓮蓉糕放進口中，卻不以為然。「大哥哥如今這般官位，又是國舅，朝中哪裡有人敢笑話他，就算大哥哥穿了雙爛了的草鞋去，怕都還有人捧他為人清廉、吃苦耐勞呢。」

這倒是了，李秋瀾想起玉味館才在京城開起來的時候，乍一聽聞是安國公夫人的酒樓，不少達官顯貴都會借著來酒樓吃飯的機會，試圖偶遇蕭鴻澤，奉承討好。

李秋瀾看出他們的意圖，刻意不教蕭鴻澤去，也不親自接待客人，時日一久那些人等不到，便也逐漸歇了心思。

像是想到了什麼，她放下手中的活，瞥了一眼蕭毓盈，思忖半晌，終於問道：「妳這個月的月事可來了？」

蕭毓盈咀嚼的動作一滯，微微垂眸。「倒是還未來，不過我月事向來不準，上個月不也遲了十幾日，大抵又會落空吧。」

她頓了頓，抿唇笑道：「沒事，隨緣吧，且我夫君也不在乎有沒有孩子，既然如此，放寬心就是，所謂命裡有時終須有，這事終究強求不得。」

李秋瀾瞧著她一副強顏歡笑的樣子，曉得她口上雖這般說，心裡其實還是失落的，前一陣子她和蕭毓盈一道入宮去看皇后，見她這位大妹妹小心翼翼的抱著小公主，逗弄時眸色溫柔、滿臉豔羨的模樣，就明白大妹妹是真的很想要孩子。

先前，為了圓蕭毓盈的心願，皇后娘娘也特意派了太醫去唐府瞧過了，他們兩人身體康健，均沒有什麼問題，至於為何懷不上，大抵真是緣分未到。

她開口正欲安慰什麼，就見蕭毓盈抬眸看過來。「嫂嫂還問我呢，不是說妳和大哥哥最近也在準備生孩子的事，祖母可日夜盼著抱孫子呢。」

李秋瀾面上一臊，低聲答道：「自是準備著，我身體底子不大好，太醫教我先喝藥調理調理，待調理好了再懷胎也能坐得穩些。」

蕭毓盈托腮饒有興致的看著自家嫂嫂赧赧的樣子，忍俊不禁。「我上回送給大哥哥那禮物用著可好，大哥哥近日可有長進？」

這話一問出來，正在端茶盞的李秋瀾手一抖，茶杯碰在茶托上噹啷一聲脆響。她難以置信的看向蕭毓盈，只覺一股熱氣自脖頸蔓延而上，直染紅耳根。

她掩唇尷尬的低咳了一下，聲若蚊蚋。「都是妳，送什麼不好，偏送那般禮……都把妳大哥哥教壞了。」

蕭毓盈看著自家嫂嫂羞得撇開眼，一副想找個洞將自己藏起來的樣子，不禁笑出了聲，想起母親周氏之前偷偷告訴她的，兄嫂新婚夜那事。

她家大哥哥雖看著文雅，但畢竟是常年帶兵抗敵的將軍，力氣體力都優於常人。他素了快三十年，對那事也半懂不懂，還不知輕重，甫一開葷便有些收不住，洞房花燭夜將她這位新嫂嫂折騰得不輕。

翌日向蕭老夫人請安時，蕭老夫人看見李秋瀾走路時不自然的姿勢，一下就明白過來，末了，還單獨將她大哥哥留下來，語重心長好生囑咐了一番。

李秋瀾越是羞澀，蕭毓盈越是不放過她，挑了挑眉道：「哦？那禮物，到底是教壞了哥哥，還是累壞了嫂嫂？」

「妳這丫頭，怎的口無遮攔的。」李秋瀾窘迫不已，忍不住拿起納了一半的鞋丟過去。「妳再這般，下回來我便不為妳準備點心了。」

「誒，可別呀。我來這兒，不就貪著嫂嫂這一口，我不過玩笑，嫂嫂饒了我這回吧。」蕭毓盈伸手扯了扯李秋瀾的衣袂，討好道。

李秋瀾橫她一眼，隨即止不住笑出了聲。還說想生個孩子呢，分明自己都還像個長不大的孩子似的，打她嫁進安國公府到現在，算是體會到什麼叫長嫂如母了。

姑嫂二人笑笑鬧鬧，直到快過申時，蕭毓盈才起身告辭，還不忘連吃帶拿，順走了剩下的糕食、一罈子醃菜和滷肉。

從安國公府出來，上了馬車，蕭毓盈特意命人從長平街繞了繞，取了她先前便訂好的香膏。

她本不大愛抹香膏的，可有一日心血來潮抹了一些，見她家夫君當夜貼著她格外熱情，便曉得他喜歡，為了迎合他的愛好，就經常抹。

那香膏是近十種鮮花搗出的花汁調製而成的，價值不菲，為了買這香膏，她連衣裳都少做了幾件。

唐柏晏還沒擢升前，蕭毓盈花費向來是大手大腳，可自從唐柏晏坐上戶部尚書之位後，她反而懂得了節儉。

府邸大了，聘用的下人自也多了，加上應酬必須的筵席，各種人情交際，每月開支跟流水似的，自是不能坐吃山空，蕭毓盈也開始跟著李秋瀾學著如何看帳本和管家，及打理名下的鋪子田產。

蕭毓盈取了香膏出來，由環兒扶著，正欲上馬車去，遠遠瞧見有兩人並列而騎，緩緩往這廂駛來。

她原不過隨意掃了一眼，可在看清其中一人後，卻是眸光一亮，提聲歡喜的喚了句「夫君」。

唐柏晏也看見了蕭毓盈，他抿唇而笑，忙輕夾馬腹，加速往前馳了一些。「夫人怎的在這兒？」

「我方才從安國公府回來，順便取先前定好的香膏。」蕭毓盈轉頭看向唐柏晏身側那個長相清秀的男子，問道：「夫君，這位是？」

那人有禮地朝蕭毓盈微微頷首，緊接著就聽唐柏晏介紹道：「這是欽天監監正尹大人，偶然在路上碰見，就一塊兒說說話。」

蕭毓盈稍稍有些吃驚，雖是不曾見過，但眼前這位她確實是知道的，欽天監監正尹翩，那可是當今陛下面前的紅人。

她忙低身福了福，笑道：「原是尹大人，妾身不知原來我家夫君還與尹大人交好。」

唐柏晏聞得此言，神色微妙，忙將話鋒一轉道：「既遇到夫人，我們便一道回去吧。」

蕭毓盈點了點頭，看向一旁的尹翩，總覺得直接將人丟下就走也不是個禮，便客氣的道了一句。「寒舍離這兒也不遠，尹大人要是有空，不若去舍下坐坐？」

她只是出於禮數客套一問，卻不想那位尹大人沒有絲毫猶豫，乾脆的應下了。「唐夫人盛情相邀，那尹某就卻之不恭了。」

蕭毓盈聞言稍愣了一下，茫然的看向唐柏晏，唐柏晏不由得笑起來，主動替蕭毓盈接過這個攤子，對著尹翩道：「那尹大人，請吧。」

兩人慢悠悠騎在馬上，伴著蕭毓盈的馬車回了唐府。

幸得蕭毓盈從李秋瀾那兒順來不少東西，忙命人將食盒裡的糕點擺上盤，再沏了好茶送來。

「府中粗茶，還望尹大人莫要嫌棄。」蕭毓盈恭敬的親自奉上茶盞。

尹翩道：「夫人說笑了，您用這般好茶招待在下，在下怎會嫌棄呢。」

蕭毓盈頷首笑了一下。「那尹大人便和夫君聊，妾身一個婦人家也不懂你們朝堂之事，

「先行退下了。」

她福了福身，旋即看了唐柏晏一眼，緩步退了出去。

直看著蕭毓盈踏出門，尹翮才扭頭看向依舊望著那廂眼也不眨的唐柏晏，打趣道：「唐大人看這麼牢做什麼，尊夫人又不會跑了。」

唐柏晏這才收回視線，窘迫的垂首啜了一口茶水，尹翮想起昔日兩人初見時，他那副冰冷疏離的模樣，再看看如今，對嬌妻溫柔體貼，不由得感慨。「我們這些在潛邸時就跟著陛下做事的人裡，就數你如今過得最為圓滿。」

他不知想起什麼，笑道：「想當初，陛下讓你娶蕭家姑娘，你還不大願意呢。倒是得虧你沒拒絕，不然哪有如今這樣的日子。」

唐柏晏劍眉微蹙，並不大願意提那些陳年舊事。「說這些做什麼，都過去了，過去的事就莫再提了。」

「是，都過去了。」尹翮以茶為酒在唐柏晏杯盞上磕了一下。「身為老友，你能徹底放下往事，我是真心替你高興。」

唐柏晏聞言勾了勾唇角，垂首露出一絲悵惘又無奈的笑。

兩人有一搭沒一搭閒聊之際，卻並未發現外頭站著一人，她站在門框邊，雙手攥緊，手中的絲帕幾欲絞碎。

蕭毓盈剛踏出門不久，想著人既已經來了，又正值飯點，不若留人用過晚膳再走，不承想方才回身走到門邊，正好聽見那句「在潛邸時就跟著陛下做事」。

她不由得步子一頓，緊接著便是讓她如遭雷擊的話。

什麼叫奉陛下的命娶她，什麼叫他本還不大願意。

一股寒意自腳底竄上，蕭毓盈幾乎站不住，她從不知原來她一直相敬如賓的夫君從一開始就是陛下的人。

這個與她成婚三年，她最親近的枕邊人，到底瞞了她什麼！

唐柏晏和尹翮對坐著吃了一會兒茶，便有婢子進來，問尹大人可要留下用晚飯。

尹翮倒也沒客氣，爽快應下，在唐府用過晚膳又小坐了一會兒才起身離開。

夫妻二人一道送走這位尹大人後，唐柏晏折身欲去牽蕭毓盈的手，卻見她不動聲色的側了側身，明顯躲開了。

唐柏晏劍眉微蹙，不由得想起方才晚膳時，蕭毓盈雖待客淑雅有禮，盡了一個主家的盛情，但做了那麼些年的夫妻，唐柏晏看得出來，她很不對勁。

他也不知蕭毓盈究竟怎麼了，但看她對自己愛答不理，就明白大抵是生了自己的氣，他拚命回想，近日是不是做錯了什麼，還是沒及時將他家夫人歡喜的東西買回來，可回想了半天，他都想不出個所以然來。

唐柏晏緊跟在蕭毓盈後頭回了屋，正欲說什麼，便見她折過身，雙眸發紅，眼中晶瑩的淚珠盤旋，將墜未墜。

他驀然一慌，上前一步，卻見蕭毓盈後退，又避開了他。

她強忍眼淚，定定看著眼前的男人，少頃，喚了一聲「唐柏晏」。

聽到這三個字，唐柏晏心下陡然生出些許不好的預感，他家夫人平素只喊他「夫君」，除非氣極才會喚他的全名。

他懷揣著不安，低聲試探道：「夫人怎麼了？可是身子不爽利？」

看著他這副小心翼翼的模樣，若在平日，蕭毓盈定然會軟下態度，可今日她只覺眼前之人虛情假意，表裡不一，所有的溫柔都不過是逢場作戲，她沈默半晌，眸色堅定地看向他。

「當初你是為何娶我？」

唐柏晏聞言不禁怔忪，他不知蕭毓盈為何會突然問這話，忙道：「夫人不也知道嗎？是兄長撮合，我們相看之下又覺得合適，這才與夫人訂親的。」

騙子！

聽他面不改色說出這話，蕭毓盈越覺諷刺，她又往後退了一步，抬首一字一句質問道：「你當初是故意接近我大哥哥的，對不對？你之所以娶我是奉了陛下的命，是不是？」

看著唐柏晏聞言滿目震驚的模樣，蕭毓盈心猛然一沈，曉得這都是真的。

成婚三年，她教他騙得團團轉，卻仍是對他掏心掏肺，實在愚蠢。

見唐柏晏喚了聲「盈兒」，似想解釋什麼，蕭毓盈卻是打斷他，她不想再聽他對自己撒謊了。

「你與尹監正說的話，我全都聽見了。」蕭毓盈靜靜凝視著他。「唐柏晏，你同我說實話，你當初娶我是陛下命你這麼做的，對嗎？」

正如蕭毓盈所想，唐柏晏本欲再瞞她，可如今聽到她說的話，曉得他的謊再也圓不了，有些事也沒辦法挽回，只能面對，他沈默半晌，旋即垂眸如實道了聲「是」。

蕭毓盈勾唇冷笑，她本以為親口聽見他承認時她會發瘋，沒想到卻比她自己想像得更為冷靜，只她很想知道，他娶自己的真正緣由。

須臾，她問出口。「因著什麼？究竟是因著什麼才娶我？」

唐柏晏薄唇微抿，良久，緩緩答道：「當年，陛下為防前太子和承王借與安國公府聯姻來拉攏妳兄長，故而……故而命我故意接近妳兄長，贏得他的信任與好感，再將妳娶回來，以斷後患。」

蕭毓盈雙眸微瞠，驚詫不已，萬萬想不到竟是因這般理由。

誠如唐柏晏所言，她那二妹妹沒回來之前，她就是世家貴族為了與安國公府交好，而競相搶奪的香餑餑。

她本以為他不是，她本以為他不一樣，當初才會那麼義無反顧選擇嫁給他。

可原來本質上他和他們都一樣，只不過把她當作一個踏腳的工具罷了。

蕭毓盈自嘲一笑，長睫微顫，終於忍不住簌簌落下淚來。

看著她越發冰冷疏離的眼神，唐柏晏心底陡然生出一種從未有過的慌亂和害怕，他的妻子分明就站在他的面前，他卻覺得她分外遙遠，觸手難及。

他不顧她的掙扎，上前一把將蕭毓盈緊緊摟在懷中，垂首在她耳畔道：「盈兒，這不過都是過去的事了，別計較了好不好。一開始，確實是陛下讓我娶妳的沒錯，可後頭皇后娘娘回來了，我本不必選擇娶妳，隨意尋個藉口推了便是，可還是娶了，那是因為我願意娶妳，並非是因為誰的命令……」

這樣的話誰都可以說，蕭毓盈已經不大願意信了。

她伸手推了他一把，從他懷中退出去，淡淡道：「辛苦唐大人這段日子與我作戲，往後您便不必如此辛苦了，夜間也不需忍著嫌惡來碰我。」

「盈兒。」

唐柏晏欲去牽她的手，卻被她一把甩開，蕭毓盈目光決絕，看著他道：「唐大人，我們便到此為止吧，您為陛下做事多年，如今加官晉爵，在朝中也算有了一席之地，自是不需要我了，棄了我再去尋個您歡喜的妻子，與你共度一生吧！」

說罷，她看向站在門外探頭探腦、不知該不該進來勸的丫頭，提聲道：「環兒，尋輛馬車，我們回安國公府去。」

環兒聞言深深看了唐柏晏一眼，忙應了一聲，還以為蕭毓盈這回又是同之前那般鬧鬧脾氣，問道：「夫人，可需帶什麼東西回去？」

「什麼都不必準備。」蕭毓盈留下一句，提步出了屋。

唐柏晏忙追上去，拉住她的手。「盈兒，我曉得隱瞞此事是我的錯，但我並未嫌惡妳，從來沒有，或許一開始我並未對妳交付真心，但後來，我是真的心悅妳，盈兒，妳便再給我一次機會，好不好？」

見他哀求的看著她，蕭毓盈心口疼了一瞬，她朱唇輕咬，到底忍不住道：「那你同我說實話，先前你不肯碰我的真正緣由究竟是什麼，是因為討厭我嗎？」

「不是，絕非如此。」唐柏晏毫不猶豫的否認道。

「那是為何？」

雖已隔了一段時日，她仍深深記得當時的事，每每行房，他都是一副嫌惡且勉為其難的模樣，好似同她做那事有多麼痛苦一般，除了因為嫌惡她，蕭毓盈實在想不到其他緣由。

唐柏晏聞言微微垂首，眸中閃過一絲痛楚，他張了張嘴，本欲說什麼，可最後低嘆了一聲，還是將喉間的話嚥了回去。

見他沈默良久都沒有回答，蕭毓盈面露失望，這回沒再猶豫，轉身疾步往府門的方向而去。

小半個時辰後，安國公府，鹿松院。

蕭鴻澤夫婦正欲就寢，就聽婢女匆匆叫了門，說大姑娘不知怎的突然回來了，哭得特別傷心，怎也勸不好，西院的二夫人教國公爺和夫人過去看看呢。

李秋瀾披了件外衫起了身，聽得這話不由得秀眉微蹙，白日裡分明好好的，怎的突然。

蕭鴻澤猜測道：「八成又是與柏晏鬧彆扭了。」

見他作勢欲穿衣前往，李秋瀾攔了他道：「還是我去吧，都是女子，年齡也相近，到底好勸解些，你一個男人，有些話妹妹也難對你啟齒啊。」

蕭鴻澤思忖片刻，覺得有理，便頷首同意了，待李秋瀾換好衣裳，他又親自為她披了大氅，提燈快送到西院那道垂花門前才止了步子，看著她進去。

還未踏進正屋，李秋瀾遠遠就聽見周氏的聲音。「祖宗誒，如今這日子過得好好的，多少人豔羨，妳這又是鬧什麼，明日要是姑爺來接妳，同妳道個歉，妳也別再端著了，乖乖同人回去，夫妻麼，這輩子誰還能沒個拌嘴啊……」

「我不回去，不再回去了……」旋即響起的是蕭毓盈帶著哭腔的聲音。

婢女打了簾子讓李秋瀾進來，站在屋內的周氏乍一瞥見她，像是尋著了救星，疾步過來將她拉至一側。

「秋瀾啊，妳可算是來了，這死丫頭脾氣倔得很，怎說都不聽，還說什麼要和離，問她又不肯說緣由，她平時和妳好，妳趕緊幫著勸勸吧……」

「二嬸莫急。」李秋瀾拍了拍周氏的手道：「我這便去瞧瞧。」

說罷，她提步入了裡屋，坐在小榻上，看蕭毓盈都哭花了臉，邊從懷中掏出帕子給她擦拭，邊笑道：「我們姑爺是做了什麼事，讓妳難過成這般，白天還同我說笑打鬧的，怎的晚間就哭成了淚人了。妳同我說說，我轉而告訴妳大哥哥，教他明日逮著那唐柏晏好好教訓一頓！」

往日她若說了這話，蕭毓盈定然是會被逗樂的，可今日說罷，李秋瀾試探著看她一眼，卻發現她不僅沒笑，反哭得更傷心了，眼淚跟斷了弦的珠子般滴滴答答往下落。

李秋瀾頓覺事情有些嚴重，她微斂起幾分笑意，問：「可是那唐柏晏做了對不起妳的事？」

蕭毓盈聞言這才抬眸看過來，滿臉委屈，哽咽著喚了一句「嫂嫂」。

李秋瀾還是頭一回見她這般，不禁心疼的起身繞到她身側坐下，輕輕抱著她，追問道：「他是在外頭有人了？還是？」

蕭毓盈搖了搖頭，看著李秋瀾眸中的關切她實在有些說不出口，半晌，她靠在李秋瀾懷裡到底忍不住宣洩般放聲大哭起來。

「嫂嫂，他騙我，他同我撒了好大的謊。」蕭毓盈泣不成聲。「我要和離，我要同他唐柏晏和離！」

小半個時辰後，李秋瀾將蕭毓盈勸下來，見她情緒平穩亦止了哭，才離開西院。

踏出垂花門，想起蕭毓盈方才對她說的話，不由得秀眉微蹙，她低嘆了一口氣，甫一抬首，便見不遠處一棵光禿禿的柳樹下，正有人提燈等在那兒。

李秋瀾雙眉舒展了些，唇角流露出些許笑意，低低喚了聲「夫君」。

她疾步上前。「這麼冷的天，怎的不回去，還等在這兒？」

「想著妳很快便會出來，就沒回。」蕭鴻澤抬手攏了攏她的大氅，問：「如何了？」

李秋瀾聞言搖了搖頭。「我原想著盈兒回來不過是因著夫妻間磕磕絆絆，沒甚大事，但好像並非如此……」

兩人並肩往鹿松院的方向而去，路上，李秋瀾將蕭毓盈對她說的話簡略同蕭鴻澤說了，蕭鴻澤驚詫道：「此事當真？」

「我也不敢確定，畢竟是盈兒的一面之詞，或有什麼隱情。」李秋瀾抬首看向蕭鴻澤。「要不明日你當面問問妹夫，看看他如何說道。」

聽蕭毓盈說了那些事，李秋瀾自也是替她氣惱的，能理解她為何說要和離，畢竟哪個女子受得了自己的夫君是存著算計娶了自己，何況蕭毓盈那般倔強果斷的性子，定然不可能忍受得了。可雖是如此，這件事也必須先調查清楚。

蕭鴻澤點了點頭，旋即就聽李秋瀾又道：「此事先別告訴祖母，她年歲大了，有了煩心事夜裡便睡不穩，不好讓她再為我們這些小輩操心。還有皇后娘娘那廂，畢竟涉及陛下，她若曉得了，只怕是要與陛下置氣……」

李秋瀾說了好一會兒，將一切都打算好了，倏然抬首便見蕭鴻澤正含笑靜靜看著她，她眨了眨眼，疑惑道：「夫君這般看我做什麼？」

蕭鴻澤眸色溫柔如水。「沒什麼，只覺我運氣真好，這輩子能娶妳為妻。」

他這話讓李秋瀾面上赧赧，不自在地掩唇低咳了一下，她也不知如何回答，只埋首將步子加快了些。

看著她倉皇的背影，蕭鴻澤面上的笑意深了幾分，可想到她方才說的關於唐柏晏的事，唇角緩緩下落，雙眉蹙起。

翌日下了早朝，不待蕭鴻澤去找唐柏晏，唐柏晏已主動走了過來，他眼底青黑，滿臉疲憊，顯然是昨夜沒有睡好。

他在蕭鴻澤面前施了一禮，開口便道：「柏晏想問問兄長，盈兒可還好？」

蕭鴻澤看他一眼，見周圍朝臣眾多，道：「我們尋個地方好生談談吧，剛巧我也有些話想要問你。」

兩人出了皇宮，在觀止茶樓要了個雅間，蕭鴻澤沈默半晌，才問：「聽盈兒說，當初，你是因著陛下的命令，為了娶盈兒而刻意接近我的，是嗎？」

唐柏晏垂眸，少頃，承認道：「是，那回我送還給兄長的東西，並非兄長落下的，而是我趁你不備，悄悄從那些文書間抽出來的，便是想借此與兄長結識，因我曉得那時，兄長正在給盈兒物色合適的夫婿人選……」

蕭鴻澤劍眉蹙得更緊了些，面上顯出些許薄怒，這份怒意，不僅是對著唐柏晏，更是對喻景遲。他在乎的東西不多，卻將家人看得極重，自不能容忍有人算計他的家人。

可他到底不能對喻景遲做什麼，只能質問眼前之人。「你對盈兒也是如此，虛以委蛇，從未對她動過真心嗎？」

「並不是，我對盈兒是真心的！」因為激動，唐柏晏的聲音提了幾分。「一開始，我確實是因著陛下吩咐才接近兄長，可沒過多久，皇后娘娘便回了安國公府，前太子和承王的目光自也轉而落到皇后娘娘身上。盈兒已不是問題，我本可以尋個藉口推了這樁婚事，可……我教盈兒吸引，沒有推拒。我與盈兒成婚的這三年，越發心悅於她，對她是真情實意的……」

他有沒有撒謊，蕭鴻澤一眼便瞧得出來，這些年他對盈兒如何他自也看在眼裡，若全是作戲，不可能做到這般程度。

蕭鴻澤愁眉緊鎖，用指節在案桌上叩一叩，思忖半晌，直直看向唐柏晏，肅色道：「此事無論如何是你們夫妻之間的事，我不能插手太多，但也不會幫你。盈兒肯不肯原諒你便要看你自己的本事了，我只能同你說，若盈兒到時仍是堅持和離，蕭家人自是會站在她那邊，還望那時，你莫要諸多糾纏，好生放了盈兒……」

話至這般，唐柏晏明白蕭鴻澤已算仁至義盡，畢竟此事是他有錯在先，他未同他清算已是饒了他。

他薄唇微抿，須臾，頷首艱難開口道了聲「好」。

而後幾日，凡是得了空閒，唐柏晏都會往安國公府去，周氏自然歡迎他，可蕭毓盈卻不是，她命環兒閉緊房門，怎也不肯相見，只說讓他死了這條心，此番她定然是要和離的。

蕭毓盈的事雖沒向碧蕪那廂明說，但很快碧蕪便知曉了此事。

起先是因她命人去召蕭毓盈進宮說說話，去傳話的內侍到唐府卻撲了個空，唐府的下人說他家夫人與老爺賭氣，已回娘家好幾日了，內侍只得再去安國公府請人。

那內侍傳完話，回宮同碧蕪一稟報，碧蕪才曉得蕭毓盈又同唐柏晏吵架的事。

她原以為是什麼微不足道的小事，待蕭毓盈進宮那日，調侃了她兩句，發現她雖同上回一樣說要和離，但面色全然不對，不由得斂起笑意，將懷中的小公主遞給乳娘抱出去，問出和李秋瀾一樣的話。「可是那唐柏晏做了什麼對不起妳的事？」

蕭毓盈自也不願將此事告知碧蕪，可耐不住碧蕪逼問，還說若她不說，便將唐柏晏召來問個清楚，只得不情不願的說了。

唐柏晏是喻景遲的人，碧蕪早猜到了，但她沒想到，他娶蕭毓盈的緣由，竟和她當初猜想的一模一樣。

見碧蕪面色微沈，蕭毓盈忙道：「其實我氣他不只是因著他奉陛下的命娶我，還因為他先前忍著嫌惡與我同房的事，妳可還記得上一回我與他置氣，便是因為此事，那時我還安慰自己，想著或許因為他天生對那件事冷淡，並非是因為我。可如今想來，只覺得自己可笑至極了，竟看不出他是因為厭嫌所以才不願碰我的……」

自頭一回爭吵她隨唐柏晏回去後，漸漸他才對那件事熱衷起來，甚至夜裡不鬧上兩三回就不放過她。

也許正如唐柏晏所說，是因為他對她交托了真心才會如此。可即便這樣，想起昔日那段事，蕭毓盈便覺心中膈應，甚至覺得不堪，尤其想到自己當初放下面子那般「勾引」他，想治好他冷淡的毛病，卻不想他並非是真的冷淡，只是單純厭惡不想碰自己罷了。

那時的她，在他眼裡定是十分可笑與無恥吧。

她其實很希望他能給她一個緣由，所以那日，她才停下腳步，給予他一個解釋的機會，可他沈默了，什麼都沒有說，不得不讓蕭毓盈認為他是默認了。

既然如此，她也沒有必要再與他過下去。

蕭毓盈說著說著，忍不住捂唇掉了眼淚，碧蕪忙掏出帕子替她擦拭，看她哭成這般，自是心疼不已。

小半個時辰後，碧蕪命人將蕭毓盈送出宮，抱著小公主坐在小榻上，越想越來氣，隨即吩咐銀鈴，今晚陛下過來時，莫要放他進殿，讓他回乾雲殿去，就說夜裡他同睡在榻上，擠了小公主的地方。

戌時三刻，喻景遲自御書房處理完政務回來，還真被攔在殿門口，可幾個宮人雖完完整整傳達了碧蕪的話，但到底不敢真的不放喻景遲進去。

喻景遲聞言蹙了蹙眉，問今日可有誰來過，宮人如實答了，喻景遲聽完，面上頓顯出幾分愁色。

蕭毓盈和唐柏晏的事，他早些時候便聽說了，只是沒想到碧蕪這麼快就知曉了此事。以碧蕪的性子，恐怕是要同他賭好一陣子的氣。

他提步入了殿內，便見碧蕪坐在床榻上，正哼著小曲兒，輕拍著躺在上頭的喻容舒。已快滿月的小公主較出生時長開了許多，眉眼同她母親一般好看得緊。她似乎還沒甚睡意，聽見動靜，那雙圓溜溜的大眼睛倏然轉了過來。

喻景遲側首見碧蕪一言不發，甚至未轉頭看他，走到她身側低聲道：「舒兒今日睡得倒是有些晚。」

碧蕪抬首斜他一眼，像是自言自語般道：「這裕甯宮的宮人是越發放肆了，連我的話都當耳旁風，看來是得好生懲戒一番。」

喻景遲知道她可不會真的去懲戒宮人，這話分明是說給他聽的。

他無奈一笑。「阿蕪這是怎麼了？可是朕做了什麼惹阿蕪不高興了？」

碧蕪知道他根本就是明知故問。「陛下做了什麼，難道心裡還不清楚嗎？」

喻景遲啞口難言，他不否認，他利用了蕭家人，但那是在得知碧蕪是安國公嫡女之前，在那時的他眼裡，所有人都不過是他藉以上位的工具罷了。

然在她回到蕭家後，他便沒再做任何對蕭家不利的事，因他知道在她心裡蕭家人有多重要。

他沈默片刻道：「阿蕪，起初唐柏晏求娶妳大姊姊的事確實是朕授意，可後來妳回來了，朕也同他說過，他可以選擇不娶，後來娶妳大姊姊是他自己的主意……」

「這話也便是說，若我不回來，唐柏晏會因你的命令娶我姊姊不是嗎？」碧蕪定定的看著喻景遲。

喻景遲被猛地一噎，一時說不出話來，末了，只得道了一句。「阿蕪，朕錯了……」

看著他這副求饒的樣子，碧蕪卻是不為所動。她雖清楚他先前的處境有多難，為防前太子和承王的勢力壯大，用這種法子也無可厚非，畢竟他也沒傷誰的性命。可一想到被算計的是自己的家人，碧蕪實在忍不下這口氣，將頭一扭道：「乾雲殿也空置了有段時日，陛下今晚去那兒睡吧！」

喻景遲見碧蕪態度堅決，曉得沒有轉圜的餘地，再多言只怕碧蕪會更生氣，他看了眼床榻上的喻容舒，小心翼翼、用商量的語氣問道：「那朕能不能抱一抱舒兒再走？」

碧蕪沒答，只瞥他一眼，喻景遲頓時了然，他灰溜溜的站起身，一步三回頭的出殿去。

還未踏出門檻，他就瞥見探出門框的一個小腦袋。

每日睡前都要來看妹妹的喻淮旭恰好將父皇母后的對話都聽了進去，他昂著腦袋，與喻景遲大眼對小眼，驀然開口道了一句。「父皇，太傅今日教了旭兒一個成語叫自作自受，您曉得是什麼意思嗎？」

見旭兒睜著那雙清澈無辜的眼眸問出這句話，喻景遲皺了皺眉，面色頓時黑沈了幾分。

番外三 尚書大人的追妻路（下）

將喻景遲趕去乾雲殿就寢的第三日，碧蕪收到了趙如繡自琓州寄來的信。

碧蕪原以為她說的又是在哪兒義診採藥的事，不料趙如繡卻告訴她一個喜訊，說她與劉承在前陣子已定下了婚事。

這兩年多來，劉承陪著她行遍大昭的山川湖海，她雖知曉他的心意，也並非絲毫沒有心動，但念及自己的過去，一直不敢輕易再接受一段感情。

可一個多月前，他們在南邊的一座山裡偶遇山洪，險些沒了性命，她驀然發覺了人的脆弱易逝，一生那麼短，若始終耿耿於懷於過往，而錯過眼前珍貴的人與事，死時怕是會無比遺憾。

她將劉承帶回琓州，去見了她的父親，向來臉皮厚、能說會道的劉承卻是杵在那兒一動不動，僵著身子說話都結巴了。

見她父親面色沈肅，趙如繡本還以為她父親會刁難劉承一番，不承想他只是問了劉承幾句話，就頷首應下了這樁婚事。

他看出來，劉承此人純粹，不追求功名利祿，是真心喜歡趙如繡的。

與其將繡兒嫁予哪個高門大戶被束縛，不若許給這個無父無母，性子粗獷卻心細，且絲毫不介意繡兒過往的劉承，此生或還能活得自在些。

碧蕪細細讀完了信，將信捧在懷中，這幾日因著蕭毓盈的事而鬱悶的心情頓時舒緩了許多。

她親自去庫房精心挑了些禮物，同一封信一道命人送去琓州，雖她不能親自到場祝福趙如繡，但當然不能虧了繡兒，這些便算是她為繡兒添的妝。

碧蕪從庫房回來，方才進了殿，便見喻景遲正坐在小榻上抱著喻容舒，小公主則趴在喻景遲懷裡，微張著嘴，沈沈睡著。

碧蕪看了眼沈乳娘，示意將小公主抱下去，隨即在小榻另一邊落坐。

喻景遲見她今日未趕他，忙剝了蜜橘遞到她眼前，討好的笑。「阿蕪不生朕的氣了？」

碧蕪側首看向他，倒也並未完全消氣，可因著趙如繡的事，現下心情倒還算不錯。

她接過橘子放入口中，問道：「那唐柏晏既是陛下的人，想來他的底細陛下應也是曉得的，臣妾聽大姊姊說，唐柏晏這人在……在房事上似有些古怪，陛下可知其中內情？」

喻景遲聞言邊剝著蜜橘，邊蹙眉沈思了半晌。「倒是能猜到一二……」

唐柏晏如今是戶部尚書，這又事關他的隱私，不好教旁人知曉，喻景遲抬手揮退殿中的宮人，這才將大致緣由同碧蕪說出。

碧蕪聽得瞠目結舌，好一會兒才緩過勁來，須臾，嘆聲道：「竟沒想到我這位大姊夫的身世這般坎坷多舛，也難怪他對那事不熱衷了……」

「既然得知此事，阿蕪想如何做？」喻景遲問道：「是親自告訴妳大姊姊，還是……」

蕭毓盈雖言已對唐柏晏失望透頂，但碧蕪看得出來，她心下還喜歡著這個男人，可他們之間的心結讓旁人來解到底不好，還是得需他們自己說開才行，至於願不願意原諒也是她大姊姊的事，他們斷不能強行逼她的。

碧蕪擰眉思索間，便聽耳畔喻景遲的聲音響起。「再過幾日便是舒兒的彌月宴，阿蕪可想好怎麼辦，以及宴請哪些賓客？」

聽得此言，碧蕪頓開茅塞，她抬首看向面上風清雲淡、裝作無意般說出這話的喻景遲，清咳一聲，緩緩撇開眼道：「夜裡一人照顧舒兒確實有些累，陛下近日政事可忙？」

喻景遲剝橘子的手驟然一滯，驚詫的看過去，忙應聲道：「不忙，一點也不忙，朕自是樂意幫阿蕪一塊兒照顧舒兒的。」

他強抑住心下狂喜，險些喜極而泣，他還以為還需要再待一陣子，沒想到碧蕪這麼快就肯原諒他。

那冰冷冷的乾雲殿，他終於不必再睡了。

翌日一早，碧蕪寫了封簡短的書信，派人送去安國公府給李秋瀾。李秋瀾草草閱覽了一遍，便起身去了西院蕭毓盈那廂。

蕭毓盈近日有些不大舒服，李秋瀾進去時，她正睡在床榻上，靠著枕頭，愣愣的望著窗外那枝豔麗的紅梅出神。

「這時候躺著，怎麼了，可是哪裡不適？」李秋瀾在榻邊坐下，關切道。

「沒什麼，許是心情不大好，所以身體也跟著不爽利了。」蕭毓盈笑了笑。「嫂嫂怎麼這會兒有空來看我，近日府裡不還挺忙的嗎？」

「皇后娘娘方才命人來傳話，說後日讓我們一道進宮，去參加小公主的彌月宴。」李秋瀾道：「皇后娘娘還囑咐了，讓妳一定要出席。」

蕭毓盈聞言秀眉蹙起，露出些許為難，她默了默才開口。「我如今這樣，如何去參宴，嫂嫂也曉得，他定也會來的，我……我畢竟還未與他和離，可也不願與他坐在一塊兒。」

「那妳便與我們坐一起。」李秋瀾似乎想到她會這麼說。「妳是安國公府的人，與我及妳哥哥坐在一起，他們也不敢說道什麼，而且妳如今是還未和離，若將來真和離了，難道還要躲在家中不出去？不出門見人了？」

蕭毓盈自覺李秋瀾這話說得也有幾分道理，總不能因為此事就真不出門了，她思量片刻，頷首道：「嫂嫂說得是，盈兒知道了。」

李秋瀾點了點頭，這大妹妹願意去便好，這樣皇后娘娘交代下來的事也算完成了，雖不知皇后究竟要怎麼做，但她既說能幫蕭毓盈，她定是信的。

這段日子，他們看著蕭毓盈越發憔悴消瘦，家人們也都不好受，只希望她盡快好起來，像從前那樣笑笑鬧鬧的。

李秋瀾又在西院坐了一會兒，見蕭毓盈時不時捂唇一副難受的模樣，問她怎麼了，她只說近日或許吃得少，腸胃有些不大舒服。

蕭毓盈雖然這麼說，可李秋瀾瞧著並不大像，出了門，她拉著蕭毓盈的貼身婢子問了些話後，不由得露出意味深長的表情。

回了鹿松院，李秋瀾對自己的侍婢萱兒耳語幾句，萱兒重重頷首，領命去辦了。

兩日後，蕭毓盈打扮齊整在府中候著兄嫂，欲與他們同去。可等了小半個時辰，便聽下人來稟，言國公爺和夫人還有事情，一時半會兒只怕是趕不回來，讓她先出發去宮裡便是，莫要遲了。

蕭毓盈猶豫半晌，只得出府上了馬車，往皇宮的方向而去。

靠在車壁上，蕭毓盈一時覺得有些暈乎乎的，前日她嫂嫂來過後，見她身子不適，轉頭就給她請了個大夫來，那大夫說她確實是腸胃不好，給她開了方子，讓她按時服下，還囑咐平素縱然吃清淡些也要記得吃，不然只怕病情更重。

那苦澀的湯藥灌下去，蕭毓盈的身子確實好了許多，乾嘔的次數少了，就是有些嗜睡，白日醒來老覺得睡不夠。

她闔眼小憩著，馬車晃晃悠悠，也不知何時停了下來，直到她聽見婢女低低喚她，才疲憊的睜開眼，整理了一番儀容下車去。

許是才剛睡醒，她渾身都沒什麼氣力，頭一發暈，險些栽下去。

她嚇得低呼一聲，霎時清醒過來，卻見一雙大掌驀然接住她，將她安安穩穩的抱下來。

蕭毓盈太熟悉此人的氣息了，不需抬首都知這人是誰，待落了地，她忙往後退了一步，敷衍的福了福，道了聲謝。

唐柏晏知曉她今日會來，所以才在這兒等著，果然將她等來了，可乍一見到她，他心口便如針扎般疼得厲害，不過小半個月，他的盈兒竟瘦了那麼多，身形單薄，似河邊弱柳，禁不起風吹。

見她神色疏離淡漠，唐柏晏小心翼翼開口，喚了聲「盈兒」。

蕭毓盈頭也未抬，咬了咬唇，就折身往宮門的方向而去。

她不想抬頭，也不敢抬頭。

她既怕自己瞧見他的臉會心軟，也怕自己對他的掛懷和思念會透出那雙眼眸流露出來，教他看見。

她知道唐柏晏就跟在她身後，但只有頭也不回的往前走，才能讓自己徹底狠下心來，斷了這段感情。

蕭毓盈才入了宮，就有內侍候在宮道口恭敬地將她領去裕甯宮，想是她那二妹妹怕她尷尬，所以讓她宴前先待在那廂。

在裕甯宮坐了一會兒，等時辰差不多了，蕭毓盈才同抱著小公主喻容舒的碧蕪一道前往朝雲殿。

蕭鴻澤夫婦已然到了，蕭毓盈便與先前安排的一樣，和他們坐在一塊兒。

這今日來參宴的朝臣都是人精，早便聽說戶部尚書和夫人不睦，甚至在鬧和離，今日見他們夫妻二人分坐兩邊，心道果然如此。

外人議論紛紛，眸色各異，唐柏晏絲毫沒有在意，因他的心思只放在蕭毓盈身上。

蕭毓盈自然感受到了他灼熱的目光，卻是將頭埋得更低了些。少頃，聽見上座的喻景遲欲向眾人敬酒，她正要拿起酒盞卻被李秋瀾按住手。

李秋瀾給她換了茶水，湊近低聲道：「妳身子還未好全，不能飲酒，不然只怕胃又要難受了。」

蕭毓盈以茶代酒，小抿了一口。殿中嘈雜，幾十人的說話聲混雜在一塊兒，吵得蕭毓盈越發覺得頭疼，忍不住蹙眉閉眼揉了揉額頭。

沒一會兒，她便見碧蕪身邊伺候的銀鉤走過來道：「大姑娘，我家娘娘見您似有不適，讓奴婢領著您去側殿歇息一會兒。」

蕭毓盈確實覺得有些難受，她道了聲「好」，由李秋瀾半扶著站起身，隨銀鉤往側殿的方向去了。

銀鉤伺候她在側殿的床榻上躺下，道她就候在外頭，有事隨時喊她便是。

蕭毓盈點了點頭，閉目很快昏昏沈沈睡了過去，睡到半晌，她迷迷糊糊睜開眼，彷彿瞧見有人正坐在榻邊守著她。

瞥見那熟悉的衣袍，蕭毓盈蹙起眉頭，也沒力氣同他吵，只低低道了句。「你出去……我不想見到你。」

「盈兒。」

唐柏晏心疼的看著她難受虛弱、面容蒼白的模樣，掩在袖中的手握緊成拳。昨日他被皇后娘娘召入宮，皇后娘娘同他道了許多，告訴他這是她給他的唯一一次機會，若他真的心悅蕭毓盈，便將真相完完整整告訴她，或還能求得她些許原諒。

是啊，他之所以不願說出那些往事，就是怕他的盈兒因此厭惡他、離開他，可如今他再不說，他的盈兒也會離他而去。

不若試一試，將她想知道的一切都告訴她。

他深吸一口氣，似下了決心般道：「盈兒，先前我不肯碰妳，是真的有緣由。」

蕭毓盈掃他一眼，諷笑道：「什麼緣由？你莫不是已編好了謊話想要來騙我。」

「並不是。」唐柏晏遲疑道：「我只是怕妳無法接受……」

聞得此言，蕭毓盈越發覺得可笑。「你什麼都不說，就覺得我接受不了嗎？」

唐柏晏垂眸，眼中閃過一絲沈痛，片刻後，他帶著幾分豁出去的勇氣，抬首凝視著蕭毓盈，一字一句的道：「那妳可能接受，我曾親手殺了自己的母親？」

蕭毓盈聞言愣怔在那廂，許久，才訥訥出聲。「你這話，是什麼意思？」

唐柏晏看著蕭毓盈面上一閃而過的驚懼，雖在意料之中，心仍是沈了幾分。

他沈默片刻，才緩緩道：「妳可還記得婚後不久，我曾帶妳回老家祭拜父母的事？」

蕭毓盈點了點頭，唐柏晏自言是扈南一帶的人，父母早亡，他是由二叔帶大的，後來二叔故逝，他舉目無親，靠替人代寫書信勉強餬口，寒窗苦讀了幾年，才考中功名，入了翰林院。

他的底細，婚前她大哥哥自是命人去查過的，沒查出什麼問題，可如今得知他是陛下的人，又聽他這語氣，這身世只怕是有什麼蹊蹺。

唐柏晏似是看出她的疑惑，道：「我的身世的確是陛下派人掩蓋過的，但我並未騙妳太多，我父親確實在我五歲那年沒了，可我母親不是，妳先前去時，那墓碑是我教人新立的，妳看到的那座墳塋裡只有我父親的屍骨，並沒有我母親……」

言至此，唐柏晏又止了聲音，神色凝重，似是對往事難以啟齒，好一會兒，才繼續道：「我七歲那年，家鄉曾遭了一場大水，將村莊田地盡數淹沒，鄉人四散逃亡，才至於兄長不易查到我的過往。若沒有那場大水，那些鄉人或許還會繼續對著我指指點點，說我娘是肆意偷人的下賤女子……」

見他薄唇微抿，露出一絲苦笑，蕭毓盈心下也悶得難受，他的過往她一無所知，偶然問起，也常是被他打著哈哈略過去。

蕭毓盈支撐著坐起身，遲疑半晌，問：「那……他們說的是真的嗎？」

「是。」唐柏晏緩緩點頭。「我娘未嫁前便是十里八鄉出了名的美人，她當時嫁予我爹就是看中了我爹家還算富裕。可我出生後不久，我祖父母便相繼病倒，爹為了給他們治病，花光了家裡所有的積蓄，到最後迫不得已賣了宅子和鋪子，可惜也沒能將二老救下來。

「家中一貧如洗後，爹被迫同娘一塊兒搬到了鄉下老屋，也是自那時起，娘徹底變了，從前的溫柔小意煙消雲散，轉而變得自私貪婪，刻薄刁鑽。未能給她想要的富庶日子，爹自也愧疚，他努力做些小生意來滿足娘的貪欲，就算她拋下才幾個月的我不管不顧，任我餓得大哭，他也是討了羊奶親自來餵我，不曾絲毫責怪過娘。再後來，我那娘就變得越發放肆起來……」

雖只聽他說了這麼一些，但蕭毓盈已能想到他幼時過得如何，她朱唇緊抿，心下說不出的難受，便聽唐柏晏繼續道：「我兩歲時，縣上一個小官覬覦我娘的美貌，我娘為了那些奢華富貴還真答應下來，做了那人的外室，兩人常趁著我爹不在時，在我家屋內肆意苟且……」

唐柏晏其實沒有告訴蕭毓盈，他娘那些年肆意辱罵鞭打他的事，他幼時最怕的便是那個男人不來尋他娘時，他娘會將氣撒在他身上，用院中折下的柳條鞭打他，常是將他打得遍體鱗傷，渾身青紫。

而他爹是個懦弱無能的人，即便知道他娘做了什麼，也只會將罪責歸到自己身上，覺得是自己無能所致，一味拚命賺錢，只想著挽回他娘的心。

直到他五歲那年，那男人得了提拔，要被調至別處做官，娘不依不饒，要爹給她一張和離書，同那男人一道離開。他爹卻堅決不肯，他終是回過神來，發現這個女人無論如何都不可能回心轉意，既然如此，他也絕不會成全她，讓她獨自好過。

他娘與爹吵了一段日子，有一日驀然便不吵了，而沒過多久，他爹突然就病倒了。

他這病來得很急，也很蹊蹺，很多年後唐柏晏回憶起來，才想起那時似乎瞥見過他娘在爹的湯藥中動手腳，可他還太小，沒有反應過來這究竟是在做什麼。

爹的病一日重過一日，很快就病入膏肓，最後只能躺在床榻上，面色青灰，瘦骨嶙峋，對著帳頂艱難的喘息著。

唐柏晏深深記得那日，天彷彿漏了一個洞，雨傾盆而下，電閃雷鳴，他發了高熱，渾身難受，迷迷糊糊從床上爬下來去找他爹，推門便見一道閃電劈下，照亮了整間屋子。

他清晰的看見那張方桌之上忘情交纏的身影，聽見開門的動靜，那男人瞥過來一眼，卻絲毫未將他放在眼裡，只將身下的女人欺負得更狠了。

他不敢招惹，也不敢說話，只小心翼翼走到角落裡那張木板床上去找他爹，可還未走到床帳前，他就聞到一股濃烈的惡臭從裡頭傳來，他喚了兩聲「爹」，卻未聽到絲毫回應。

掀開床帳，他就看見他爹睜著一雙眼睛，保持著怒不可遏的神情，一動不動。彼時的唐柏晏還不知道什麼是「死」，他只知道他燒得很難受，就在他爹身邊躺下來。

外頭是男女交錯起伏的喘息聲，鼻尖縈繞著失禁便溺的惡臭，唐柏晏整個人因高熱燒得渾身不適，昏昏沈沈，好一會兒，他終於忍不住，對著榻外瘋狂嘔吐起來。

甚至於未來的二十餘年，只消一想起那日的情形，他便會忍不住頭皮發緊，腹中泛起一陣陣的噁心。

唐柏晏燒了一夜，幸運的是，他熬到天亮，發了身汗，竟奇跡般痊癒。醒來後，他娘已隨那男人離開，到別處逍遙快活去了，鄉人見他可憐，幫忙替他爹下了葬，而他則被一個遠房的二叔收養。

那二叔因是個跛子，家徒四壁，近而立之年而未娶，想著讓他將來養老送終，就將他接到自己家裡。

七歲那場洪災過後，唐柏晏跟著二叔逃亡了一年有餘才在一處安身。為了維持生計，他天沒亮就要陪著二叔去賣豆腐，幫著做家事，閒時還會去村上的學堂偷聽先生教書。

縱然無人正式教過，他卻極其聰慧，幾乎過目不忘。可惜他二叔終究沒有活到他為他養老送終，在一個雨天，賣豆腐回來的路上，二叔不意摔倒在路邊，頭磕在堅硬的石頭上，死了。

唐柏晏翻出家中所有積蓄好生葬了二叔，之後便靠著自己的能力獨自苟活著，畢竟沒人願意收留一個已然十二歲的孩子。他嘗試著替人讀信代筆來賺點小錢，勉強填飽肚子，再大些，他便替一些富家公子代寫功課來換取賞錢或書冊，竟也教他逐漸攢下不少銀子。

十五歲那年，他開始考科舉，並於二十歲高中，入朝為官。也是在之後不久，他見到了自己的殺父仇人。

當年與他娘私通的男人，已成為朝中舉足輕重的人物，見到他的第一眼，唐柏晏便認出了他，這些年他反反覆覆作著那個噩夢，怎可能會認錯人。

昔日的仇恨漫上心頭，他秘密去打聽，才發現他娘如今更名改姓，在這個男人的原配死後，居然代替她成了正室夫人，還替男人生下了幾個孩子。

她將自己的臉保養得極好，縱然過了那麼多年仍是嬌豔明媚，俏麗動人。

而唐柏晏對這二人除了濃重的恨，還是恨。

既然老天無眼，不能讓這對姦夫淫婦受懲罰，他便自己動手，給他父親報仇。他將一封匿名信偷偷送至府衙，信上細細陳述了當年這兩人的所作所為。

他以為府衙會因此審問那男人，卻不想這封信徹底石沈大海，沒有回音，而後幾封更是如此。

唐柏晏這才明白他太單純愚蠢了，所謂官官相護，他一個八品小官根本沒有力量跟一個三品大員較量。正當他一籌莫展之際，當時還是譽王的陛下找到了他。

譽王問他可想報復，他可以幫他，但往後他需為他做事。唐柏晏毫不猶豫的答應下，果然在兩個月後，那個男人因貪贓枉法，收受賄賂之罪被流放，最後死在流放的路上。

男人被罰流放那夜，唐柏晏親自去見了他娘，他娘正在屋中發瘋大吼，說自己命苦，怎也嫁不對好男人，謀劃了那麼多年才成了正房夫人，如今什麼都沒有了。

唐柏晏一身暗色衣衫，面色陰沈，行到她面前時，她驀然眸露驚恐，那張美豔的面容扭曲了，她喊著他爹的名字，尖叫著逃到院子裡。

見他緊緊跟隨，她渾身顫抖個不停，說自己當年是受那男人指使，不是真心要害死他的，他要復仇就去尋那個男人吧，別來找她。

唐柏晏本欲說出自己的身分，可看到她這般，倏然覺得有些解恨，冷笑幾聲，繼續一步步將她逼著後退。

他娘越發恐懼，見他似乎不肯饒她，便開始破口大罵，罵他爹是「窮鬼」、「短命鬼」、「死得好」，還道了一句「活該和你那低賤的兒子一起去見閻王」。

唐柏晏心下的憤怒陡然攀升，他忍不住一把扼住他娘的脖頸，讓她好好瞧清楚他究竟是誰。

他娘盯著他的臉，片刻後，雙眸微瞠，好半天才顫巍巍道：「你居然還活著，那晚我探了呼吸，你不是死了嗎……」

是啊，他居然還活著，可讓她失望了。他吃了那麼多苦、受了那麼多欺負，才活到了現在，就是想讓她親眼瞧瞧，她虐待拋棄的兒子如今過得如何。

他鬆開手，面上的笑越來越瘋狂，他繼續一步步將人往後逼，沒多久，就聽一聲驚呼和落水聲，他娘一下栽進那個敞開的井口中。

聽著女人掙扎的呼救，唐柏晏透過井口往下望卻無動於衷，直看著女人在水裡掙扎了一會兒，最終無力漸漸沈入水底，才面無表情的離開。

他爹在地下等了她十五年，她在地上痛痛快快的過了十五年，是時候該下去見他爹了，好好清算這筆舊帳了。

翌日，唐柏晏聽說那女人的屍首被人撈了起來，斷定為失足落井。她生的幾個孩子小，做不了主，那男人的母親又嫌棄她，就乾脆讓人抬到郊外，隨便尋了個地方給埋了。

他心願已了，自然得應喻景遲所求，為他辦事，沒過多久，他就得了命娶蕭毓盈……

側殿燭火昏暗，蕭毓盈聽唐柏晏語氣隱忍，盡可能平鋪直述說著這些往事，只覺鼻頭有些隱隱泛酸。

她終於明白，為何唐柏晏那般不喜歡房事，或是每一次勉強，都會讓他聯想到幼時看見過的場景吧。

「盈兒。」唐柏晏看似鎮定，可一開口發出的顫聲卻暴露出他的不安。「我並非妳想像中多麼溫柔良善之人，我曾親手害死了自己的娘，大逆不道，妳若覺得我可怕，若覺得接受不了，要同我和離也沒甚關係……」

蕭毓盈張了張嘴，一時不知該如何解釋，她確實氣他，氣他一開始娶她，是心思不純，可聽了他方才的話，算是解了她心中最大的疑惑，其實，她想告訴他，自己能接受的。

他殺母在旁人看來或許天理難容，可蕭毓盈覺得也算是情有可原，他吃過的苦、積累的仇恨，並非旁人輕易就能理解的。

她一時也不知該說什麼，一張口，或因著心疼他，簌簌掉起了眼淚，喉間一哽，竟什麼都說不出了。

見蕭毓盈哭成這般，唐柏晏慌忙替她擦拭。

恰當此時，就聽殿門「吱呀」一聲響，李秋瀾不大放心，幽著步子進來瞧，就見蕭毓盈坐在床榻上泣不成聲。

「呀，這是怎麼了？」她擔憂地快步上前。

見來了人，唐柏晏站起身，深深看了蕭毓盈一眼道：「我待了許久，也該回殿中去了，嫂嫂好生照顧盈兒。」

蕭毓盈眼看著他快步離開，想開口留他卻不知怎麼說，一時靠著李秋瀾哭得更厲害了。

唐柏晏踏出側殿，聽著身後傳來的哭聲，心疼得像撕裂了一般。

看來，他的盈兒已然給了他答案。

左右他早已做好了心理準備，只消他的盈兒往後能過得好，他便心滿意足了。

宴席結束，蕭鴻澤夫婦便帶著蕭毓盈回了安國公府，李秋瀾在屋內陪了她好一會兒，親手餵她喝下湯藥，看著她躺好睡下才起身離開。

回了鹿松院，李秋瀾嘆聲道：「皇后娘娘出的主意似乎起了效，方才盈兒說，她不氣妹夫了，不過我瞧著妹夫走的時候神情黯淡，或許覺得盈兒還是想與他和離，他們夫妻倆如今就只差個把話說開的機會……」

聽得此言，蕭鴻澤劍眉微蹙，展露些許不悅。「唐柏晏這般戲弄盈兒，縱然盈兒原諒了他，我也覺得這樣太便宜了他小子。」

她這夫君的脾性，李秋瀾也是知道的，向來將家人看得重，她無奈的笑了笑。「那你總不能棒打鴛鴦吧，何況如今盈兒都有了身孕。」

蕭毓盈有孕一事，李秋瀾前兩日派去的大夫已然探出來了，可見蕭毓盈當時愁眉不展，李秋瀾怕她知道後更加煩憂，思量半晌，沒有立即告訴她此事，而是讓大夫騙她說是腸胃不好，給她開了安胎的藥。

左右很快便要進宮赴宴，若兩人見面後蕭毓盈仍是堅持要和離，她再告知她此事，看看她做何態度，畢竟李秋瀾也不希望蕭毓盈在未明真相前，因著腹中的孩子而勉強自己跟唐柏晏和好的。

「我也沒說不讓他們和好，只是……」

李秋瀾明白蕭鴻澤的意思。「夫君是覺得，他騙了盈兒那麼久，怎能輕易就原諒了，總得教訓教訓他。」

蕭鴻澤掩唇低咳了一聲。「我倒也沒這麼說。」

先前就說了不會插手，要是真做了什麼，豈不顯得他小肚雞腸了。

看他這副模樣，李秋瀾忍俊不禁，驀然傾身過去，對著蕭鴻澤耳語了兩句，問：「夫君覺得這主意如何？」

蕭鴻澤想了想，雙眸一亮，旋即點頭誇讚道：「這主意倒是不錯，不愧是夫人。」

李秋瀾聞言扁扁嘴。「夫君別急著誇我，明日你需得好好演，切莫露餡才好。」

翌日午後，趁著午晌，蕭鴻澤親自去了趟戶部。

唐柏晏還未用午膳，也沒甚胃口用午膳，聽守衛來報，說安國公來了，不由得心下一咯噔。

他命人將蕭鴻澤請到廳中，屏退左右，餘光瞥見蕭鴻澤手上那封信，惴惴不安的問道：「不知兄長此時來，所為何事？」

蕭鴻澤啜了口茶水，掩下面上的心虛，抬眸肅色道：「你該知道我今日來所為何事？」

他將手中的信箋遞給唐柏晏。「我先前便說過，若盈兒下定了決心，望你不要再多做糾纏，如今盈兒既已決定了，你也應遵守諾言。」

縱然那信箋外還套著一張空白的信封，看不出裡頭是什麼，但唐柏晏接過來的手都在止不住的發顫。

他知道那是什麼，是徹底斷絕他與盈兒此生緣分的東西。

唐柏晏壓下心頭湧上的痛楚，佯作鎮定道：「柏晏明白，柏晏定會遵守承諾，不會再繼續纏盈兒。」

若她離開他，能過得更好，他會毫不猶豫的選擇放手，她這般好的女子，配得上更好的人，確實不能一輩子毀在他這個弒母之人的手上。

他垂了垂眼眸，遲疑半晌，問：「昨日見盈兒似有不適，也不知今日可有見好？」

見唐柏晏神色擔憂的問出這話，蕭鴻澤心下也不大好受，但他還是狠了狠心，故作冷漠道：「盈兒的事日後你都不必再管，她是蕭家的人，不論她嫁不嫁人，我們都會好生待她，不會再教她被任何人欺負，至於這封和離書，事不宜遲，我看你還是早些送去官府吧。一別兩寬，對你和盈兒都好。」

聞得此言，唐柏晏如鯁在喉，他點了點頭，道了句。「好，我這便去。」

他捏著那封和離書與蕭鴻澤一塊兒出了門，有禮的辭別後，便往官府的方向而去。

蕭鴻澤站在原地，見他走遠，才對著貼身小廝趙茂吩咐道：「去，通知夫人一聲。」

大抵一盞茶的工夫後，安國公府那廂，蕭毓盈由李秋瀾陪著上了馬車，她將手搭在小腹上，欣喜難抑，初聽她嫂嫂說她有孕之時，她還不大相信，以為是嫂嫂誆騙她的，後細細一想，她的月事確實快兩月沒來了。

這命運當真是奇妙得很，她心心念念的時候，偏是不給她想要的，待她沒那麼在乎了，就天降意外之喜。

若是她夫君曉得了，當是會很高興吧。

馬車晃晃悠悠駛了一陣，蕭毓盈焦急地掀開車簾，想看看走到哪兒了，看見外頭的景色，卻不由得一怔。

「嫂嫂，莫非走錯路了，去唐府不是這個方向呀。」蕭毓盈納罕道。

她話音方落，馬車緩緩而停，李秋瀾露出一副為難的神色。「盈兒，妳大哥哥方才命人帶信給我，說妹夫他帶了和離書去了官府，決心要同妳和離，他說妳既真這麼討厭他，他便放妳自由，讓妳去尋更好的人家。」

李秋瀾說著，掀開車簾，馬車恰恰停在官府對面。「人應該已經到官府了，妳現在去還來得及……」

她話音未落，蕭毓盈已由婢子扶著匆匆下了馬車，疾步往府衙大門而去。

還未入門，她便與從裡頭出來的唐柏晏撞了個正著，她垂首看去，見唐柏晏手上捏著封信箋，一時紅了眼，急道：「你已將和離書交出去了，是嗎？」

「盈兒！妳怎麼……」

唐柏晏驚詫的看著她，片刻後，似想到什麼，眸中流露出些許傷感，語氣低落。「妳是來送真正的和離書吧，或是兄長弄錯了什麼，將一張白紙送到我手上，險些鬧了笑話……」

蕭毓盈聞言蹙眉。「這話是何意，不是你想同我和離嗎？怎成了大哥哥送了和離書給你？」

唐柏晏亦是疑惑的眨了眨眼。「讓兄長送來和離書的不是盈兒妳嗎？」

兩人茫然的對視著，好一會兒，蕭毓盈才徹底反應過來，她轉頭看向府衙外，才發現安國公府的馬車已然不見了，她又好氣又好笑，只好對著唐柏晏罵道：「你這傻瓜，怎麼我大哥哥說什麼你都信呢，他讓你和離你便和離啊！」

唐柏晏愣在那兒好一會兒，許久，眸中流露出些許驚喜，但又不敢太過確定，只能小心翼翼的問道：「所以盈兒妳並不打算同我和離了？妳不怪我，不覺得我很狠心嗎？」

蕭毓盈斜了他一眼，見他一副戰戰兢兢的模樣，狠狠在他胸口砸了一拳頭。「唐柏晏，你有什麼錯，那些人也只是報應罷了，過去的都過去了，從現在開始，都給我忘了，給我直起腰來，堂堂正正的活！」

這稍顯強勢的模樣，果然是他的盈兒了。

唐柏晏這輩子沒流過眼淚，縱然當初他那相依為命的遠房二叔死了，他也沒有哭出來。只這一刻，聽著蕭毓盈說的話，鼻頭一陣陣泛酸，他也不知說什麼好，只一個勁地重複著那一句。「妳肯原諒我，不和離便好，不和離便好……」

他其實一直不好意思告訴她，他根本離不開她，也不想她離開。

看著他這「沒出息」的樣子，蕭毓盈忍住淚意，嘟嘴喃喃道：「倒不是全然原諒了你，這不是無法和離了麼，也不能教我的孩子沒有爹啊……」

她的聲音很低，唐柏晏沒有聽清楚。「什麼？」

蕭毓盈想再說一遍，然突覺胃裡翻江倒海的一陣，忍不住捂唇乾嘔了兩聲。

「這是怎麼了，身子還未好嗎？」唐柏晏憂心忡忡道：「我看我們還是快些回府，我給妳請大夫來瞧瞧。」

蕭毓盈強忍著難受，往四下望了一眼，問他。「怎麼回去，你有馬車嗎？總不能讓我走著回去吧。」

這下可把唐柏晏給問住了，左右也不算太遠，他是從戶部走過來的，他撓了撓頭道：「那夫人稍等片刻，我……我去尋輛馬車來。」

看著他這副手忙腳亂的模樣，蕭毓盈忍不住笑出聲音，提醒道：「過了這條街，就有租賃馬車的，我隨你一道去。」

唐柏晏怕她身子不舒服，走不遠，忙道：「我很快回來，夫人就不必去了。」

「你就不怕我趁你不在，又跑走了？」蕭毓盈挑了挑眉道：「你若是怕我累，便揹著我唄，揹著我們兩個人。」

唐柏晏急糊塗了，蕭毓盈可沒有，其實託府衙的人去幫忙叫輛馬車也不難，可她就是想讓他揹。

「好，好。」唐柏晏想也未想，滿口答應，好一會兒才反應過來，抬首茫然的看著她。「兩個人？」

蕭毓盈不言，只含笑將手搭在小腹上，滿目溫柔。

唐柏晏霎時了然，他懵了許久，張了張嘴，一時激動得發不出聲音，好一會兒，才啞聲道：「盈兒，我們有……是……是真的嗎？」

「自然是真的。」蕭毓盈道：「若你往後對我不好，我便真帶著他一塊兒離開，再也不回來了……」

「不會，定然不會，我會一輩子對妳好，我發誓。」唐柏晏忙小心翼翼的揹起蕭毓盈，確定她安全的伏在他肩上後，才提步往前走，每一步都走得格外穩當。

萬里無雲，頭頂是湛藍的天，兩邊是抽了新芽的柳樹，春風拂面沁人心脾。蕭毓盈趴在唐柏晏寬闊的背脊上，這一陣子所有的鬱悶不快都煙消雲散了。

她伏在唐柏晏耳畔，低低道：「我還不曾問過你，先前分明那麼討厭那事，怎麼後來突然就變了？」

唐柏晏勾起唇角，笑了笑，答道：「自然是因為盈兒妳啊……」

因著歡喜妳，故而從前的一切痛苦不悅都因妳而漸漸治癒。

過去終究是過去，背上這個讓他改變的女子和她腹中的孩子才是他的現在和將來。是他心甘情願去肩負的重擔，是他的整個世界。

唐柏晏抬首看了眼明媚的日光，感受著背上人的溫度，忽覺從未有過的幸福。

即便他曾造過那樣的罪孽，可慶幸的是，老天卻依然待他不薄。

番外四 安國公府二三事（上）

成則五年，十月十三。

蕭鴻澤在兵部處理完公事回到安國公府，已近亥時，鹿松院一片漆黑靜謐，唯正屋前燃著昏黃的燭火，女子的身形映在窗扇上，倒映出一道窈窕可人的側影。

他抿唇淡淡一笑，提步入了內屋。

李秋瀾正在聚精會神的做繡活，驀然聽見耳畔響起一句「夫人怎的還不睡」，不由得一個激靈，忙撫了撫胸口，嗔怪的轉頭看去。「夫君走路怎麼都沒有聲音，可嚇著我了。」

「是夫人太認真了些，才沒有注意罷了。」蕭鴻澤垂眸看向她手中的東西，問：「夫人是在做鞋？」

「是呀。」李秋瀾低頭看了一眼他的鞋，無奈道：「再不做新的，只怕旁人都要說，我苛待夫君你，連雙鞋都捨不得換新的了。」

蕭鴻澤如今腳上的鞋，是她三年前親手為他做的，分明針腳難看得緊，他還偏要穿，穿了這麼多年，鞋面都泛白了，都還捨不得扔。

李秋瀾一直想著再給他做一雙，可不想後頭懷孕生產，養育孩子，實在勻不出時候，直到孩子大了些，才有機會再為他做鞋。

「誰教夫人手藝好，這鞋子合腳得很，穿著也舒坦，便捨不得換了。」蕭鴻澤說著，側首看向床榻的方向，唇間的笑意濃了幾分。「屹兒睡著了？」

李秋瀾點了點頭。「白日裡和箐兒一道在祖母那兒玩鬧，玩得滿頭大汗的，箐兒走後，乳娘便將他抱了回來，睡前一直嚷嚷著說要等你回來，結果沒過一盞茶的工夫便睡著了。」

箐兒是唐柏晏和蕭毓盈的長女，兩歲多了，前陣子蕭毓盈又探出有了身孕，現下正在府中養胎。因著孕吐難受，沒什麼閒暇照顧唐沅箐，便將她送到安國公府，兩個孩子也好一塊兒做個伴。

三年前，在蕭毓盈與唐柏晏和好後不久，李秋瀾也很快懷有身孕，因而蕭昀屹也只比唐沅箐小了三個多月而已。

蕭鴻澤緩步至床榻前，撩開床簾，便見兩歲的蕭昀屹微張著嘴，正呈大字型躺在那廂，沈沈睡著。

李秋瀾也放下手中的活計走過來，想起白日的事，笑道：「屹兒今日也不知從哪兒翻出父親從前的墨寶，一直捧在懷裡，歡喜得不得了。我瞧著這孩子往後怕是不能像你一樣上戰場了，興許會同父親一般做個文官……」

「文官不也挺好的。」蕭鴻澤道：「只消他往後能為大昭效力，文官武官又有什麼不一樣的。」

「倒也是了。」

兩人說話間，蕭昀屹擰起眉哼哼了兩聲，一腳將衾被給踢開了，李秋瀾無奈的勾了勾唇角，在床榻邊坐下，掖好被角，在他身上輕拍著，口中哼著小曲兒。

片刻後，她抬眸看去，便見蕭鴻澤正靜靜的看著自己，疑惑道：「怎麼了？」

蕭鴻澤輕笑著搖搖頭。「沒什麼，只覺日子過得真快，離我去慶德尋妳竟都過了快五年了……」

李秋瀾聞言，眸中亦露出些許感慨。「是呀，日子過得可真快。」

當初若他沒有到慶德，也不知她如今會是如何，是還堅持苦苦經營著玉味館，還是迫於無奈，隨意尋個人嫁了。

李秋瀾想起往事，不禁笑起來，不過那時，他來得倒挺是時候的。

當初，自京城回到慶德後，她做的頭一件事，便是用蕭老夫人給她的那筆錢銀，盤回了玉味館。

她原還擔心，那位萬老闆會獅子大開口，沒想他卻迫不及待以低價賣給了她。

李秋瀾一打聽，才知她離開的這大半年，這位萬老闆昧著良心，在食材上剋扣，失了客源，還氣走了原來的廚子夥計，如今生意一落千丈。

他虧損得厲害，見李秋瀾回來，就趕緊將這個燙手山芋丟回給她。

盤回玉味館後，李秋瀾將昔日的廚子們一一請了回來，那些老主顧們得訊，也紛紛回了玉味館，不消一個月，玉味館的生意便又重新變得火紅起來。

她的生意好了，旁人的生意自然受到影響，對街那家吉祥樓好不容易等李秋瀾去了京城，玉味館的客人都跑去了他們樓面，這才高興幾個月，李秋瀾卻又回來了。

若先前沒嘗過甜頭也就罷了，這一下生意差了許多，那位吉祥樓的莊掌櫃定是不樂意的，不甘之下不由得心生一計。

沒過幾日，玉味館便接二連三生出客人飯後腹痛之事，漸漸便謠傳玉味館的菜有問題。

李秋瀾曉得他們的菜定不會有什麼差錯，只怕是有人故意搗亂，眼紅她生意好罷了。

她派夥計去跟蹤那些言說自己腹痛之人，果然發現他們在離開玉味館後尋上了吉祥樓的人，討要了賞錢。

這些人根本是吉祥樓的莊掌櫃雇來的。

她一個弱女子，手上沒有證據，空口無憑，能想到的討公道的法子便只有報官。

報官前，李秋瀾先悄悄去了趟官府，拿了蕭鴻澤給她的書信，去見了那位新上任不久的陳縣令。

那位陳縣令讀過信，又聽了她所遭遇的事後道：「其實李姑娘不拿這封信來，本官也定會為李姑娘做主。」

李秋瀾聞言訕訕一笑，倒不是她不信陳縣令，只是先頭的那位縣太爺虎飽鴟咽，唯利是圖，只消有錢便能給你一個「公道」，故而面對這位新來的陳縣令，李秋瀾也只得多做一份準備，才能讓自己安心。

她沒敢在府衙坐太久，給了信，說了幾句話便匆匆離開。翌日一早，才又前往府衙鳴冤告狀。

陳縣令抓來那幾個在玉味館用膳後「腹痛」之人，還未來得及拷問，那幾個人跪在大堂上已經嚇得屁滾尿流，沒問兩句便盡數招了。

而後，陳縣令又命人抓來吉祥樓的莊掌櫃，在他如實交代後，以誣陷栽贓他人的罪名打了他幾十板子，以做懲戒。

玉味館得回清白，生意復又好了起來。見玉味館逐漸穩定，李秋瀾才有時間去陪李老夫人。

打回到慶德後，李老夫人便整日待在屋裡，不怎麼出門，就連笑容也沒平素那般多了。

李秋瀾曉得，她的祖母是因為沒了說話的人，覺得寂寞了，可又有什麼法子呢，她們不可能一輩子待在安國公府。

蕭鴻澤終是要娶妻的，到時若她還留在府中，或還留在京城，讓那位將來的安國公夫人知曉那樁往事，定然會有所介懷，不若她早些離開的好。

為了能多陪陪祖母，李秋瀾上午都會去李老夫人的院子裡陪她用早午膳，午後才會去玉味館看看。

這日，她正在後廚檢查食材，就見一夥計疾步跑進來，說有一雅間的客人道菜不好吃，吵著讓掌櫃的親自過去解決。

開酒樓這麼多年，哪會沒遇到過幾個鬧事的，李秋瀾顰了顰眉，便跟著夥計去了。路上，夥計同她解釋那人的身分，言那人名喚邱琰，是慶德有名的浪蕩公子，仗著家中有幾個錢銀，整日在外花天酒地，遊手好閒，做下了不少荒唐事。

來者皆是客，李秋瀾到底不好招惹，入了雅間，只能好聲好氣道若對這些菜色不滿意，她可讓人撤下去，再換幾道新的來。

那邱琰卻是不言，只將胳膊搭在扶手上，目不轉睛的盯著她瞧，滿臉笑意輕浮。「早便聽說這玉味館的掌櫃是個美人，今日一見果真如此。」

李秋瀾唇間笑意微滯，繼續道：「邱公子若是不想吃了，這一頓只當是我請，不會收公子分文。」

說罷，她側首看向夥計，吩咐道：「小六，將前日到的新茶，給邱公子上一壺嘗嘗。」

「誒。」夥計忙應聲去辦。

「樓中事務繁多，那我也先退下了。」她朝那位邱公子隨意福了福身，正欲離開，卻赫然被人拉住手。

「別走啊……」

李秋瀾面色一變，忙將手掙脫出來，往後猛退一步，戒備道：「請公子自重！」

看著她這一副受驚的模樣，邱琰卻是露出譏諷的笑。「李掌櫃有什麼好裝的，先前那莊掌櫃陷害妳的事，緣何能解決得那麼順利，旁人不知道，我還能不曉得嗎？」

李秋瀾聞言眉頭蹙得更緊了些，就聽他緊接著道：「李掌櫃究竟給了陳縣令什麼好處，才讓他這麼幫妳，莫不是用了……美色？」

「邱公子，還請你莫要胡言亂語，污我清白！」李秋瀾怒道。

邱琰淡然的看著她，挑了挑眉。「不管我是不是胡言亂語，妳猜若我將此事說出去，會不會有人信！」

他一臉得意的笑道：「若不想本公子說出去也可以，既然妳能委身於那陳縣令，想來再多一個也無妨。何況那位陳縣令已有了正妻，斷不可能娶妳，若妳伺候本公子伺候得好了，本公子便考慮考慮，讓妳做我的第五房姨娘，如何？這可是旁人求也求不到的福氣呢。」

聽著他用惡臭的嘴臉說出的這番話，李秋瀾只覺一陣陣的反胃，她也不知這人哪來的自信，覺得她一定會答應他。

她李秋瀾開門做生意，確實得好生招待來客不錯，可也不能無底線一忍再忍，她正欲出門喊夥計進來「送客」，可才轉過身，卻倏然有一人快步進來，從她身邊掠過。

隨著一道晃眼的劍光，她折首看去，便見一柄長劍已然搭在邱琰的脖頸上。

熟悉而清潤的嗓音帶著幾分薄怒在她耳畔響起。「你方才說，要讓誰當姨娘？」

冰冷的利刃抵在脖頸上，只消再近一分便能劃開薄薄的皮肉，濺出鮮血來。

邱琰嚇得面色煞白，整個人止不住發顫，一時連舌頭都打了結。「大……大膽，你可知小爺是誰！若你敢對小爺我做什麼，小爺定會讓你好看。」

蕭鴻澤一雙眼眸若沁了霜雪般冷沈，連聲音也低得令人不寒而慄。「再說一次，你要讓誰做你的姨娘！」

「安……蕭大哥！」站在一旁懵了好一會兒才反應過來的李秋瀾忙上前扯了扯蕭鴻澤的衣角，朝他搖搖頭。雖她很感激蕭鴻澤替她出頭，可這裡畢竟是酒樓，底下還有用膳的客人，若是鬧大了，到底不大好。

蕭鴻澤會意，手腕一轉，將長劍收了回來。

邱琰還未來得及鬆口氣，卻見那長劍復又舉起，順著他耳側飛快的劈下，他嚇得雙腿發軟，一聲尖叫過後，驟然從椅上跌了下去，結結實實摔了個屁股開花，垂眸一瞧，便見手邊是一縷被利劍削下的烏髮。

「往後若你再敢來玉味館鬧事，便不只是這個下場了。」蕭鴻澤面容沈肅，到底是常年征戰的將軍，縱然容貌清雋儒雅，可笑意一斂，周身威儀讓人不敢輕犯。

那邱琰吞了吞口水，不敢再多說一句，當即連滾帶爬的出了雅間。外頭候著他的幾個小廝，見他逃命一般神情恍惚，慌慌張張的出來，忙將一臉驚慌的他扶住。

逃得遠了，邱琰或覺得方才那般沒臉，臨走前還不忘對著玉味館的大門囂張的吼道：「李秋瀾，今日妳敢對小爺不敬，我要妳和妳那……和妳那姘頭好看！」

姘頭？

李秋瀾聞言雙頰一燙，尷尬的折身看了蕭鴻澤一眼，半晌，才問道：「國公爺怎麼會來這兒？」

打頭一眼瞧見他，李秋瀾還以為是自己作夢，她本以為她離開京城後兩人此生應是不復再見，卻怎也不會想到，她離開京城才不過幾個月，蕭鴻澤便來了慶德。

蕭鴻澤深深看了她一眼，薄唇微抿，分明來的路上他已在心下練習了無數遍，可真見著人，他卻有些不知所措起來。

雖蕭老夫人說李秋瀾應是曉得舊日那樁婚約，為著他才故意選擇隱瞞，然面對李秋瀾略顯平靜的神色，他又有些不確定。

在心下重複了百遍的「為了妳來的」，臨到頭變成了乾巴巴的一句「有些公事要辦」。

李秋瀾聞言點了點頭，倒是和她猜想的一樣。遠來是客，何況先前她和她祖母在安國公府叨擾了那麼長時日，受盡款待，自該禮尚往來。

「離開京城時，秋瀾曾說過，若有機會，將來定會好生招待國公爺。」她笑著道：「沒想到機會來得這麼快，國公爺且在此處小坐一會兒，秋瀾親自去後廚給您做幾道好菜。」

見蕭鴻澤頷首，李秋瀾折身出了雅間，連她自己也未發現她的腳步變得格外輕快。

她下了大堂，隨手拉了個夥計，囑咐他去李府帶個話，說有客遠道而來，讓喬管事快些命人收拾間最好的客房出來。

看著那夥計應聲跑遠，李秋瀾才放心的入了後廚，做了幾道好菜，親自給蕭鴻澤送去。

自京城快馬加鞭而來，蕭鴻澤一路上確實沒怎麼吃好，嗅著這熟悉的飯菜香，看著身側坐著的人，他心下頓時安定了幾分，直用了兩大碗米飯才停了筷箸。

期間，李秋瀾問他可願暫住在李府，畢竟那時在京城也是蕭鴻澤將她和祖母接入安國公府的，如今情況調轉過來，依著禮數，她也斷沒有讓蕭鴻澤住客棧的道理。

她原以為他會有所遲疑或推拒，不想他只是沈默了一瞬，便爽快的答應下來。

用完飯，李秋瀾又命夥計上了茶水，坐了一炷香的工夫，兩人才一道回了李府。

李府到底沒有安國公府那麼寬闊奢華，就是個小宅子罷了，且因為有了年頭，看起來多少有些老舊，李秋瀾原還忐忑，怕蕭鴻澤嫌棄，但看他騎馬到了府門前，抬首望了一眼，沒甚大的反應，一顆心才落了落。

蕭鴻澤抵達李府後的頭一件事，便是由李秋瀾領著去見了李老夫人，還送上了從京城帶來的禮物。

雖離上次見面隔的時間也不算太長，可李老夫人見到蕭鴻澤的一刻，眼眶頓時紅了，連問了他好些京城的事，尤其是蕭老夫人的事。

蕭鴻澤也將祖母的話帶給了李老夫人，兩個老太太情同姊妹，即便相隔千里，卻仍互相牽掛著。

直到天色晚了，想著蕭鴻澤趕了這麼久的路，也需歇息，李秋瀾這才出聲制止，讓喬管事幫著將蕭鴻澤領去客房。

蕭鴻澤一走，李老夫人迫不及待的將李秋瀾扯到身邊。「秋瀾，妳說，這安國公為何突然前來，莫不是因為妳了？」

李秋瀾聞言一驚，忙道：「祖母，可不敢這麼想，國公爺之所以來，是來正經辦差的，怎能生出這樣的誤會。」

「可以他如今的身分，哪需要跑這麼遠親自來辦差啊！何況慶德這麼個小地方，有什麼差事可辦的……」李老夫人眨了眨眼，對這說法，實在有些不大信。

「左右等他辦完事，應就會離開了。」李秋瀾倒沒想這麼多。「這段日子，我們盡好地主之誼便是。」

雖這麼說著，但李秋瀾很快就發覺，蕭鴻澤這公事辦得確實奇怪，著實太空閒了些，只偶爾抽出幾個時辰去趟府衙，其餘時候，不是在府中陪李老夫人，便是隨她去玉味館。

李秋瀾其實也很想問問，他到底辦什麼差事，可轉念一想，這是朝廷事務，應是不能隨意告訴他人的，便也不再問了。

不過她倒是問了他何時回去，蕭鴻澤只說辦完事就回，這話說得模稜兩可，李秋瀾也估不出個時候，只得早早準備起來。

是日，她採了好些豇豆、胡瓜和蘆菔之類的菜蔬，正在堂中醃製，便見從衙門回來的蕭鴻澤提步進來，問：「李姑娘是要做什麼好菜？」

李秋瀾笑了笑。「老夫人先前最愛吃我做的醃泡菜，雖說我離開前，特意醃了好大一罈，可過了這麼幾個月，想來也該吃完了。正好國公爺這次過來，我便再醃上幾罈子讓您給帶回去。」

聞得此言，蕭鴻澤動作微滯，抬首看了李秋瀾一眼，不由得劍眉蹙起。

她說這話時，神色格外認真，似真在準備送他走，他垂眸沈默半晌，開口道：「其實，倒也不必那麼麻煩……」

他話至一半，便止了聲音。

李秋瀾納罕的看過去，見他眸光灼灼的看著自己，心猛然跳了一下。

她忙按捺下這份莫名其妙的悸動，佯作冷靜道：「國公爺說得不錯，倒是秋瀾想得不周全了，我既不在京城，也不能讓人時時送泡菜過去，應將醃泡菜的法子寫下來，讓國公爺帶回去才是。」

見她這般反應，蕭鴻澤一雙眉頭蹙得更緊了些，一時不知她是真聽不懂還是假裝不懂。

他薄唇輕啟，正欲開口，外頭陡然傳來一聲「李姑娘」。

兩人聞聲看去，便見一個朱紅襖裙的婆子笑容滿面，正朝這廂疾步而來。

這人，李秋瀾識得，畢竟慶德地方小，她又是開門做生意的，遠近聞名的張媒婆她如何能不曉得。

「張婆婆。」李秋瀾忙迎上前。「您怎麼來了？」

「定是有好事，不然怎會來找妳呢。」張媒婆笑得意味深長，轉頭瞧見一旁的蕭鴻澤卻失了笑，小心翼翼的問道：「這位是……」

「這是我遠房的表兄，來看望我祖母的。」李秋瀾道了和旁人介紹時一樣的說辭。

聽得只是來拜訪的「表兄」，張媒婆長舒了口氣，乍一看到這個氣宇不凡的男人，她還以為自己出師未捷就要無功而返呢。

她重新恢復笑意，想起要說的事，樂得嘴角都快咧到耳根去了，她親暱地拉著李秋瀾道：「老婆子早便覺得李姑娘是個有福氣的，今日來不為別的，是給李姑娘作媒來了！」

李秋瀾聞言愣了一瞬，少頃，強笑道：「張婆婆是在開玩笑吧？」

「哪是開玩笑啊。」張媒婆道：「慶德王家曉得吧，那可是慶德最有錢的人家，他家二公子最近也在託我說親，我瞧著你倆合適，與那廂一說，那廂也同意了，說後日想先約在東面的平水湖邊相看相看。」

聽得慶德王家這幾個字，蕭鴻澤不覺有些耳熟。須臾，才想起先前蕭老夫人似乎同他說起過此事。

李秋瀾面露為難，她倒不是不打算嫁人，可畢竟還有祖母，若她出嫁，家中就只剩祖母孤零零一人，她終究是不忍心。

張媒婆似是看出她心中所想，忙道：「這王家同先頭幾家都不一樣，王家聽聞李老夫人的事，直誇李姑娘孝順呢。說妳儘管將老夫人一道接過去住，以後王家上下都會好生對待老夫人，二公子更是會孝敬她如同孝敬自己的親祖母一般。」
見李秋瀾仍是有所猶豫，張媒婆又道：「李姑娘，妳也二十有餘了，難不成妳要一輩子不嫁人，眼前有這麼好的機會需得抓住才是，還是說李姑娘心有所屬，有想嫁的人了？」
李秋瀾心下一咯噔，餘光不自覺瞥向蕭鴻澤，驀然生出幾分心虛，她暗暗掐了掐掌心，須臾，頷首道：「那好吧。」
見她答應，張媒婆樂得一拍掌。「這便對了，這大好機會怎能錯過呢！我這就去王家，告訴他們這個好消息去。」
說罷，轉身急不可耐的出了府。
李秋瀾望著張媒婆離開的背影，垂了垂眼眸。張媒婆的話倒也沒錯，難得的機會擺在面前，她必須抓住才是，也好一併徹底斷了那些個不該有的念想。
而就在她身後，蕭鴻澤靜靜凝望著她的側顏，眸色幽沈，也不知在思索些什麼。
聽聞她要去同城南王家的二公子相看，李老夫人趕忙讓身邊伺候的婆子去城中最好的綢緞鋪扯了幾尺布，緊趕慢趕裁做了衣裳。
甫一做好，李老夫人便催促李秋瀾去試試，待她穿著齊整自裡間出來，不由得讓眾人眼睛一亮。
一身木槿紫的衫子同天青的百迭羅裙一上身，襯得她格外嬌豔明媚。
相看當日，李秋瀾便穿著這身前往平水湖，方才踏出府門，便見蕭鴻澤正牽著馬站在外頭，不由得怔忪了一瞬。

她朱唇微抿，上前問道：「國公爺這是要上哪兒去？」

蕭鴻澤默默打量了眼她的裝束，眸中閃過一絲驚豔，裝作風清雲淡的答道：「我今日正好有空，不知李姑娘介不介意，讓我陪妳一道去相看？」

一道相看？

李秋瀾聞言懵了懵，隨即便聽蕭鴻澤又道：「我在朝堂和軍中多年，看人的眼光自覺還算不錯，畢竟事關李姑娘的婚姻大事，多一人把關到底更為妥帖些。」

這相看，哪裡興有人陪同的，可李秋瀾抬首看著蕭鴻澤眸中的真摯，一時實在說不出拒絕的話來，猶豫半晌，只得勉強答應下。

番外五　安國公府二三事（下）

李秋瀾坐上馬車，由蕭鴻澤一路騎馬伴同，前往東面的平水湖。

平水湖畔草長鶯飛，春光明媚，正是踏青好時候。

李秋瀾也不識得那位王二公子，只聽張媒婆說他當日會著一身月白的長袍，李秋瀾依照張媒婆描述的尋去，果在一棵垂柳下，瞧見一位長身玉立的儒雅公子。

兩人視線相對後，那人闊步上前，朝她作了個揖。「敢問，可是李秋瀾李姑娘？」

李秋瀾亦低身福了福。「正是小女子，讓二公子久等了。」

「不久，在下也不過剛到。」王宸昭說話間，不禁偷著抬眸細細打量起眼前女子來。

家中一開始同他說起這位李姑娘時，他是千萬個不願意的。縱然她父親曾在朝中做官，那也是二十多年前的事了，如今一個無父無母，只靠經營一座小酒樓過活的女子如何配得上他？

要不是從媒婆口中得知，這位李姑娘居然與京城安國公府，即皇后娘娘的母家有交情，他也斷不會答應出來相看。

他原還以為這個自小沒有父母嬌養的女子，應當會是個拙笨粗俗的，然今日一見，觀她舉止模樣，心下才安了些。

就算她家世才學皆配不上他，但就衝著這相貌，他對這樁婚事的不滿也能減輕幾分。

平水湖山水風光絕佳，王宸昭特意命家中僕人提前租了艘畫舫，行在波光粼粼的湖中賞景，最是愜意。

王宸昭正欲開口相邀，可瞧見李秋瀾身後站著的男人，不禁雙眉蹙起。

他自然不會認為此人是李秋瀾家中的僕役，因他不僅衣著不凡，且周身透著掩不住的矜貴，那人容貌清雋儒雅，只沒什麼笑意，或是感受到他的探視，那雙冰冷的眼眸掃來，登時讓王宸昭脊背一凜、汗毛豎立。

李秋瀾注意到王宸昭投向她身後的視線，忙解釋道：「忘了同二公子介紹，這是秋瀾的表兄，聽說秋瀾要來相看，怎也不放心，便一道跟著來了，二公子當是不會介意吧。」

原是表兄……

王宸昭深深看了蕭鴻澤一眼，有禮一笑。「李姑娘說笑了，令兄是擔心李姑娘罷了，在下怎會介意呢，既然您這位兄長也一道來了，正好，在下今日特意租了艘畫舫，不若一道上船邊喝茶邊賞景。」

「二公子有心了。」

王宸昭領著兩人向前行去，本欲與李秋瀾挨得近些，順道說說話，可還未踏出步子，那位「表兄」倏然不著痕跡從後頭上前，徑直隔在他們兩人中間。

王宸昭見狀本欲繞到李秋瀾另一側去，卻見這位高他半個頭的「表兄」低眸睨他一眼，不知怎的，他心下驀然一陣陣發虛，不得不打消了這個主意。

行至畫舫前，王宸昭故意快了幾步下去，便是想乘機將李秋瀾扶下來，可那位「表兄」卻好像看穿了他的想法一般，沒讓李秋瀾先下，而是自己先跨上畫舫，旋即轉身朝李秋瀾伸出手。

看著伸到她面前的大掌，李秋瀾卻遲疑了片刻，才緩緩將手遞了過去，手指落在掌心的瞬間，大掌收緊，將她纖細瘦小的柔荑包裹在裡頭。

直到雙腳穩穩落在船上，大掌隨之鬆開，李秋瀾依然能感受到自他掌心傳來的灼熱，那股熱意滾滾而上，登時將她的雙頰和耳根都染了個通紅，她撇過頭，都不敢去看蕭鴻澤的眼睛。

王宸昭看著這一幕，總覺得十分怪異，今日分明是他來同這位李姑娘相看，可怎麼看起來他才像是那個跟來的。

他來不及想太多，見人都已上了船，忙笑著將他們都引入內。這畫舫不算大，但勝在佈置擺設精巧，王宸昭領著二人在畫舫中逛了一圈，又回到了舫內那張紅漆方桌前。

見蕭鴻澤始終站在李秋瀾身側，極其沒有眼色，王宸昭蹙了蹙眉，委婉的提醒道：「這外頭的風景甚是不錯，兄長大人可要去瞧瞧，外頭也有桌椅，我讓下人給您上茶和點心。」

這話的意思再明顯不過。

見蕭鴻澤側眸看來，似在詢問她意見，李秋瀾微微頷首，男女相看還有旁人在場，她實在不習慣，何況這人還是……

蕭鴻澤見狀倒也沒說什麼，爽快的出去了。

這位礙事的「表兄」一離開，王宸昭總算鬆了口氣，他殷勤的親自替李秋瀾倒了茶，還將點心往她面前推了推。

李秋瀾含笑，啜了一口茶水，覺得這位二公子還算是謙和有禮之人。可方才答了他幾句話，便聽他驀然問道：「聽說，李姑娘的父親還與安國公府有些交情……」

聽到「安國公」三個字，船艙外的人警覺的一抬眉，旋即神色如常，垂眸繼續飲茶。

李秋瀾秀眉微顰，打這位王家二公子說出這話後，她不禁笑意斂起，連心下聚起的那份好感都散了幾分。

「二公子的消息倒是靈通。」她淡淡一笑。「家父曾在京城做官，與老國公爺是同僚，多少有幾分交情，可自家父故去，過了這麼多年，都已是不值一提的往事了。」

「是嗎？」王宸昭卻不怎麼信這話，畢竟那張媒婆還曾悄悄透露給他們，這託她作媒的正是京城安國公府的老夫人。

若真如李秋瀾所說，兩家已沒了太大的牽連，這位蕭老夫人何至於費心讓張媒婆替李秋瀾尋一樁好婚事。

再者，李秋瀾一個孤女，無依無靠，京城花銷又不同於慶德這個小縣城，她如何能撐著在那兒給祖母瞧病瞧了大半年之久，其中應是少不了安國公府相助。

王宸昭有入仕之心，他自認才學出眾，將來定能蟾宮折桂，金榜題名。可這官場斷不是勤勤懇懇、埋頭苦幹便會有回報的，若能靠李秋瀾借到安國公府這股東風，他這加官進爵的仕途路定能走得更順些。

雖然後頭王宸昭並未再提起關於安國公府的任何事，舉手投足也謙遜有禮，可李秋瀾心下有了芥蒂，不願再同他多說什麼。

畫舫在湖上繞過一圈，她便以酒樓還有事為由，和蕭鴻澤一道離開了。

王宸昭將他們送到馬車旁，直看著他們離去，才心滿意足回府去。他認定這樁婚事已是板上釘釘，回程的途中嘴角便沒掉下來過，他靠著車窗，任春風拂面，腦中已肆意徜徉在那青雲直上的大好光景了。

那廂，馬車駛出平水湖沒多久，李秋瀾就聽窗框被敲了敲，她納罕的掀開簾子，便見蕭鴻澤騎在馬上，微彎下腰，問道：「李姑娘覺得，那位王家二公子如何？」

李秋瀾聞言垂了垂眼眸，若那位王二公子沒說那話，她可能還會再試著看看，可打他提起「安國公府」這四個字，李秋瀾便果斷知曉此人絕不可嫁。

就怕他揣著什麼不純的心思。

她朱唇微抿，看向蕭鴻澤。「那位王二公子確實不錯，可他那般文人，博聞廣識，出口成章。而我一個經營酒樓的，不擅詩詞，反而能說出來的菜色更多些，也許不大合適……」

蕭鴻澤點了點頭，神色倒是極為平靜。「男女婚事，也要看緣分，李姑娘既與那王二公子沒有緣分，還是早些說清楚為好。」

李秋瀾也是這般想的，可對著那王二公子，直接說拒絕的話實在不大禮貌，還是明日讓張媒婆去回絕一聲吧。

回到李府時，已近申時，李秋瀾甫一下了車，便去了李老夫人處，蕭鴻澤則由喬管事領著回了他暫住的院子。

喬管事是在李家幹了幾十年的舊僕了，也是看著李秋瀾長大的。

蕭家和李家當年定下那樁婚約時他就在李府，亦是知情人之一，但他也知他家姑娘對這樁婚約無意，並不願借此攀附。

可方才他在府外候著，看著他家姑娘在被這位安國公扶下馬時羞赧躲避的眼神，便曉得她嘴上說不願，但其實心裡還是對這位安國公藏著幾分好感，只因如今的身分地位，不敢訴諸於口。

喬管事不時抬眸看向身側，還不待開口，就聽一個低沈的聲音響起。「喬管事若有什麼話，直說便是。」

既已被他察覺，喬管事索性頓住步子，神色認真的看去。「小的冒昧問一句，國公爺是如何看待我家姑娘的？」

這位安國公，嘴上說是來慶德辦事，可瞧他整日清閒，喬管事怎麼看都覺得不大像，莫不是以此為藉口，存著旁的目的了。

蕭鴻澤聞言怔忪了一瞬，旋即薄唇微抿。「李姑娘是個很好的姑娘，為人良善，行事果斷俐落，待人體貼入微。」

他這一番誇讚真不真心，喬管事自然看得出來，可其餘的，他實在沒法在這張清雋的臉上看出任何端倪。

喬管事凝神看了一會兒，只能放棄，索性直截了當道：「我家姑娘畢竟還未許人家，國公爺若是無意，莫要戲弄我家姑娘，她活了這二十餘年，吃的苦已經夠多了，實在是禁不起再三波折。」

聽著喬管事說到後來驟然有些哽咽的聲音，蕭鴻澤微斂了笑意，沈默片刻，鄭重道：「喬管事放心，此事我自有分寸。」

既與那王宸昭的事作了罷，翌日一早，李秋瀾便派萱兒去張媒婆那廂走了一遭，以昨日同蕭鴻澤說的那般理由拒了這樁婚事。

萱兒前腳才回府，後腳那張媒婆不死心又來勸李秋瀾。

可任憑她磨破了嘴，李秋瀾仍是雷打不動，堅持要推了這樁婚事，讓張媒婆去那廂說，說都是她一人的錯，是她覺得自己配不上二公子，不敢癡心妄想。

張媒婆連著來說了好幾日，說得嗓子都快冒了煙，到最後，不得不就此作罷，將李秋瀾的話傳達給了王家。

王家，尤其是王宸昭萬萬沒想到，他這般條件李秋瀾居然會主動拒絕，他雖覺得羞惱，但思及自己的前程，還是拚命忍下了。

他想著李秋瀾之所以拒絕，或許因為還有事情沒有滿足，欲以這招以退為進。他和父母商量之下，一狠心，讓張媒婆再去告訴李秋瀾，他是真心喜歡她，想娶她為妻，若她答應，他將來定唯她一人，絕不納妾。

世上的男兒有多少能提出這樣的條件，王宸昭胸有成竹，相信張媒婆必能帶回好消息。誰料幾個時辰後，張媒婆卻是硬著頭皮上了門，哭喪著臉朝他尷尬的笑了笑，說李姑娘仍是不應，只讓轉告他，這慶德比她年輕、比她家世才學好的女子數不勝數，讓他還是另擇良人吧。

王宸昭氣得滿臉通紅，不承想這個李秋瀾這般不識好歹，他肯娶她為正妻，且答應不納妾，還願意養她那年邁的祖母，已是給足了她面子，她還不願嫁他，莫不是想得寸進尺。

他強忍下心頭怒意，冷靜的思索了許久，覺得或許張媒婆傳達有誤，最後還是決定親自去見李秋瀾一趟。

他曉得李秋瀾白日裡都在她那座小酒樓裡打理生意，故而直接讓車夫將馬車駛到了玉味館門口。

李秋瀾從夥計口中得知此事，有些驚詫，到一樓大堂，果見那位王家二公子坐在那廂，起身朝她作了個揖。

看見此人，李秋瀾略感頭疼，但還是揚笑走過去，有禮道：「二公子怎的來了，也是來玉味館吃飯的？不巧今日雅間都被訂了，只能在大堂將就，二公子若是不喜喧鬧，不若改日再來吧。」

王宸昭搖了搖頭。「我是特意來找李姑娘的，有些話想親口對李姑娘說，說了便走。」沒有雅間，在這大堂說倒是更好些，教旁人都看看他的誠意，想來這位李姑娘也不好當眾讓他下不了臺。

李秋瀾隱隱察覺到他的意圖，正欲讓他一道去後院說話，誰知卻見那位王二公子已然開口道：「李姑娘，平水湖一見，我已對妳情根深種，我王宸昭真心想要聘妳為妻，婚後我定會敬妳、重妳，將妳祖母視為親祖母般奉養，不納妾，此生唯妳一人足矣。」

他面容誠摯，語氣堅定，一字一句頗讓人動容，加上他刻意提高的聲音，很快便引得樓裡用膳的客人紛紛抬首看來。

慶德最富裕的王家二公子，還是有不少人識得的，見此一幕，不由得唏噓，皆嘆這位二公子癡情，他這求娶玉味館掌櫃的故事只怕很快就能傳為慶德美談。

美不美談的與李秋瀾無關，此時她看著眼前這個「無賴」，只覺棘手得緊，旁人看著他這副模樣或許深情萬分，可落在李秋瀾眼裡，只剩下拙劣浮誇的演技。

他想逼她就範，她偏不能如了他的願，可她尚還給他留了幾分顏面，好聲好氣道：「二公子，想來張婆婆應當也與你說過了，我父母早亡，家世低微，實在配不上二公子。」

「怎會，我王宸昭從不是在意這些家世高低的人。」

見他面不改色說出這話，李秋瀾秀眉微顰。「秋瀾才疏學淺，行事粗陋，王家又是大戶人家，秋瀾只怕將來無法打理好府中事務，鬧了笑話。」

「這些更不是問題，王家有專門的管事，李姑娘將來嫁過來，無須擔心這些。」

見他也不知是真不懂，還是假不懂，既然這些話勸不退他，李秋瀾索性一狠心。「罷了，實話告訴二公子，其實秋瀾已經有了心怡之人，辜負了二公子的一番真情，秋瀾給二公子賠個不是。」

王宸昭被這話猛然一噎，頓時接不下去了。周遭還在看熱鬧的人聞言不由得交頭接耳起來，雖聽不清他們說了什麼，可強烈的自尊讓王宸昭下意識覺得他們在嘲笑自己。

他面色難看，下一刻，在瞧見提步往這廂走來的男人後，隱忍了多時的惱怒羞憤一瞬間噴薄而出。

臉上的深情登時化為嘲諷，他冷哼一聲，看向李秋瀾道：「李姑娘所謂的心怡之人，怕不是妳這位表兄吧？既你們情投意合，當初又來與我相看，是何用意，刻意看我笑話嗎？」

王宸昭上下打量了蕭鴻澤一眼，面露不屑。「而且，李姑娘真覺得妳這位突然冒出來的表兄是真心喜歡妳嗎？還是存著旁的不可告人的目的？」

他既會想到利用李秋瀾來獲得安國公府的幫持，旁人又怎會想不到呢，指不定這人同他一樣，也是為著官運亨通，似錦前途而來。

李秋瀾先前便覺得這位王二公子藏著齷齪的心思，可沒想到他居然還以己度人，這般令人作嘔。

周圍人不明究竟，聞言正對著她窸窸窣窣、指指點點，李秋瀾正欲解釋她和蕭鴻澤的關係。

然還未上前一步，卻覺手被人牽住，牢牢裹在大掌裡頭。

她詫異的抬眸看去，便見蕭鴻澤含笑看向王宸昭。「王公子猜得倒是不錯，我確實是心悅李姑娘，此趟來便是想求得她的同意，帶她回去見過祖母，定下婚事。」

王宸昭低哼了一聲。「公子這般急不可待，怕也是知曉李姑娘和安國公府的交情吧？」

李秋瀾聽得這話，險些沒忍住笑出聲，緊接著就聽身側人風清雲淡的應了聲。「自然知道。」

她一抬首，便見蕭鴻澤垂眸看來，靜靜凝視著她，須臾，一字一句問道：「秋瀾，妳願意同我回安國公府嗎？」

李秋瀾雙眸微瞠，愣怔的看著蕭鴻澤，久久都沒有反應過來。她想著或是這位國公爺好心替她解圍，可縱然是解圍，當著這麼多人的面她也不可答應，蕭鴻澤身分非同尋常，萬一讓旁人當了真，可如何是好。

她沈默片刻，才啟唇道：「國公爺，秋瀾知您是想幫我，可此事恕秋瀾不能答應……」

此言一出，蕭鴻澤還未做甚反應，王宸昭卻面色大變。

國公爺？

方才聽這個男人提起「安國公府」，他縱然再愚蠢也聽出來了，還能是哪個國公爺，當然是他心心念念想攀附的安國公府的主人，當朝國舅蕭鴻澤。

王宸昭腳步一個踉蹌，想起自己方才說的話，自覺愚蠢萬分。

懷疑安國公想借李秋瀾之手攀附他自己，說出去，實在是滑天下之大稽。

王宸昭到底是個讀書人，不堪的心思教人瞧了個乾淨，甚覺沒面，哪敢再多說一句，他唯恐這位安國公記住自己，趁著面前兩人說話的工夫，忙灰溜溜的逃了。

蕭鴻澤劍眉微蹙，見李秋瀾並不相信自己的話，遲疑片刻，正色道：「我方才說的每一句皆出於真心，來慶德辦事不過是我扯的謊，我這趟來，是想帶妳回京城去。秋瀾，妳不本就是我未過門的妻子嗎……」

聽至此，李秋瀾面上露出些許慌亂，她難以置信道：「國公爺知道那事了？」

她心略略沈了沈，果然，他不過是為著當年那樁婚約才來找她的。

瞧著酒樓裡圍觀的客人，李秋瀾忍著心下的失落，低低道了句。「此處不便說話，國公爺還是隨我去別處說吧。」

李秋瀾領著蕭鴻澤去了後院，到了偏僻無人處，她深吸了口氣，旋即直視蕭鴻澤道：「當初那樁婚約不過是父輩開下的玩笑，與我和國公爺並無太多的關係，國公爺若只是因著那樁婚約想帶我回去，還是罷了，秋瀾在慶德過得很好，也不貪戀什麼榮華富貴，國公爺請回吧。」

她說罷，垂首眨了眨眼，試圖緩解眸中泛起的陣陣酸澀。

她知曉眼前這個男人責任心重，但她並不可憐，也不要誰來憐憫，她的確喜歡他，可若他並沒有，那這樁婚事大可不必，她不想心存芥蒂苦苦熬日子，最後成為一個悲哀的怨婦。

李秋瀾福了福身，作勢欲走，還未踏出步子，便聽背後男人有力的聲音傳來。「若我說不是為著那樁婚約呢！」

她頓了頓，折身看去，便見蕭鴻澤定定的看著她。「李姑娘為何覺得，我一定是為著這樁婚約而來？」

他提步走到她跟前，兩人四目相對，許久，他驀然自嘲般低笑了一下。「妳離開京城的時候，我雖心有遺憾，但覺得這是妳的選擇，或許妳認為慶德比京城更適合妳，我也不好干涉。可妳走得越久，我便越發覺得心底空落落的……」

妹妹走失，父母早逝，十餘歲，他便擔上那沈重的安國公的名頭，上戰場殺敵，支撐起蕭家滿門榮光。

世人皆稱道他年少有為，只有他自己曉得，他日日繃緊神經，為臣、為孫、為兄，力求面面俱到，這樣試圖顧全一切的日子過得有多疲憊。

直到李秋瀾的到來，他驀然在紛紛擾擾、夜以繼日的案牘勞形中體味到了一絲活著的滋味，他很貪戀她給的這份煙火繚繞的尋常溫暖。

李秋瀾走後，他還曾天真的想，若只是家中的菜色不合口味，換個廚子便好了。可後來他才發現，他缺的不是廚子，而是這個笑靨如花、勇敢堅毅的女子。

這世上並非所有的情意都是轟轟烈烈，而他早已在潛移默化間習慣了她給的一切。她予他的內心從未有過的平靜，是旁人怎也代替不了的。

「我很想尋妳回去，可找不到尋妳回去的緣由，故而從祖母口中聽說我們那樁舊日婚約時，我很激動，因我終於有了光明正大來尋妳的藉口。」言至此，蕭鴻澤止了聲音，他凝視著李秋瀾，許久，終是說出了藏在心底的話。「秋瀾，我心悅妳，妳願意嫁予我為妻嗎？」

李秋瀾沒有回答，只盯著他那雙盛滿誠摯的眼眸，默默垂下了頭。

她從未想過，有一日她以為一輩子只能抬眸仰望的男人會站在她面前說出這樣一番話。縱然她咬緊下唇，可激動難抑的心情卻從眼眶裡流出來，滴滴答答，若斷了線的珍珠般墜在她的衣裙上。

正當她哭得止不住時，只覺手腕被抬起，似有什麼冰涼的東西貼在她的腕上。

李秋瀾定睛看去，便見手腕處多了一枚若凝脂般潔白無瑕的玉鐲，她眨眨眼，啞聲問：「這是什麼？」

「我母親的遺物。」蕭鴻澤笑道：「說是給她未來兒媳婦準備的，此物一直由祖母保管著，我來慶德前她特意交給我，同我說，若此回這鐲子送不出去，我也不必回京了。」

聽聞是清平郡主的遺物，李秋瀾有些驚詫，但很快她扁扁嘴，小聲嘟囔了一句。「我還未答應呢。」

「妳若不答應，我可回不了京城了。」蕭鴻澤挑了挑眉。「不過我也不介意在慶德陪著妳，只是祖母那兒怕是會覺得冷清。」

李秋瀾沒想到，蕭鴻澤這般向來端肅沈穩之人竟還會說出這樣無賴的話，她清咳一聲，低低道：「老夫人那兒是有了交代，可我祖母那廂還未去稟告過呢。祖母是我唯一的親人，我倆這般私自定了，到底不好。」

「說得是，倒是我疏忽了。」蕭鴻澤果斷拉起李秋瀾的手。「事不宜遲，那我們這便回去稟告妳祖母。」

這人做事的效率太高，讓李秋瀾一愣一愣的，直坐著馬車回了府裡，一路被他牽著去了李老夫人的院子，她還始終有些頭腦發懵。

兩人這副模樣，只消沒瞎眼的，任誰瞧了都知道是怎麼一回事，打他們一入府，就有僕婢跑去稟了李老夫人。

李老夫人原還有些不信，直到蕭鴻澤牽著李秋瀾站在她面前，她才反應過來。

她正欲開口詢問，就見蕭鴻澤驀然拱手朝她施了一禮，鄭重其事道：「李婆婆，晚輩心悅秋瀾，今日想求得您的同意，聘娶她為妻。」

在安國公府住了那麼多時日，李老夫人聽得這話，自不會懷疑蕭鴻澤此言的誠意。

可李秋瀾能嫁得如此高門，她卻並沒有眾人想像中的歡喜，反而雙眉蹙起，少頃，開口讓屋內僕婢和李秋瀾先退下去，她要單獨與蕭鴻澤說話。
雖有些擔憂，但李秋瀾深深與蕭鴻澤對視了一眼，還是踏出了屋門。
屋內一時只剩下李老夫人和蕭鴻澤二人，李老夫人示意蕭鴻澤坐下，垂首轉了轉手上的菩提珠串，沈默半晌，才娓娓道：「秋瀾這孩子命苦，父母走得早，她自小便懂事，別人家的姑娘十幾歲打扮俏麗，受父母庇護的時候，她就開始撥著算盤珠子做生意了。她年歲小，上過當，受過欺負，還是咬牙撐著……」
李老夫人說了許多關於李秋瀾的往事，蕭鴻澤也靜靜的聽著，才發現原來這個女子遠比他想像的更加堅強，她挺著背脊，倔強若風雪中的寒梅不甘被摧折。
許久，才見李老夫人長嘆一聲，看向他道：「安國公可得想清楚了，我這孫女可什麼都沒有，沒有拿得上檯面的家世，不能給安國公府任何支撐，不像那些高門貴女知書達禮、做得一手好女紅。安國公若想反悔，尚且來得及。」
李老夫人之所以說出這話，不僅僅是為了安國公府，更是為了李秋瀾。但凡蕭鴻澤有一絲猶豫，她便不會同意這樁婚事。蕭鴻澤作為安國公，若將來後悔不要她這孫女了，對他自是沒有任何損失，可李秋瀾不同，一朝被休棄，她便真的一無所有了。
蕭鴻澤看出了李老夫人的心思，不假思索道：「晚輩絕不後悔！晚輩只曉得，若此番錯過秋瀾，晚輩真的會後悔一輩子。請您放心，晚輩此生定會一心一意，只對秋瀾一人好。」
蕭家人的品性如何，李老夫人心知肚明，得了蕭鴻澤信誓旦旦的承諾，她終是放下一顆心，連連點頭，哽咽道：「好，那便好！」

得了李老夫人的准許，蕭鴻澤當即回屋擬了一封書信，命人快馬加鞭送去安國公府。

李秋瀾要隨蕭鴻澤回京城，李老夫人自也要一道去的。跟上回去京城瞧病不一樣，這回走一時半會兒回不來，慶德這裡的東西，該處理的都得處理了。

這玉味館，李秋瀾定不能像上回那般因缺錢匆匆盤出去卻尋了個奸商，聽聞樓裡其中一個大廚有接手的意向，她便以低價將玉味館盤給了他。

至於李府，李秋瀾也不知將來會不會再回來，可到底是老宅，她捨不得賣，與李老夫人商量之下，交托給喬管事，每年予他一大筆錢銀，好讓喬管事安心在這個宅子裡養老，待他們將來有空了，也好回來看看。

這事情一件件、一樁樁，到底沒那麼快就能處理完，李秋瀾忙得焦頭爛額。更讓她煩惱的是那個男人整日跟在她身後，她去哪兒，他便跟到哪兒，根本擺脫不掉。

這日，李秋瀾方才與蕭鴻澤一道踏入玉味館，就見夥計小六站在櫃檯邊，驀然看著他們笑出聲音。

「你笑什麼？」李秋瀾納罕道。

「掌櫃的，我先前便覺得國公爺有些眼熟，這兩日才想起來，國公爺是不是先頭來過我們慶德？」小六問道。

「確實來過一次。」蕭鴻澤答道。「不過是好幾年前的事情了。」

「那便對了。」小六說著，朝蕭鴻澤勾了勾手。「國公爺，您過來，小的告訴您一個秘密。」

蕭鴻澤聞言大大方方走過去，小六附在他耳畔，窸窸窣窣說了什麼。

李秋瀾也聽不大清楚，只見蕭鴻澤聽罷嘴角噙笑，意味深長的看了她一眼。

她驟然意識到什麼，忙低下腦袋往後廚方向而去。少頃，便聽低低的腳步聲，就知是蕭鴻澤又跟上來了。

她止住步伐，猛地轉過身，不滿的看向他。「國公爺總跟著我做什麼？」

蕭鴻澤負手而立，理所當然道：「不跟著怎麼行，我怕我不跟牢些，好不容易追到的媳婦突然跑了。」

打兩人的事情定下來，李秋瀾才發現原來這人的臉皮居然這麼厚，能面不改色的說出這麼羞人的話，她懶得理他，折身繼續往前走。

才走了沒幾步，就聽身後人驀然道：「沒想到，原來妳這麼早以前便喜歡我了。」

李秋瀾聞言突地一個踉蹌，她再次回身，期期艾艾道：「小、小六都是瞎說的，你莫聽他的胡言亂語。」

看著她慌亂到舌頭都打了結，眼神因此心虛飄忽，簡直是此地無銀，蕭鴻澤不禁無聲的笑了笑。

看來小六說的確實是真的。

先前他來慶德時，她曾見過他一面，還曾對他念念不忘。

幸得他這麼多年沒有成親，不然想是遇不到眼前這個最好的人了。

李秋瀾見他笑得一臉微妙，問：「小六方才究竟對國公爺說了什麼？」

蕭鴻澤不答，只提步往前走，還有意吊她胃口。「妳猜？」

李秋瀾大抵能猜到一些，她窘迫難當，這下反變成她跟在蕭鴻澤後頭不住的解釋。「國公爺也知道，誰都有年少不知事的時候，那些都作不得數的……」

思緒逐漸回籠，李秋瀾想起往事種種，忍不住「噗哧」一下笑出了聲，蕭鴻澤好奇的看過來。「夫人想到什麼了，這般好笑？」

「沒什麼，不過想起一些往事罷了。」

李秋瀾見床榻上的蕭昀屹已然睡熟，小心翼翼將他抱出房門，交給了乳娘，回到屋內，她驟然想起什麼，問道：「過去了這麼久，我也不曾問過，夫君當年由著我和那王家二公子相看，就不怕我真的答應下那樁婚事嗎？」

蕭鴻澤淨了面，將帕子擱在架上，聞言，自信不疑的看過來。「不怕，我自認他比不過我！」

李秋瀾被他這話弄得愣了一下，止不住笑道：「夫君便如此自信？」

他當然有！

正是因為他有自信，才會放心讓她去見那人，也是想讓她看看，比較比較，或會讓她發現其實他比那人更好。

他這一生除卻在戰場上取勝，並沒什麼太過渴望的東西，富貴、名望他統統不在乎。唯獨她，是他此生唯一的勢在必得。

蕭鴻澤有力的雙臂攬住李秋瀾盈盈一握的腰肢，旋即垂首在她頸間嗅了嗅，問：「夫人今日抹了什麼香膏，這般好聞？」

「我哪喜歡抹香膏啊，想是今日做了桃花糕，去親手摘的桃花，那花瓣落在身上，香氣便殘留下來了。」李秋瀾答道。

「哦……」蕭鴻澤默了默，又問：「桃花糕我倒是不曾吃過，也不知是何味道？」

「這事有何難。」李秋瀾道：「夫君想吃，明日我便再去摘花，給夫君做些嘗嘗。」

蕭鴻澤盯著她開闔的朱唇，眸光灼熱。「倒也不必等到明日，或者今日便可嘗嘗……」

李秋瀾方想說今日太晚，可話還未出口，後頸被大掌擒住，滾燙的唇驀然壓了下來。

直到看著那床帳被拂落，李秋瀾還在心裡想——

吃什麼桃花糕，這個騙子，往後什麼都不給他吃了！

番外六　終幕

成則十三年，八月初五，東宮。

喻淮旭本欲去向母后請安，不料到了裕甯宮，卻撲了個空，他竟給忘了，他母后一早便出宮去了安國公府，因著今日是他曾外祖母的祭日。

蕭老夫人中年喪夫，老年喪子，一生坎坷多舛，好在臨了還算圓滿，病痛並未折磨她太久。只兩個月，蕭老夫人便駕鶴西去。臨走前，孫輩、曾孫輩十幾人圍在她床榻前喚著她，守著她。

蕭老夫人這輩子也算沒了遺憾，連先頭最擔憂的蕭鴻澤，也同李秋瀾有了兩兒一女。而蕭鴻笙也得了特許從邊塞趕了回來，見到祖母最後一面，他正如前世那般，圓了上陣殺敵、保家衛國的心願，立下了赫赫戰功，在及冠之年被喻景遲破例封了侯。

兒孫滿堂，承歡膝下，最後的十年間她已是享盡了天倫之樂，也能闔上眼睛，去另一邊與她的夫君、兒子兒媳團聚了。

雖蕭老夫人遠比前世長壽，但她走了這兩年，他母后仍是十分傷心，甚至偶爾提起時還會忍不住垂淚。

喻淮旭曉得，他母后沒有兩日當不會從安國公府回來，便轉而向貼身太監孟九問道：

「這兩日怎麼沒看見舒兒？」

孟九支支吾吾，好半天才答道：「公主殿下這兩日……這兩日都在皇宮東南面的演武場呢……」

喻淮旭略一蹙眉。「她去那兒做什麼？」

孟九道：「也不知是誰在公主殿下面前提了一嘴，說演武場熱鬧，不少世家公子都在那裡訓練，公主殿下生了興趣，已連著兩日拉著裴姑娘一道去演武場參觀。」

喻景遲登基後不久，為了整治京城那些好吃懶做，不思進取，且手無縛雞之力的世家公子們，特意頒下一道聖旨，言京城所有官員之子，不論嫡庶，年滿十三後，都需在皇宮演武場訓練兩年方可參與科舉。

這道聖旨不僅是讓那種奢靡沈醉的世家公子叫苦不迭，更變相給了那些被打壓的庶子嶄露頭角的機會。

喻景遲慧眼識珠，偶爾會前往演武場觀摩，一旦發現可雕琢的璞玉，便會在仔細考量品性才能後予以任用。有了這些勤政為民的好官，旨意施行以來，大昭一片河清海晏，欣欣向榮，百姓豐衣足食，安居樂業，昌盛繁榮為大昭建國百年之最。

喻淮旭在聽到喻容舒去了演武場時，神色就已生變，又聽說她帶了裴覓清一塊兒去，一張臉霎時便沈了下來。

他不置一言，驟然轉了步伐，往東南向而去。

演武場此時正熱鬧非凡，因著喻容舒的到來，底下一眾世家子弟連訓練都比平素賣力許多。

公主殿下可是陛下和皇后娘娘唯一的掌上明珠，大昭獨一無二的公主，自小受盡榮寵，若教她瞧上眼，屆時往陛下或娘娘那廂一說，或也有了出頭的機會。

喻淮旭來時，恰好瞧見喻容舒拉著裴覓清站在看臺上，激動的指著場上一人射出的箭，讚嘆不絕。

他負手上前，或許太過認真，兩個小姑娘竟未注意到他的存在。直到他掩唇低咳一聲，喻容舒才轉頭看過來，喜道：「皇兄，你怎麼來了！」

這聲「皇兄」不禁讓場上眾人紛紛抬首眺望而來，定睛一看，便見公主殿下身側多了一個俊美無儔、氣度高華的少年。

當今太子殿下何人不曉，何人不識，幼年便聰敏過人，深受先帝疼愛。年幼時當今陛下便冊立為太子，年僅十二歲即領旨入御書房協助理政，他心存百姓，施惠於民，提出不少利民之策，年方十六，已深受百姓愛戴。

太子向來勤政，夙興夜寐，今日居然會來演武場，著實令人意外。眾人只往看臺望了一眼，便趕緊埋首揮舞棍棒，拉起箭弓。

如果說喻容舒的到來讓他們越發賣力，那喻淮旭的出現則讓他們拚了命的表現。

看著演武場上那些世家子弟驟然高昂的氣勢，喻淮旭卻是劍眉微蹙，尤其是瞧見喻容舒和裴覓清的視線又被那廂吸引去時，面色登時黑沈了幾分。

他可沒教他們表現得這麼好！

他想說些什麼，吸引二人的注意，卻發現裴覓清的眼睛死死定在一處，他順著她的目光看去，不由得怔忪了片刻。

演武場中央，有一十五、六歲的少年格外耀眼，面容俊俏，身姿挺拔如松，長劍在他手中肆意揮舞，行雲流水。

這人，喻淮旭識得，因此人不是旁人，正是刑部侍郎家的嫡長子岳峰，也是前世他親自為裴覓清挑選的夫婿。

這兩人上輩子過得也算相敬如賓，如今瞧見裴覓清看向那人，喻淮旭便覺心口若扎了一根刺般難受，好似他橫刀奪愛了。

他思忖片刻，驀然道：「看他們訓練得熱火朝天，本宮竟也覺得有些心癢。」

喻容舒聞言詫異的看過來。「怎麼，皇兄也想去比試比試？」

喻淮旭見裴覓清亦看過來，抿唇一笑，吩咐身側的侍衛尋來弓箭，闊步入了演武場。

那些世家子弟見喻淮旭行來，忙放下手中武器，躬身見禮。

喻淮旭抬了抬手。「本宮近日忙於政務，疏於練武，也不知這功夫退步了沒，今日來演武場，正好與眾位切磋一番。」

眾人面面相覷，俱是不敢言語，眼前的可是大昭的儲君，金尊玉貴，刀劍無眼，哪裡有人敢同太子殿下「切磋」，若傷著太子殿下的貴體，可是要殺頭的。

喻淮旭看出他們的心思，在人群中掃視了一圈，接過侍衛遞來的長弓，高舉示意道：「並非比刀劍，不過是比箭術高低，十支羽箭，看誰能射得更準些。」

他隨手點了幾人，其中自然有岳峰。被點的旁人，皆是一臉苦澀，雖說是切磋，但誰敢真贏了太子殿下。

靶子很快立了起來，五人加上喻淮旭一道比試，喻淮旭故意將自己排在最後。果見最前頭幾位世家子弟，不是放弦時刻意鬆了勁，便是偏了準頭。

這幾個人他並非隨意指的，而是方才在看臺上觀摩了半晌，瞧出這幾人有些真本事，才選了他們，而此番試探下來，卻是有些失望。

喻淮旭在心下暗暗搖頭之際，一支羽箭嗖地從眼前飛過，正中靶心。

射出這支箭的正是岳峰。

只見他脊背直挺，神色堅定，沒有絲毫動搖。喻淮旭不由得淡淡一笑，不阿諛奉承，頗有幾分骨氣。

不同於喻淮旭的欣賞，其餘人卻是神色各異，有擔憂，有嘲諷，有幸災樂禍。大部分人都覺得這岳峰不懂看眼色，真是個蠢的，若太子此番輸了，下不了臺，豈非開罪了這位太子爺。

正當他們在心下罵岳峰不開竅時，又一支羽箭嗖地飛過去，亦是一箭正中靶心。

眾人不禁愕然，剩餘的幾箭，基本就成了喻淮旭與岳峰之間的較量，兩人都幾乎箭箭中靶，箭術不相上下。

直到最後一箭，岳峰又一箭中了靶心，身側有世家公子唯恐喻淮旭一會兒敗下陣來，失了顏面，忙討好的笑道：「太子殿下箭術著實精湛，只您整日忙於政務，想來今日突然比試有些手生，若好生練過一番後再來，定然更為出彩。」

眾人忙跟著一道附和。

喻淮旭沒理會他，只折身往看臺處望了一眼，見裴覓清正攥著帕子盯著自己瞧，不由得勾唇淡淡一笑，再望向遠處的箭靶時，笑意微斂，眸色霎時銳利了幾分。

右腳退了一步，穩住重心，他一手抓住弓身，另一手搭箭拉開弓弦，瞄準靶心。隨著一陣破風聲，眾人眼見那箭頭射在了靶心上仍是不止，緊接著竟徑直破開那層木板，整支箭穿透箭靶飛去，落在遠處的草叢中。

看著箭靶上的空洞，在場之人無不瞠目結舌，鴉雀無聲了好一會兒，才見岳峰行至喻淮旭跟前，拱手道：「太子殿下的箭術出神入化，草民著實佩服。」

喻淮旭抬手在岳峰肩上拍了拍，笑道：「你我此番不相上下，或是那箭靶脆弱，才給了本宮表現的機會，不過本宮也算有了意外之喜，岳公子這般才能，將來定會成為大昭的棟梁之材。」

其餘幾個一道比試的世家子弟聞得這話，腸子都要悔青了，聰明反被聰明誤，早知道他們就不刻意討好太子，盡力去拚了。

見自家哥哥取了勝，喻容舒與有榮焉，興高采烈的下了看臺，往喻淮旭跑去，一把抱住他的手臂，昂著腦袋看向他，一臉敬仰。「皇兄好厲害！」

喻淮旭寵溺的伸出手指在喻容舒的額頭上輕輕點了點。「往後舒兒也要尋一個不能比父皇和皇兄差的男兒做駙馬，知道了嗎？」

十一歲的喻容舒哪裡懂得這些，她搖頭道：「舒兒不需要駙馬，舒兒要一輩子待在父皇母后和皇兄的身邊。」

喻淮旭笑了笑，轉而看向站在喻容舒身後的裴覓清。「妳倆也餓了吧，這裡離東宮近，不若一道去東宮吃些點心。」

喻容舒自是不會不答應，她還是孩子心性，聽聞有點心吃，重重點了點頭，就蹦蹦跳跳往東宮的方向去。

裴覓清被落在後頭，倒也給了喻淮旭機會，同她一道走。

喻淮旭偷著瞥了眼行在他身側，比他慢了半步的小姑娘，見她低垂著腦袋，一副羞赧的模樣，不由得無奈的笑了笑。

裴覓清比喻容舒長兩歲，今年已有十三了，從去年秋天開始，原和喻容舒一樣，喜歡圍在他身邊親暱喚「太子哥哥」的小丫頭，驀然若抽條的柳枝般長開了，不但身段越發穠纖合度，連模樣也脫了稚氣，笑起來眉梢上挑，眼尾微揚，無端端生出幾分女子的嫵媚。

姑娘家大了，不但模樣更美了，連性子也收斂了許多，不再黏著他，連「太子哥哥」，也在不知不覺間變成了恭敬的「太子殿下」。

兩人默默走了許久，始終低垂著腦袋的裴覓清便聽少年清潤的聲音在耳畔響起。「清兒方才怎的一直盯著那位岳家公子瞧？」

喻淮旭也不願猜裴覓清的心思，既然想知曉，就乾脆大大方方的問，若裴覓清真的對那岳峰有意，他得趕緊想想對應的法子。

這個年紀的小姑娘最易春心萌動，也容易變了心思，他應當還來得及讓她轉而喜歡上自己的。

裴覓清聽得這話，著實愣怔了一下，好半天才想起喻淮旭口中所指的「岳公子」是誰。「我倒也不是在看他……不，也算是在看他。」她一時不知該如何回答，好一會兒才抬首看向喻淮旭。「太子殿下沒有瞧見嗎？他後背也不知染了什麼污漬，白一片、藍一片的，顯眼極了。」

岳峰那件衣裳本就是深色的，淺色污漬留在上頭，一眼就能瞧見，裴覓清原還以為那是花紋，後來才發現不是，她就是因為想看清楚，才會一直盯著那人瞧。

這回可輪到喻淮旭愣了，他止住步子，問：「只是因著這個？」

見裴覓清點了點頭，喻淮旭突然覺得有些丟人，敢情方才那麼大一缸子醋算是白吃了。

他尷尬的低咳了一聲，旋即語重心長道：「清兒，往後妳可不能隨便瞧別人了，尤其是別的男人。」

裴覓清不明所以。「為何？」

喻淮旭一字一句，認真道：「因為我會吃味的。」

聽到這簡簡單單的七個字，熱氣蒸騰而上，裴覓清的臉唰地一紅。

太子哥哥這話是何意？她可以試圖理解成那個意思嗎？

太子哥哥也喜歡她嗎？

裴覓清一雙手在袖中不安的攪動著，打她去年秋天來了癸水，成了真正意義上的大姑娘後，姑娘家的心思驀然也跟著明朗起來。

可誰又能不喜歡像太子哥哥這般好的人呢，她沒入宮前，他便會常出宮來，帶著她去玉味館吃飯，去觀止茶樓喝茶，去市集逛廟會，送她喜歡的點心、好看的珠串和小玩意兒。

最重要的是，他派了太醫來，給她的母親治病調養，才讓她病入膏肓的母親逐漸痊癒，不至於讓她淪為沒有母親疼愛的孩子。

後來她有幸進宮成了公主殿下的伴讀，他便親自教她和公主殿下讀書、寫字，在御花園放風箏、划船。

裴覓清自覺，這世上除了她爹爹，再不會有比太子哥哥對她更好的男兒了。

她一直以為太子哥哥不過因著她父親是太子太傅，就厚待她幾分，將她當作妹妹一般看待，沒想到原來太子哥哥也是有幾分歡喜她的。

她無措的咬了咬朱唇，就聽喻淮旭溫柔的聲音再度響起。「往後別叫太子殿下，我聽著不習慣，就同先前一樣叫太子哥哥吧。」

裴覓清昳麗的面容若染了胭脂般紅了個透，她赧赧點了點頭，低低「嗯」了一聲。

那廂，安國公府。

處理完祭奠蕭老夫人的事，碧蕪沒急著回宮，反是在娘家又住了幾日。

恰好，蕭毓盈也帶著孩子們留在這兒，她與唐柏晏得了兩個女兒，長女名喚唐沅箐，已然十歲了，次女名喚唐沅黎，比姊姊小了三歲，今年也滿七歲了。

再加上蕭鴻澤和李秋瀾的三個孩子，五個孩子年歲差得都不算多，由三、四個婆子乳娘看著，在堂屋嬉戲打鬧，琅琅笑聲時不時傳來。

沒一會兒，唐沅黎玩累了，自屋外跑進來，撲進母親懷裡，吃起了糖糕。

碧蕪從懷中掏出絲帕，給唐沅黎擦了擦嘴，驀然問道：「小黎兒都六歲了，大姊姊可想過再要一個孩子？」

蕭毓盈聞言低嘆一聲，無奈道：「我娘也勸了我，說趁著我年歲還不算太大，想法子再生一個。這事我也同夫君說了，可他卻怎麼也不想讓我再生了。他說他只是個做官的，不像大哥哥，又沒什麼爵位要傳給兒子，一定要兒子做什麼。看他堅持，我也沒辦法，就這樣吧……」

「這孩子多，其實也不一定好。」碧蕪笑道：「妳瞧瞧大嫂，家裡家外的，多少事要操持，也虧她一個人顧得過來，我著實是佩服她的。」

「這倒是了。」蕭毓盈贊同的點點頭，面露感慨。「才忙完祖母的事，這會子又去忙笙兒的大事了，要說這日子過得也真是快，一眨眼，竟連笙兒都快要娶妻成家了。」

前世，碧蕪死得早，沒能看著蕭鴻笙娶妻，這一世倒是彌補了她的遺憾，思索間，碧蕪驀然想到什麼，唇間笑意逐漸淡了下去。

她原打算明日再回宮，可因懷揣著心思，她到底在安國公府待不住，由李秋瀾留著用過晚膳後，便趕在宮門下鑰前回去了。

入宮後，她卻並未急著回自己的寢殿，而是命抬轎的宮人將她帶去了東宮。

孟九見她突然前來，有些驚詫，告訴她太子殿下還在御書房陪陛下處理政務，應還需一個時辰才能回來，她若有什麼事，只管吩咐便是，待太子殿下回了東宮，他會盡快轉達。

碧蕪沈默了片刻，只說沒什麼大事，就想見見太子，既然來了，等一會兒也無妨。

孟九見她在小榻上坐下，忙命宮人上了茶水點心，又擔心她覺得無聊，將喻淮旭平素看的書和棋具都擺在榻桌上。

碧蕪回想著往事，一人默默對弈，不知不覺間一個多時辰很快過去了，喻淮旭一回到東宮，便聽宮人說，他母后很早就在裡頭等他了。

他忙疾步入殿去，便見他母后坐在小榻上，捏著棋子，正對著棋盤上的局勢怔神。

他小心翼翼的走過去，在她對面坐下，低低開口，喚了一聲「母后」。

碧蕪下棋的動作微滯，抬首望去，便見昏黃的燭火映照下，少年俊朗清秀的面容，她驀然有些恍惚，好似夢回前世和他在東宮下棋的情形，她朱唇微抿，半晌，嘆聲道：「日子過得太快，母后竟沒有發現，我們旭兒都長這麼大了……」

喻淮旭劍眉微蹙，只覺碧蕪今日突如其來的感慨有些不大對勁。「母后，您來東宮，可是有要事要吩咐兒臣？」

碧蕪緩緩搖了搖頭，她張了張嘴，一副欲言又止的模樣，許久，才囁嚅道：「今日是八月初十了……」

喻淮旭聞言原還有些不明所以，可片刻後，他雙眸微瞠，才想起八月初十是什麼日子。

前世，他被「毒死」的日子，正是十六歲那年的八月初十。

喻淮旭抬首望過去，便見他母后秀眉緊蹙，面上顯露出濃重的憂色。

他心下不是滋味，若非前世他和父皇刻意隱瞞他母后，他母后也不會經歷那般刻骨銘心的「喪子」之痛，以至於即便知曉了真相，依然惶恐難安。

他張嘴想說什麼，卻如鯁在喉，什麼話都說不出來，一片靜謐中，隨著細微的聲響，眼前的燭火「噗呲」爆出一個燈花。

「母后……」他終是艱難開口。「兒臣不會有事的……」

碧蕪緊緊攥著袖口，努力使自己的神情看起來輕鬆些，隨即佯作坦然一笑。「也對，是我多慮了，天色亦不早了，你忙了一日，想是也累了，早些歇下吧。」

喻淮旭眼見他母后心事重重的站起身，遲疑片刻，開口喊住她。

「兒臣許久不曾向母后討教棋藝，今日母后既然來了，陪兒臣下幾局再走，可好？」

碧蕪愣了一瞬，抿唇揚笑，重重一點頭。

兩人下得極慢，與其說是在對弈，不若說是在消磨時間，院外的丹桂香透過半掩的窗子飄進來，沁人心脾，可碧蕪的一顆心始終懸在半空，將落未落。

熬過了亥時，直到快過子時，她才徹底鬆下一口氣，倦意也若潮水般洶湧而上。

喻淮旭落下一子，無意抬首看去，便見碧蕪支著腦袋，雙眸緊閉，呼吸平穩均勻。

他淡淡一笑，起身去內殿取小被，再回來，便見一人已用寬大的外袍裹住他母后，小心翼翼將她抱了起來。

「父皇。」喻淮旭低低喚了一聲。

喻景遲點了點頭，道了一句「早些歇息」，便抱著碧蕪出去了。

喻淮旭一直送到了東宮門口，才站在門外，眼看著他父皇抱著母后一步步遠去。

喻淮旭抬首望向夜空，臨近中秋，頭頂明月皎潔明亮，趨向圓滿，正如這一世的他們，必也能迎來一個美好完滿的結局。

中秋過後，緊接著，便是太皇太后八十歲的壽辰。此事非同小可，碧蕪召來禮部官員商議，又親自前往太皇太后的寢殿問她老人家的意見。

想到前世太皇太后晚年神志不清的情形，這一世，碧蕪特意讓太醫院的太醫提前給太皇太后用藥調理。雖是如此，晚了幾年發作，可太皇太后頭腦到底還是變得越發糊塗，記不住事，但那些湯藥也不能說一點用處也無，好歹讓太皇太后的病症較於前世輕了許多。

這日一早用過早膳，碧蕪便帶著小漣去了祥雲宮。

當初碧蕪帶進宮的幾個丫頭，如今在她身邊的也只剩下小漣了。碧蕪見她們幾人年歲也不小了，便在成則五年，問過她們意願，將銀鈴、銀鉤分別指給了京中的一名七品小官和太醫院一位年輕太醫，風風光光的嫁了。

至於小漣，碧蕪一開始也是替她挑了好人家的，但小漣自己拒絕了，說不想嫁人，只想一輩子在她身邊伺候她。

小漣曾經的遭遇，碧蕪也從喻景遲口中聽說了，既她不願，碧蕪也不逼迫她，將裕甯宮的事務交給她打理，小漣聰慧辦事也勤快，如今裕甯宮上上下下，無不恭敬的喚她一聲「姑姑」。

抵達祥雲宮後，乍一聽見太皇太后喚她「芙兒」，碧蕪便知今日她老人家又糊塗了，她低嘆了口氣，也不解釋，索性便扮作她母親清平郡主，哄得太皇太后喜笑顏開。

問了好些關於壽宴準備的事情後，碧蕪正欲陪太皇太后用午膳，便聽內侍進來通稟，說長公主殿下來了。

聽到「長公主」幾個字，太皇太后分外高興，忙讓將人請進來。

喻澄寅入殿時，手上還牽著一個六、七歲的小姑娘，正是她和那位錢家二公子，也是如今的大理寺卿錢穆所生的女兒錢玉嫣。

喻澄寅婚後的這十幾年，過得還算美滿，她從錢家人身上重新獲得了家人的溫暖，笑意也漸漸回到了她的臉上，日子雖然平淡，但她一直很滿足與珍惜。

聽到太皇太后喚著「安亭」，喻澄寅與碧蕪對望一眼，也頗為無奈。

太皇太后一不清醒，就會變成這般，將碧蕪認作清平郡主，將喻澄寅認作安亭長公主。她一直在想著念著幾十年前親手撫養長大的兩個女孩，可她不知道的是，她雖尚且健在，然不論是清平郡主還是安亭長公主，皆已故去，化作黃土，一切早已經物是人非了。

在太皇太后這廂用過午飯，碧蕪才起身離開，繼續忙壽宴之事。

當一切如火如荼進行著的時候，太皇太后悄無聲息的病倒了。

這場病來得很突然，伺候太皇太后的李嬤嬤派人來裕甯宮稟時，喻景遲和碧蕪正熟睡，他們焦急的穿衣起身，召所有太醫院太醫趕往祥雲宮。

在所有太醫都診過一遍，圍在一塊兒商討過後，孟太醫只對喻景遲搖了搖頭，道出八個字。「油盡燈枯，回天乏術。」

碧蕪由喻景遲抱著，當即哭得不能自已，待恢復好情緒，才進殿去看太皇太后。

此時的太皇太后格外清醒，她拉著碧蕪的手氣若遊絲，卻還在一聲聲喊她「小五」，她說她此生沒什麼未了的心願了，只想再見見一人，那便是繡兒。

自從趙如繡離京，已十年有餘，她與劉承成親後，便一直雲遊四海，濟世救人，如今也如她所願，成了名揚天下的醫者。

太皇太后雖知趙如繡如今過得還算不錯，與劉承也有了兩個孩子，可十餘年未見面，到底是惦念得緊。

碧蕪將此事告知喻景遲，喻景遲命暗衛尋到趙如繡所在，快馬加鞭將人帶往京城。

太皇太后的身子一日虛過一日，為了讓她撐住，碧蕪一直在她耳畔告訴她繡兒快到了，終於在太皇太后壽辰當日，趙如繡與劉承趕到了皇宮。

趙如繡跪在太皇太后的床榻前，眼淚崩流而下，哽咽著喚了一聲「皇外祖母」，太皇太后艱難的睜開眼，抬手落在趙如繡的臉上，露出了一絲欣慰的笑，終於滿足又安詳的去了。一夕之間，偌大的「壽」字被「奠」字取代，紅綾摘下，在壓抑沈悶的氣氛中，無數白綾在宮中飄飛。

碧蕪來不及哭泣，便要支撐起精神，處理太皇太后的後事。直到太皇太后葬入皇陵，她才後知後覺，悶在殿中哭了幾日，只覺心下空落落的。

這日夜裡，喻景遲前往裕甯宮時，便見碧蕪正坐在小榻上，仰頭望著天邊的一輪彎月。他提步走過去，從她背後抱住她，低聲道：「再過幾年，待旭兒大了，朕將那裴家姑娘賜他為妃，然後退位帶妳離開京城，可好？」

碧蕪聞言側首看向他，問：「那我們去哪兒？」

「阿蕪想去哪兒？」喻景遲反問她。

碧蕪垂了垂眼眸，驀然回過身，摟住他的脖頸，依戀的靠在他懷裡。「只要有陛下在，去哪兒都好。」

這幾年，看著親人接二連三的故去，她才突然發現時間過得有多快，很多東西若不及時抓住了，一眨眼便會消失不見。幸得她當初選擇留在他身邊，沒有錯過，才能過這十幾年平淡卻幸福的日子。

老天眷顧，她已重生過一次，興許再不會有什麼來世，可無論將來如何，此生她都想繼續同他相守，直到生命的盡頭。

喻景遲愣怔了一瞬，眸中閃過一絲喜色，手臂摟緊了幾分，垂首將唇落在她的髮間，低低道了句「好」。

雖他的阿蕪當初原諒了他，可這麼多年來，無論他如何去哄、去討，他的阿蕪一直很吝於對他說愛，似乎從未像今日這般，直截了當的告訴他，她想與他在一塊兒。

他不知他們還會不會有來世，若真有來世，她興許不會記得他，但那又如何，縱然兩廂忘卻，他定也會記得要在茫茫人海中去尋那麼一個存在。

他注定了，生生世世都難以對她放手。

——全書完

2022年11月出版

金蛋福妻

文創風1117~1119

一個人甜不夠，全家一起甜才是好滋味！
看她巧手生金，無鹽小農女也可以擁有微糖的幸福～～

明珠有囍，稼妝滿村／芝麻湯圓

家貧貌醜又被吃軟飯的未婚夫退親，再被流言逼得投河？這種人設要氣死誰啊！
穿越的唐宓火大，忘恩負義的渣男豈能輕饒，使計討回十兩銀子還是吃虧了耶。
孰料唐家人窮歸窮卻是標準的女兒控，竟揚言要替她招新婿出氣，令她好生感動，
既然能種出頂級作物的隨身空間也跟著穿到古代，翻轉家計的任務就交給她啦！
前世她可是手工達人兼廚藝高手，變著花樣開發新菜讓唐家廚房香飄十里不說，
再用空間裡的青草和竹子編出草編小物和竹扇賺得高價，攢足本錢開了雜貨鋪；
又做油紙傘賣給書鋪當鎮店之寶，身價一翻數倍，簡直是會下金蛋的金雞母～～
如今家人吃喝不愁，她便想試試被村民當成毒物拒食的野菇料理，出門採菇去，
卻遇見戴著銀色面具的神秘男子攔路買菇，還說這是好吃食，不由大為疑惑——
全村能辨認美味野菇的只有她，難道這人也懂菇，還同是深藏不露的吃貨不成？

2022年11月出版

姑娘深藏不露

文創風 1115～1116

七妹剛從村裡逃出來，初出江湖，自是不知險惡，
遇到有人求助，她定是二話不說，伸出援手，
但世上的人，不是每一個都像她那般單純。
於是她懂了，凡事不可輕信，在這險峻江湖，她要靠自己！

有一種愛情叫莫顏，有笑也有甜／莫顏

安芷萱一開始並不叫這個名字，而是叫七妹。
七妹出生在溪田村，爹娘死後被二伯收養，
誰知無良二伯和村長勾結，一心只想把她賣了賺錢。
她才不願讓他們得逞呢，天下之大，何處不能容身？
她乘機逃脫，路上偶然得到法寶幫忙，
原以為靠著法寶，她可以美滋滋過著自己的小日子，衣食無憂，
誰料得到，竟是將她拉進一連串驚心動魄的旅程……
易飛身為靖王身邊的得力護衛，什麼江湖高手沒見過？
誰知一個看似無害的姑娘，竟讓他有如臨大敵的感覺。
易飛覺得安芷萱很可疑。「她一路跟蹤我們，神出鬼沒。」
好夥伴喬桑狐疑道：「可是她沒有內力，也沒有武功。」
安芷萱趕緊附議。「我是無辜的。」
易飛認定這姑娘有問題。「她掉下萬丈深淵，竟然沒死。」
軍師柴子通捋了捋下巴的鬍子。「丫頭，妳怎麼說？」
安芷萱回答得理直氣壯。「我吉人自有天相，大難不死！」
一旁的護衛們交頭接耳，還有人說她是東瀛來的忍者……
安芷萱抗議。「怎麼不說我是仙子？」
靖王含笑道：「小仙子是本王的救命恩人，不可無禮。」
安芷萱眉開眼笑。「殿下英明。」
易飛冷笑，一雙清冷眉目瞪著她。妳就裝吧，我就不信查不出妳的秘密！
安芷萱也笑，回瞪他。你就查吧，看我怎麼玩你！

文創風 1147

天降好孕 3 完

國家圖書館出版品預行編目資料

天降好孕 / 松籬著. --
初版. -- 臺北市 : 狗屋出版社有限公司, 2023.03
冊 ; 公分. --（文創風 ; 1145-1147）
ISBN 978-986-509-408-9（第3冊 : 平裝）. --

857.7　　　　112001155

著作者　松籬
編輯　黃暄尹
校對　吳帛奕
發行所　狗屋出版社有限公司
地址　台北市104中山區龍江路71巷15號1樓
電話　02-2776-5889～0
發行字號　局版台業字845號
法律顧問　蕭雄淋律師
總經銷　知遠文化事業有限公司
電話　02-2664-8800
初版　2023年3月
國際書碼　ISBN-13　978-986-509-408-9

本著作物由北京晉江原創網絡科技有限公司授權出版

定價280元
狗屋劃撥帳號：19001626
網址：love.doghouse.com.tw　E-mail：love@doghouse.com.tw
版權所有・翻印必究　倘有倒裝、缺頁、污損請寄回調換